KB274642

少林棍王 소림곤왕

한성수 新무협 판타지 소설

FANTASTIC ORIENTAL HEROES

소림군왕 5

한성수 新무협 판타지 소설

초판 1쇄 찍은 날 § 2009년 9월 25일
초판 1쇄 펴낸 날 § 2009년 10월 5일

지은이 § 한성수
펴낸이 § 서경석

편집장 § 문혜영
편집 § 서지현

펴낸곳 § 도서출판 청어람
등록번호 § 제1081-1-89호
등록일자 § 1999. 5. 31
어람번호 § 제2-1823호

주소 § 경기도 부천시 원미구 심곡2동 163-2 서경B/D 3F (우) 420-822
전화 § 032-656-4452 팩스 § 032-656-4453
http://www.chungeoram.com
E-mail § eoram99@chollian.net

ⓒ 한성수, 2009

ISBN 978-89-251-1942-7 04810
ISBN 978-89-251-1861-1 (세트)

5
천하 유정 (天下有情)
少林棍王
소림 곤왕
한성수 新 무협 판타지 소설
FANTASTIC ORIENTAL HEROES
청어람

目次

第四十章

태극혜검(太極慧劍)

少林棍王

소림곤왕

스르륵!

한 치가량 쌓여 있는 눈밭 위로 흐릿한 신형이 모습을 드러
냈다.

검은색 일색의 모습.

양쪽 허리춤에는 검은색 장검과 역시 검은 소도가 나란히
매달려 있다. 주변을 하얗게 물들이고 있는 백설의 세계 속에
더럽고 불순한 먹물 한 방울이 떨어진 것 같은 느낌이랄까?

그저 시각적인 착각일 뿐이었다.

일시 주변과의 이질감을 한껏 드러낸 것 같던 마령귀사는
곧 놀랍도록 자신의 기척을 사그라뜨렸다. 여전히 신색에 변

화는 없는데 단지 기세의 변화만으로 놀라운 동화율을 이룩한 것이다.

그런 그의 머리 위로 한 마리의 매가 긴 맴을 돌며 날고 있었다. 맹금류 중에서도 영리하고 용맹스럽기로 이름이 높은 해동청(海東靑)으로 마령귀사가 매우 아끼는 놈이었다.

애완용일 리 없다.

해동청은 공중에서 커다란 맴을 돌면서 독특한 날갯짓을 계속 해보이고 있었는데, 그때마다 마령귀사의 눈빛이 조금씩 변화를 보였다. 해동청의 날갯짓이 보내오는 정보를 초인적인 시력으로 읽어내고 있음이다.

'이번에 나선 자들은 후금에서도 극히 용맹스럽다고 알려진 신전기마대(神箭騎馬隊)다. 곤왕의 대응이 내심 궁금했는데, 벌써 끝이 났다는 건가?

마령귀사의 낯빛이 다소 어두워졌다.

천기마야의 청부를 받고 산해관을 넘은 지 벌써 한 달이 다 되어가고 있었다. 이번에 내린 눈은 봄이 오기 전의 마지막 꽃샘 추위라 할 수 있을 터.

그사이 마령귀사는 애초의 계획대로 아주 멀찍이 떨어진 채 유대유의 뒤를 쫓고 있었다. 아무리 초인적인 능력을 지닌 자라도 절대 기척을 눈치챌 수 없는 철저한 원거리 추격을 성공적으로 수행하고 있었던 것이다.

그의 해동청이 이를 가능케 했다.

지금처럼 공중에 떠서 맹금류 특유의 엄청난 시력으로 유대유의 동향을 살피고 마령귀사에게 정보를 전해줬다. 수년에 걸친 부단한 조련의 결과였음은 물론이다.

당연히 평소 같으면 이미 상황은 종결되었어야 했다. 유대유는 이미 초원에 몸을 뉘었어야만 했다. 거친 숨을 몰아쉬며 혼백이 완전히 흩어져 버렸어야만 했다. 마령귀사의 암도묵검에 참살당한 채 말이다.

그러나 현실은 전혀 그와 달랐다.

유대유는 황천기주의 대병을 몇 차례나 만났음에도 여전히 원기왕성했다. 작은 상처조차 입지 않았고, 병도 걸리지 않았으며, 지쳐서 체력이 떨어지지도 않았다.

몰래 뒤따르며 계속 황천기주에게 연통을 넣고 있던 마령귀사로선 속이 불편하지 않을 수 없다. 사실은 부글거리며 끓다 못해 터지기 일보 직전에 이르러 있었다.

'하지만 곤왕도 사람이다. 이번에 황천기주가 보낸 신전기마대는 정예 중의 정예이니, 반드시 앞서와 같이 쉽게 몸을 피하진 못했을 것이다!'

냉철하게 현 상황을 파악한 마령귀사가 눈밭에서 갑자기 푹 하고 꺼져 들어갔다. 신비로울 정도의 은신술로 몸을 숨긴 채 이동을 시작한 거다. 여태까지와 마찬가지로.

잠시 후.

　신전기마대와 유대유가 맞닥뜨렸던 전장에 모습을 드러낸 마령귀사의 눈매가 가늘어졌다.

　전장의 이곳저곳.

　족히 수천 발은 될 듯한 화살이 빽빽하게 꽂혀져 있다. 신전기마대는 예상대로 처음부터 전력을 다한 거다, 여태까지의 부대와는 다르게.

　그렇다면 유대유는 어떻게 하늘에서 폭우처럼 쏟아져 내린 화살의 비를 피해낼 수 있었던 것일까?

　'피해낸 게 아니다! 그는 막아냈다, 신전기마대의 장궁을 떠난 천 발이 넘는 화살세례를. 어떻게?

　전장을 세세히 살펴가던 마령귀사의 뇌리 속으로 소름끼칠 정도로 장대한 환상이 펼쳐졌다. 하늘에서 쏟아져 내리는 화살의 비를 애병 묵룡천뢰곤으로 막아낸 유대유의 신적인 무위와 경악하는 신전기마대의 모습을 구체적으로 떠올린 것이다.

　유대유는 거기서 멈추지 않았다.

　그는 묵룡천뢰곤으로 자신에게 집중됐던 화살의 비를 모조리 튕겨낸 후 곧바로 신형을 뒤로 날렸다. 발끝으로 바닥을 강하게 찍으며 신전기마대의 전망(箭網)으로부터 벗어났다. 그 역시 인간의 한계를 가볍게 뛰어넘는 움직임이었다.

　그 순간 신전기마대의 대응은 뻔했다.

　그들은 유대유가 도주한다고 판단하곤 기마대의 전속 전

진을 명했다. 앞서 그에게 당했던 부대의 전철을 고스란히 뒤따라간 것이었다.

'여기다! 여기서 곤왕은 후퇴를 멈추고 궁신탄영을 발휘했다. 어쩌면 궁신탄영이 아닐지도 모르나 거의 그에 준할 정도의 쾌속한 신법을 발휘했다. 자신을 쫓기 위해 쾌속 진격해 오고 있는 천기의 신전기마대를 향해서.'

그 뒤는 굳이 살피지 않아도 알 수 있을 터였다. 결과는 앞서와 동일했다. 묵룡천뢰곤과 하나가 된 유대유는 최초의 일격으로 신전기마대의 지휘관을 죽였고, 다시 두 차례 곤을 내질러 부장들 역시 참살했다.

두어 호흡 정도나 걸렸을까?

순식간에 난장판으로 화해 버린 신전기마대가 만들어놓은 지저분한 말발굽을 눈으로 살핀 마령귀사가 고개를 가로저었다. 신적인 무위와 쌍벽을 이룰 듯한 유대유의 용병술에 일시 말문이 막혀 버린 거다.

그때다.

갑자기 마령귀사의 귓불이 미세한 떨림을 보였다. 소리보다 더 빨리 다가드는 대기의 파동을 느낀 거다. 후속 동작은 곧바로 이어졌다.

스륵!

마령귀사의 신형이 뒤로 찰싹 달라붙었다. 철판교다. 더불어 신형 역시 한 마리 뱀처럼 유연하게 옆으로 흘러내린다.

아직 대기의 파동 속에 담겨 있는 거창한 기세를 모두 피해내지 못했다는 판단이었다.

절반만 맞았다.

애초부터 그의 이 같은 행동은 아무런 의미가 없는 짓이었다.

파아앙!

일순 잔뜩 응축되었던 대기가 폭발을 일으켰다. 폭풍? 그런 것보다 더욱 작게 응집된 힘이다. 그 불가해한 힘의 격류가 마령귀사가 서 있던 장소를 뒤덮었다.

십 장.

그를 중심으로 십 장이나 되는 대지가 쓸려 버렸다. 애초부터 그가 대기의 파동을 감지하고 몸을 피하는 동작이 무용한 명확한 이유였다.

덕분에 천번지복을 맞은 대지.

얼마 전까지 순백의 대지나 다름없던 눈밭이 황색 먼지 구름에 휩싸여 버렸다. 눈밑에 가려져 있던 초원의 흙먼지가 지진을 만난 듯 뒤집혀 버린 까닭이다.

그 사이로 한 명의 천신 같은 사내가 떨어져 내렸다. 두 시진 전 신전기마대를 바로 이 장소에서 박살낸 유대유였다.

슥!

천공을 가로질러 여유있게 자신의 묵룡천뢰곤으로 뒤집어놓은 대지 위에 내려선 유대유의 봉황안에 수심이 담겼다. 마음먹고 펼친 일격에도 불구하고 마령귀사를 놓쳤다는 판단이었다.

“과연 살수왕이구나. 내 구주진천뢰(九州振天雷)의 일격을
피해서 몸을 피할 줄은 몰랐거늘……”

내심 짐작하고 있었다.

산해관을 넘은 자신을 이 정도로 괴롭힐 만한 자는 새외칠
마 중 일좌이자 살수왕이라 불리는 마령귀사뿐임을.

그래서 그는 신전기마대를 일부러 잔혹하게 짓밟았다. 그
렇게 함으로써 마령귀사를 당황하게 만들었고, 전장의 잔해
와 눈밭 속에 자신의 기척을 숨겨놨다. 천하제일이라 불리는
살수왕을 이곳에서 끝장낼 심산이었다.

그러나 마령귀사는 그의 회심의 일격을 피해 몸을 숨겼다.
여태까지처럼 완벽하게 자신의 기척을 숨긴 채 감쪽같이 사
라져 버린 것이다.

‘결국 타초경사의 우를 범한 셈이 되었구나. 곧 후금의 중
심인 무순(撫順)이 코앞이라 조금 마음이 급했어. 하지만 제
아무리 살수왕이라 해도 이번엔 꽤 큰 타격을 받았을 터. 중
요한 순간이 되면 분명 다시 파탄을 드러내게 될 것이다.’

내심 눈을 빛낸 유대유가 묵룡천뢰곤을 평상시처럼 등에
꽂아 넣고 천천히 신형을 돌려세웠다.

그의 걸음으로 열흘 정도 떨어진 곳에 요녕(遼寧)과 길림(吉
林)의 중간에 위치한 무순이 존재했다. 근래 욱일승천 세를 불
리고 있는 후금의 팔기군들의 구심점이 되고 있는 천단(天壇)
이 있는 장소이기도 했다.

슥!

다시 유대유의 신형이 본래의 답설무흔 상태로 돌아갔다. 다시 황천기주가 보낸 정병들이 몰려들기 전에 전장을 벗어나려는 의도였다.

스르륵!

마령귀사가 다시 신형을 드러낸 건 유대유가 떠나고도 족히 하루가 꼬박 지났을 때였다. 땅속 깊숙한 곳에 몸을 숨긴 채 하루를 보낸 것이다.

울컥!

마령귀사의 입 밖으로 참고 있던 핏덩이가 흘러나왔다. 더불어 한쪽 어깨 역시 축 늘어져 있다. 위기의 순간 암도와 흑검으로 몸을 보호했으나 충분치 않았다. 묵룡천뢰곤이 일으킨 구주진천뢰의 여력을 완전히 해소치 못해 내상을 입고 팔 하나가 완전히 탈구되어 버린 거다.

'암도가 있어서 다행이었다. 웬만한 기운은 모조리 흩어버리는 암도의 공능이 없었다면 이번에 즉사하거나 곤왕에게 사로잡혔을 게 분명해. 천기마야, 혹시 이 같은 상황까지 예상하고 내게 암도를 미리 내준 것인가?

너무 앞서 간 것일지도 모른다.

하지만 마령귀사가 알고 있는 천기마야는 천 년 묵은 능구렁이였다. 속으로 어떤 생각을 하고 있는지 당최 알 수 없었다. 어떤 말도 안 되는 속셈을 품고 있다 해도 그다지 놀라진 않을 성싶었다.

그때 살랑거리는 바람이 마령귀사의 산발한 머리를 휘감았다.

문득 드러나는 고독 어린 눈빛.

소매로 입가를 훔치고 재빨리 탈구된 팔의 뼈를 맞춘 마령귀사의 눈빛이 무심하게 가라앉았다. 유대유와 다시 하루가량의 거리가 벌어졌다. 지금 당장 뒤를 따라야만 한다.

끼이이!

먼 하늘, 그의 해동청이 다시 맴을 돌기 시작했다. 필경 유대유를 발견했음이다.

스슥.

마령귀사가 움직였다. 다시 추격이 시작된 것이다.

*   *   *

"저, 저게 저렇게 되어선 안 되는 것인데……."

"그러게 말입니다. 저게 저리 되어선 안 될뿐더러 향후 아주 큰 문제로 발전될 소지가 있어 보입니다그려."

음양판관(陰陽判官) 황칠현과 독각수상비(獨脚水上飛) 홍구의 표정은 점차 좋지 않은 쪽으로 변해가고 있었다. 그들은 이차관문의 심사관으로서 소속없이 홀로 독행하는 고수들 중

나름 명망있는 자들이었다.

그렇다 해도 이차관문에 참가한 후기지수들은 하나같이 뒷배경이 대단했다. 그들의 안위에 신경이 쓰이지 않을 수 없었다. 독행천하한다 해도 강호에 발을 딛고 있다는 점은 변함이 없었기 때문이다.

당연히 그들은 암묵적으로 유력 문파의 후계자들의 이차관문 통과를 도와줄 생각을 하고 있었다. 이미 이차관문인 팔괘미로칠성진에 대해선 완벽하게 숙지하고 있을 테지만, 가끔 차려준 밥상도 못 챙겨먹는 띨띨이들도 있게 마련인 까닭이었다.

그런데 갑자기 사정이 크게 달라졌다.

얌전히 유력 문파의 후계자들을 통과시켜 줬어야 할 팔괘미로칠성진이 얼마 전부터 미쳐 날뛰고 있었다. 진으로부터 꽤나 멀리 떨어진 황칠현과 홍구조차 움찔거리며 몸을 떨 정도의 살기를 동반한 채 말이다.

전혀 예상치 못했던 사고다.

심사관인 황칠현과 홍구가 어떻게든 수습을 해야만 할 터인데, 그게 그리 쉽지가 않아 보인다. 두 사람 모두 무늬뿐인 심사관이었기 때문이다.

황칠현이 갈수록 더욱 흉악스러워지고 있는 팔괘미로칠성진을 근심 어린 표정으로 살피다 홍구를 바라봤다. 무언가 질문을 던지고자 함이었으나 곧 포기할 수밖에 없었다. 그 역시 자신을 비슷한 표정으로 바라보고 있어서였다.

'허허, 이를 어쩐다! 내 오십 평생에 판관필을 사용해 싸우는 것 외엔 연마해 본 적이 없거늘.'

'이런, 황 노사도 진법을 모르는구나. 그럼 이 일을 어쩐다지? 그냥 무턱대고 뛰어들기엔 진의 기세가 사뭇 흉악스러워 보이는데……'

진법은 무림인 중 정통한 자가 많지 않은 분야다.

특히 눈앞에 펼쳐져 있는 팔괘미로칠성진 같은 경우는 파훼법을 모르고 뛰어들었다간 절정고수라 해도 목숨을 걸어야만 할 정도의 살진(殺陣)이었다. 이번 천룡비무대전에 명문정파의 제자나 후계자를 제외한 자들을 사전에 미리 떨구기 위해 강수를 둔 것이었다.

그때 서로의 체면을 봐주느라 시간만 보내고 있던 두 명숙의 안색이 환하게 밝아졌다.

저 멀리 일차관문 쪽에서 흐릿한 인영이 튀어나오더니, 번개같이 두 사람 앞에 떨어져 내렸다. 일차관문의 심사관이자 이번 사천 무림대회의 안전과 경호 책임을 맡은 철혈대의 대주인 십수살 당준이었다.

슥.

당준의 익숙한 얼굴을 확인하자마자 황칠현이 반색하며 말했다.

"당 대협, 마침 잘 오셨소이다!"

당준이 형식적으로 고개를 숙여 보인 후 말했다. 눈매가 매섭다.

"어째서 갑자기 진세가 저리 요동치기 시작한 것입니까?"

"그, 그걸 어째서 내게 묻는 것이오?"

"예?"

"이번 사천 무림대회의 모든 대회 일정은 당가에서 결정된 사항을 따랐거늘, 어찌 진세의 문제점을 본인에게 묻는 것이냐 말이오. 사실 나야 그냥 이차관문의 심사관을 맡아달라기에 형식적으로 맡은 것뿐이지 않소이까?"

'쯧! 벌써부터 빠져나갈 구멍을 찾는 건가? 능구렁이 같은 인간!'

내심 혀를 찬 당준이 시선을 황칠현에게서 홍구로 옮겨갔다. 그에게서 뭔가 단서를 찾아볼 요량이었다.

그러나 홍구 역시 눈치가 빠른 사람이다. 황칠현이 발뺌하는 모습을 보고 얼른 고개를 가로저었다. 자신 역시 아는 바가 전혀 없음을 주장한 것이다.

"알겠소. 그럼 두 분은 일단 뒤로 물러서 계시오. 안전하게!"

뒷말에 차가운 박력을 담은 당준이 내심 호흡을 가다듬었다. 눈앞에서 미쳐 날뛰고 있는 팔괘미로칠성진의 파훼법은 그 역시 익히 숙지하고 있던 터였다. 이런 말도 안 되는 변화를 일으키기 시작했다는 건 무언가 문제가 터져도 대형으로 폭발했음을 의미한다는 사실을 누구보다 잘 알고 있었다.

‘일반적인 파훼법은 이미 통용되지 않을 터. 어쩔 수 없이 힘으로 진의 외부를 모조리 부숴 버리는 식으로 중심부로 접근할 수밖에 없겠구나. 응?’

단전에서 일으킨 기운을 점차 왕성하게 활성화시키고 있던 당준의 눈에서 이채가 일었다. 폭풍 같은 진세의 변화 속을 유유히 걸어나가고 있는 한 명의 사내가 있었기 때문이다.

스슥.

생각이 일자마자 당준은 움직였다. 한차례 신형을 뒤집는 것만으로 사내의 앞에 떨어져 내렸다. 여전히 내기를 잔뜩 활성화시켜 놓고 있는 채였다.

“소속 문파를 밝히게!”

“내게 그런 말을 할 자격이 되나?”

“나는 당가의 당준이다!”

“당준?”

사내가 나직한 뇌까림과 함께 당준을 바라봤다. 일순 번쩍인 금빛 광채!

‘금안?’

당준이 금안을 지닌 후기지수를 맹렬히 떠올리고 있을 때였다. 다시 특유의 금안에 빛을 담은 냉고성이 손바닥을 펼쳐 당준을 향해 뻗어갔다.

스아앗!

순식간에 대기를 가른 섬뜩한 기운.

수도라 해도 잔혹심살도법의 심결이 담겨진 일격이다. 무공이 크게 증진된 상황에서 그 위력은 평상시 만리지도로 전력을 기울인 것에 결코 못하지 않다.

"헉!"

당준이 나직이 숨을 몰아쉬었다. 설마 이런 식으로 대놓고 기습을 당할 줄은 몰랐기 때문이다.

그렇다 해도 그가 달리 십삼성에 이름을 올려놓은 게 아니다.

흔들.

언제 헛바람을 들이켰냐는 듯 당준이 수장을 교차시켰다. 이미 한 손은 시커멓게 변했고, 다른 손에선 다섯 개나 되는 유성표가 현란한 빛을 뿜어내고 있다.

황칠현과 홍구가 거의 동시에 외쳤다.

"칠독수(七毒手)!"

"유성오광(流星五光)!"

모두 당가의 십독과 십암에 속한 절기다. 당준은 그걸 하나도 아니고 둘이나 한꺼번에 펼친 것이다.

더불어 발끝 역시 교차시킨다. 설마 그것만으로도 냉고성의 수도 일격을 감당하기 힘들다 여긴 것인가?

맞다. 진짜 그랬다.

당준의 신형이 일순 누가 뒤에서 쑤욱 잡아당긴 것처럼 삼장이나 밀려났다. 어떤 의미론 철판교보다 더욱 수치스러운 후퇴를 보인 거다.

그러나 그때 그의 손을 떠난 다섯 개의 유성표가 사방으로 튕겨 날아갔다. 그리고 칠독수의 지독한 일곱 가지 독기 속을 뚫고서 냉고성이 불쑥 튀어나왔다. 곧바로 뒤로 물러선 당준을 재차 공격해 들어간 것이었다.

"이런 말도 안 되는!"

당준이 비명에 가까운 외침과 함께 일순 수백 개나 되는 우모침을 쏟아냈다. 목숨이 위태로운 지경이 아니면 절대 사용하지 않는 만침폭우(萬針暴雨)를 단 두 합 만에 펼칠 수밖에 없었다. 죽지 않기 위해서.

스슥!

이번에는 먹혔다.

냉고성이 당준으로부터 쏟아져 나온 우모침을 보고 신형을 가볍게 이동시켰다. 거침없던 공격을 잠시 멈춘 거다.

아니다. 착각이었다.

그의 신형이 일순 분신을 일으키더니, 놀랍게도 만침폭우를 뚫고 다시 당준과의 간격을 확 좁혀 버렸다. 순간적으로 이형환위를 세 차례나 연환하는 말도 안 되는 짓을 자행한 덕분이었다.

스아악!

다시 수도가 날아들었다. 이번에는 바로 코앞이었다. 피할 수 없는 게 당연하다.

“크악!”

당준의 비명 속에 그의 팔이 바닥에 떨어져 내렸다. 수도에 깨끗하게 절단되어 버렸다.

곧이어 날아든 일각!

빠각!

소름끼치는 격타음과 함께 당준이 바닥에 무너져 내렸다. 지난 수십 년간 무림 중에 군림하던 십삼성 중 한 명이 어이 없는 패배를 당하는 순간이었다.

황칠현과 홍구가 내심 기함을 터뜨렸다.

‘이거 난리났다! 십수살 당준을 저리 쉽사리 제압할 수 있는 자가 있다니!’

‘십수살 당준이 패했다! 황 노사와 내 힘만으로 저자를 제압할 수 있을까?’

두 명숙은 재빨리 서로를 바라본 후 곧 마음을 굳혔다. 이런 곳에서 목숨을 걸 수는 없다는 판단을 내렸다.

한데 그때였다.

피바다 속에 무너져 내린 당준을 향해 얇은 미소를 던진 냉고성이 두 사람을 향해 역시 수도를 날렸다. 애초부터 그들 역시 살려둘 생각이 없었던 것이다.

스파앗! 스파앗!

두 번의 기음과 함께 막 신형을 날려 도주하려던 황칠현과 홍구의 목에 붉은 선이 그려졌다. 일격필살이었다.

털썩! 털썩!

방금 전까지 이차관문의 심사를 맡고 있던 두 명의 명숙이 힘없이 바닥에 쓰러져 내렸다. 이미 숨이 끊겼다. 도주하거나 외부의 지원을 요청할 수 없도록.

'엽자건이란 애송이. 설마 이런 곳에서 죽진 않겠지? 그렇게 편히 죽게 놔두진 않아.'

내심의 중얼거림과 함께 더욱 흉포해지고 있는 진세를 힐끔 바라본 냉고성이 여유있는 걸음으로 삼차관문을 향했다. 그곳을 역시 일착으로 통과한 후 명문정파의 고수 몇을 더 참살할 작정이었다. 예정대로 사천 무림대회를 아비규환으로 만들어놓기 위해서였다.

*   *   *

팔괘미로칠성진의 내부.

일류의 기관진식의 특징을 그대로 내포하고 있다.

눈앞에서 수십 개나 되는 석문이 빙글거리며 돌고 있는데다 사방에서 철퇴와 칼날, 암기들이 제멋대로 날아들었다. 누구든 걸리기만 하면 산산조각 낼 만큼 위태스럽다.

쩌적!

문득 빙글거리며 회전하고 있던 석문 중 하나가 두 쪽 났다. 두툼한 화강석 재질에 족히 천 근은 넘어 보이는 무게의 석문이 마치 두부처럼 잘려 나갔다.

스슥.

그 사이로 기민하게 몇 개의 인영이 스며들었다. 미쳐 버린 팔괘미로칠성진을 가장 늦게 뛰어든 엽자건 일행이었다.

타당! 투타타타탕!

엽자건이 삼절마곤을 휘둘러 기다렸다는 듯 날아든 철퇴와 암기를 튕겨낸 후 주변을 환기시켰다. 목소리나 태도가 평상시와 달리 진지하다.

"다들 아직 살아 있겠지?"

"죽었수!"

목진풍이 투덜거리듯 말했다. 그래도 목소리가 원기왕성하다. 진에 들어선 후 몇 차례 환상에 휘말려들긴 했으나 엽자건이 곁에서 몇 차례 손을 써준 탓에 그리 큰 부상은 당하지 않은 듯하다.

"자건, 진에 대해서 잘 아는 게 맞긴 한 거야! 점점 환상이나 기관의 움직임이 심해지고 있잖아?"

"엽 소협, 중심부까지는 아직 멀었나요? 슬슬 제 무(武)로 버티기가 어려워지고 있어요."

감요진과 남궁수의 목소리는 조금 더 여유가 있었다. 두 여인 모두 목진풍보다 무공이 높은데다 심공 수련이 상당해서 진이 만들어내는 환상에 대응력이 높은 때문이었다.

싱긋.

입가의 특유의 미소를 매단 엽자건이 어깨를 한차례 추어 올렸다.

'모두 생각보다 근성들이 있군. 미쳐 버린 상승의 진세 속에서 한식경 이상이나 시달리고도 목소리에 힘이 깃들어 있으니 말야. 하지만 먼저 진에 뛰어든 도련님들과 아가씨들한테까지 그런 근성을 기대하는 건 무리일 테지?'

엽자건이 걱정하는 바는 자명하다.

그는 유백온과 함께 먼저 팔괘미로칠성진에 뛰어든 일차 관문 통과자들이 그리 오래 버티지 못하리라 봤다. 그들 중 상당수가 팔괘미로칠성진의 파훼법을 알기에 거기 계속 매달릴 가능성이 높았기 때문이다.

타탕!

또다시 날아든 철추를 팅겨낸 엽자건이 다시 번개같이 삼절마곤을 휘둘렀다. 여태까지처럼 눈에 보이는 기관은 있는 대로 박살냈다. 그런 식으로 진의 중심부로 다가들면 결국은 모든 기관과 진식을 무용지물로 만들 수 있다는 판단이었다.

과연 그의 삼절마곤이 잇달아 몇 가지 기관을 부숴 버리자 주변을 자욱하게 가리고 있던 안개가 조금 엷어졌다. 곁들여 극히 다양한 종류로 등장하던 환영 역시 줄어들었다. 일시 개안이 되는 것 같은 변화였다.

가장 진의 영향을 많이 받던 목진풍의 목소리가 밝아졌다.

"보인다! 보여!"

엽자건이 주의 주는 걸 잊지 않았다.

"눈보다 귀에 더 의지해. 아직 환상이 모두 사라진 건 아니니까."

"케엑! 진작 좀 말해주지!"

목진풍이 비명과 함께 다시 투덜거렸다. 환상과 함께 날아든 칼날에 허벅지를 베여 버린 거다.

그때 엽자건의 곁으로 감요진과 남궁수가 다가들었다. 환몽사안으로 진의 환상을 꿰뚫어 보는 감요진의 눈빛은 요요로울 정도로 빛나고 있었고, 남궁수는 눈을 감고 있었다. 청력만으로 엽자건을 찾아왔음이다.

감요진이 말했다.

"자건, 여기가 진의 중심부야?"

"아니."

"그럼 왜 시간을 보내고 있는 거야?"

"조금만 조용히 해봐."

"……."

감요진이 입을 다물었다. 엽자건이 진의 영향으로 극단적으로 제약되어 있는 기감 대신 천시지청술을 사용하고 있음을 눈치챈 까닭이다.

이미 청력에 집중하고 있던 남궁수가 먼저 입을 열었다.

"엽 소협, 팔괘 중 태(兌)의 방향에서 손(巽) 쪽으로 비명성과 이동이 이어지고 있는 것 같네요."

"지금 가장 흉악한 곳이지. 본래는 시간의 흐름상 생문이 아니더라도 휴문이 생겼어야 하는 장소인데, 진이 뒤집혀 버린 바람에 최악의 괘가 되어버렸어."

"제가 가보도록 하죠."

남궁수가 어느새 청류하에 삼엄한 검기를 담았다. 여전히 눈을 감고 있으나 절세의 미모를 자랑하는 얼굴에는 정결한 기운이 넘쳐흐른다.

'혼자서 후기지수들을 구하는 짐을 짊어지시겠다? 이런 점은 요진과 다르군. 역시 정파 출신다워.'

언젠가부터인지는 모른다.

엽자건은 감요진이 자신을 자건이라 부르듯 그녀를 내심 요진이라 일컫고 있었다. 아직 직접적으로 그리 불러본 적은 없으나 이미 마음속으론 세상에서 가장 편한 사람으로 생각하고 있었다.

스슥!

그때 남궁수가 엽자건의 곁을 스쳐 갔다. 그의 대답을 기다리지 않고 신형을 날린 것이다.

팟!

엽자건이 손등을 뒤집어 남궁수의 소매를 거머쥐었다. 그녀가 홀로 진의 가장 흉험한 곳으로 향하게 할 수는 없었다. 애초부터 그런 일이 없도록 하려고 진에 뛰어든 거였다.

“남궁 소저의 무(武)는 지금 최상의 상태가 아니오.”

“항상 최상의 상태로 검을 휘두를 수는 없단 말, 엽 소협에게 들었던 것 같은데요?”

“헛소리였소.”

“예?”

“내가 하는 말의 대부분이 헛소리니, 마음속에 새겨둘 필요는 없다는 뜻이오.”

“그런…….”

남궁수가 잠시 말끝을 흐렸을 때였다. 엽자건이 입가에 흐릿한 미소를 매단 채 그녀에게 전음으로 몇 마디를 던지고 신형을 날렸다. 여태까지 줄곧 뒤에 매달고 다녔던 목진풍에게 염려의 말을 던지는 것도 잊지 않는다.

“진풍, 이곳은 지금부터 휴문이 되었으니, 누님들하고 얌전히 처박혀 있도록 해!”

“혀, 형님, 혼자 어딜 가는 겁니까?”

“꽃다운 여협들을 구하러.”

“꼬, 꽃다운 여협들을 구하러… 형님, 같이 갑시다! 함께 갑시다! 절대로 우리는 동행해야만 합니다!”

“하하, 역시 사내군.”

“데리고 가주는 겁니까?”

“죽기 살기로 따라와야 할 거야.”

“옙!”

　유쾌한 대소와 함께 여태까지처럼 삼절마곤과 하나가 된 엽자건의 뒤를 목진풍이 바짝 따랐다. 피가 낭자한 몸을 해가지고 개방의 비전인 취팔선보를 전력으로 펼친 거다.

　삼엄한 검기의 연환.
　팔괘미로칠성진의 환상과 기관을 더욱 흉험하게 만드는 안개가 놀랍게도 이리저리 흩어져 가고 있었다.
　절진이 만들어낸 기상이변이다. 평범한 검기가 이런 말도 안 되는 일을 가능케 할 수 있을 리 없었다. 조금이라도 기관진식에 대해 아는 자라면 두 눈으로 보고도 결코 믿지 않을 일이었다.
　아니다.
　그들의 무학에 대한 조예가 기관진식에 못하지 않다면 곧 비벼던 눈을 휘둥그레하니 뜰 터였다. 눈앞에서 펼쳐지고 있는 황홀한 검기의 향연 속에서 정파의 하늘에 우뚝 솟아 있는 절대의 검학 하나를 떠올릴 수 있을 테니까.
　태극혜검!
　연신 안개를 밀어내고 있는 완만하면서도 면면부절 이어지고 있는 검기의 정체였다. 내가의 정순한 내력을 바탕으로 일으킨 태극의 검기가 팔괘를 바탕으로 형성된 안개의 변화를 굳세게 막아내고 있는 것이었다.
　당연히 이 놀라운 검기의 주인공은 유백온이었다.

그는 남궁수가 엽자건과 어울리는 광경이 보기 싫어 이차 관문인 팔괘미로칠성진에 뛰어들었다가 곧 이변을 느꼈다. 애초에 자신이 알고 있던 진의 변화가 아니었다. 잠시 당황하긴 했으나 곧 진에 문제가 발생한 걸 깨달았다.

문제는 그때 발생했다. 그와 비슷한 시기에 진에 뛰어든 후기지수들 사이에서 큰 혼란이 벌어졌고, 몇몇은 목숨을 잃거나 큰 부상을 당하기까지 했다.

결국 유백온은 진을 탈출하는 걸 포기하고 육우와 함께 후기지수들을 구하러 나섰다. 진에 대단한 자신감을 가져서가 아니다. 일단 후기지수들을 구한 후 어떻게든 자신의 무공으로 상황을 해결해 볼 작정이었다.

그러나 그의 예상보다 미쳐 버린 팔괘미로칠성진은 무서웠다. 일반적인 절진에 기관이 더해지니 웬만한 전장보다 더욱 살벌할 정도였다.

더군다나 유백온은 혼자 몸이 아니었다.

그의 곁에는 죽어라 배운 것 외엔 써먹지를 못하는 경험 부족한 후기지수들 투성이었다. 파훼법이 먹히지 않자 충격을 받고서 이리 구르고, 저리 쓰러지고, 부상당하는 자들까지 지켜줘야만 했다.

양의건곤검으론 어림도 없었다.

유백온은 어쩔 수 없이 백림산장의 혈전 중에도 아끼고 있던 태극혜검을 펼쳤다. 무당파를 대표하는 절대의 검학으로 자신과 육우, 우왕좌왕하는 후기지수들을 방어해 냈다. 그들의 목숨을 구한 것이다.

'내가 익힌 태극혜검은 고작 오성의 수준. 이 정도 방어도 그리 오랫동안 유지할 순 없다. 그러니 그전에 무슨 수를 써야 할 터인데……'

유백온의 시선이 자연스레 당소교를 향했다.

이곳에 모인 후기지수들 중 그나마 나은 인재라면 육우라 할 수 있었다. 특히 당소교는 혜지가 매우 빼어난 편이었다. 그녀에게서 해답을 발견치 못한다면 다른 곳에서 구할 수 있을 리가 없다.

그러나 항상 유백온의 시선에 민감하게 반응을 보이던 당소교는 지금 넋이 나가 있었다. 그와 시선을 맞추기는커녕 뭔가 깊은 상념에 빠져서 몇 번이나 기관에 부상을 당할 뻔했다. 도움이 되지 못한다.

유백온의 얼굴이 실망으로 굳었다. 내심 최악의 상황까지 떠올리지 않을 수 없게 되었다.

한데 그때였다.

그의 검기가 밀어내고 있던 안개, 저편이 갑자기 맹렬한 진동을 일으켰다.

쩌릉! 쩡! 쩡!

평범한 진동이 아니었다. 무언가가 무식한 방법으로 박살 나는 소리였다. 그와 연동해 진세가 마구 진동을 일으켰다.

필시 기관진식 자체가 타격을 받았음이 분명하다.

더불어 유백온의 귓전을 때리는 목소리 하나!

"그런 굉장한 검기를 지닌 주제에 뭘 하고 있는 거야! 지금 당장 수세를 버리고 공격에 나서라구!"

'이 목소리는……'

귀에 콱 날아와 박히는 익숙한 외침에 유백온의 눈이 빛을 발했다. 암울하게 굳어 있던 표정 역시 크게 풀렸다. 그를 한때 좌절하게 만들었던 당사자의 목소리, 지금은 더할 나위 없이 믿음직스럽게 들린다.

스스슥!

그때 그의 예상대로 삼절마곤이 만들어낸 돌풍과 함께 엽자건이 모습을 드러냈다. 뒤에는 피투성이가 된 목진풍이 바짝 따라붙고 있다.

엽자건이 여전히 움직이지 않고 있는 유백온을 향해 다시 버럭 소리쳤다.

"아직도 움직이지 않는 거요! 기관진식의 변화가 둔중해진 게 느껴지지 않아?"

유백온의 눈이 더욱 빛을 발했다.

"함께 있는 이가 많소. 방수가 필요하오."

"여기 있잖소."

엽자건이 목진풍의 뒷덜미를 낚아채 휙 하고 집어던졌다. 그 자신 역시 움직임을 보였고.

'기관진식이 다시 변하기까지 반 호흡. 그전에 이 고착화된 상황을 해소해야만 한다.'

언제나처럼 계산을 먼저 한 유백온이 비로소 움직임을 보였다. 방어 일변도였던 태극혜검의 검기를 일시 모아서 안개의 바다를 두 조각으로 쪼개낸 것이다.

번쩍!

일순 눈부신 섬광이 일었다. 안개의 바다를 갈라 버렸다. 그 사이로 엽자건이 삼절마곤과 함께 기민하게 움직였다. 순간적으로 드러난 부근의 기관을 닥치는 대로 박살내 버렸다.

쩌정! 쾅쾅쾅쾅!

잇단 굉음과 함께 주변을 자욱하게 에워싸고 있던 안개가 화악 흩어졌다. 진세 중 가장 흉험하던 곳의 기관이 거의 힘을 못 쓰게 되어버린 거다.

덕분에 엽자건에게 집어 던져진 목진풍은 별다른 부상 없이 바닥에 착지할 수 있었다. 여전히 피투성이의 몰골이었으나 묘하게도 그가 모습을 드러낸 것과 동시에 안개가 걷혔다. 기관 역시 동작을 멈췄고 말이다.

"사, 삼절신풍 목진풍 소협?"

"개방의 그 더럽게 생긴 목 소협?"

마침 몇 명의 여협이 목진풍을 발견하고 눈을 크게 떴다. 그의 행색이 워낙 특이해 안개가 걷히자 알아볼 수 있었다.

목진풍이 얼른 구부정한 등을 활짝 폈다.

"그렇소. 내가 개방의 삼절신풍 목진풍이오. 소저들이 위기에 빠진 걸 알고 엄청난 고난과 역경을 헤치고 이곳까지 한달음에 달려온 것이오."

'굳이 그렇게 떠들지 않아도 알 것 같은 모습인데…….'

'피투성이야! 피투성이!'

진에 뛰어든 후 많은 수의 후기지수들이 죽거나 부상을 당하긴 했으나 유백온과 함께한 무리는 거의 피해가 없었다. 그의 태극혜검에 보호를 톡톡히 받고 있었기 때문이다.

피칠갑을 한데다 행색까지 꾀죄죄한 목진풍을 바라보는 여협들은 딱 못 볼 것을 봤다는 표정이었다. 개중에는 동정 어린 표정을 짓거나 슬그머니 시선을 딴 쪽으로 돌리는 여협들까지 있을 정도였다.

목진풍의 인상이 구겨졌다.

'이 분위기는 뭐야? 왜 나한테는 꺄악거리며 달려들지 않는거냐구! 내가 어떤 개고생을 하면서 여기까지 왔는데…….'

목진풍은 억울했다. 분했다. 자연히 그의 시선이 어느새 합류한 유백온과 엽자건에게 향했다. 자신이 그렇게 갈구하고 있던 여협들의 관심이 온통 그쪽에 쏠려 있었기 때문이다.

엽자건이 나직이 휘파람을 불었다.

"휘이! 대단한 검법이군. 잘 못봤으니까, 나중에 다시 한

번 자세히 보여줄 수 있겠소?"

"그건 곤란하오."

"또 곧바로 정색하긴. 흰소리였고. 지금부터 나랑 함께 이 빌어먹을 진을 박살내러 갑시다."

"진의 중심부를 부수려는 것이오?"

"알고 있네?"

"팔괘미로칠성진에 대해선 다행히 사문에서 공부한 적이 있었소. 그래서 이런 일이 어떻게 벌어졌는지에 대해서 줄곧 고심하고 있었는데, 결론은……."

"결론은 진의 중심부가 망가졌다는 거지. 그러니 그걸 박살내 놓지 않으면 평안무사하게 진을 빠져나갈 수 없는 거고 말야. 그렇게 잘 알면서 어째서 이런 곳에서 기운만 빼고 있었던 거요?"

"내 능력으론 진의 중심부까지 갈 수가 없었기 때문이오. 하지만 엽 소협과 함께라면 가능할 것이오."

"가능하지 않으면 곤란하다구. 나한테도 지켜야 할 사람이 있어야 말야."

'남궁 소저를 말하는 건가! 그리고 보니 그녀는 어디에 있는 거지?'

유백온의 눈빛이 가볍게 흔들렸다. 남궁수가 엽자건과 함께 있었던 걸 뒤늦게 떠올린 까닭이다.

그러나 어느새 엽자건이 저 멀리 내달리고 있었다. 정말 언

행일치(言行一致) 하나는 분명한 사람이다. 말을 내뱉자마자 곧바로 실행한다.

유백온이 내심 한숨을 내뿜고 제운종을 펼쳤다. 여기서 엽자건을 놓칠 수는 없다는 판단이었다.

휘리릭!

그의 신형이 다시 자욱해져 오기 시작한 안개의 바다 속으로 날아갔다. 이미 그 속에 풍덩 빠져든 엽자건의 뒤를 맹렬한 속도로 쫓기 시작한 것이다.

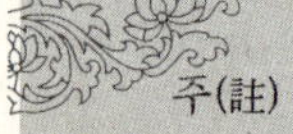

주(註)

해동청:해동청이란 말뜻은 매를 지칭하는 우리나라의 옛말로 이 새는 참매와 더불어 사냥을 잘하기로 유명한 새다. 특히 한반도와 만주의 매가 사냥을 잘하기로 유명하다. 중국, 몽고, 일본 등의 나라에서 대단한 명품으로 대접을 받았다.

팔괘:가지의 괘. 주역의 산목에 그려진 여덟 가지의 첨상을 말한다. 여덟 가지의 괘는 주역(周易)의 산목(算木)에 그려진 여덟 가지의 첨상(占象)인 건(乾), 태(兌), 이(離), 진(震), 손(巽), 감(坎), 간(艮), 곤(坤) 등이다. 운명 판단의 기본 원리이며 첨(占), 역(易), 복첨(卜占)의 뜻으로 변하였다. 사기(史記)의 《삼황기(三皇紀)》에 의하면 팔괘는 중국 최초의 제왕 복희(伏羲)가 천문지리를 관찰해서 만들었다고 한다. 뒤에 이 괘 두 개씩을 겹쳐 중괘(重卦) 64패를 만들어 사람의 길흉화복을 첨치게 되었다.

第四十一章

독존마군(毒尊魔君)

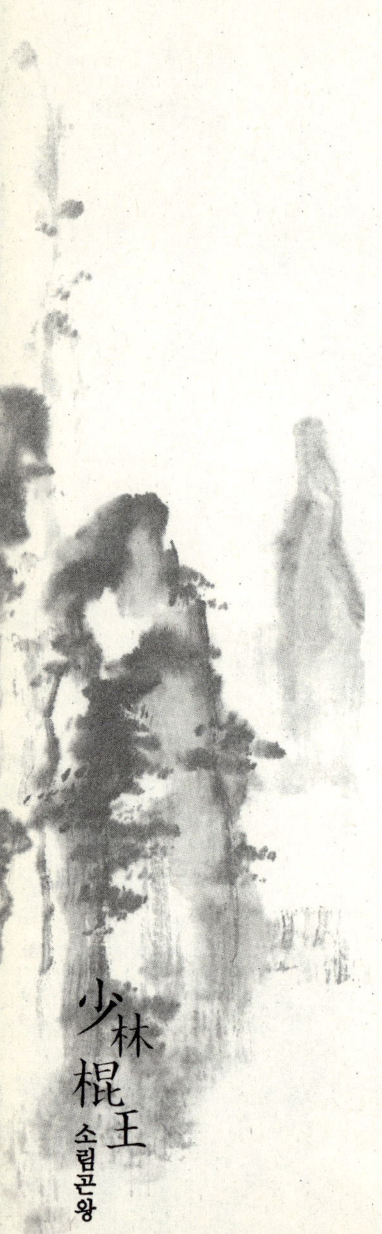

少林棍王
소림곤왕

삼차관문.

일종의 요식행위였다. 천룡비무대전의 본선에 오르는 명문정파의 후기지수들에게 명망 높은 명숙이 덕담 몇 마디를 던지는 정도의 자리라 할 수 있었다.

그래서 그런가?

나름대로 형식을 갖춘 일차관문과 절진이 설치되어 있는 이차관문과 달리 삼차관문 앞은 커다란 차양 하나가 놓여 있을 뿐이었다. 그밖에 관문을 통과할 만한 꺼리는 눈을 씻고 찾아봐도 보이지 않았다. 그냥 두 명의 심사관이 차양 아래 앉아서 느긋하게 시간을 보내고 있을 뿐이었다.

그렇다 해도 이번 사천 무림대회의 핵심 중 하나인 천룡비무대전의 본선에 오르는 마지막 관문이었다. 요식행위라 한들 심사관을 아무나 내세울 수는 없었다. 일, 이차관문과의 형평성이 있었기 때문이다. 나름대로 명성과 위치가 분명한 고수가 대기하고 있었다.

두 명의 심사관 중 청성파(靑城派)의 속가 장문인인 활인검협(活人劍俠) 문황이 무료한 기색이 완연한 표정의 풍류무영권 언영에게 질문을 던졌다.

"언 대협, 이제 슬슬 이차관문의 통과자들이 몰려올 때가 된 것 같습니다만?"

"그렇소이까? 하긴, 팔괘미로칠성진이 그리 어려운 것도 아닐 터이니까……."

"허어, 어찌 그런 말씀을 하십니까? 본래 팔괘미로칠성진은 무림의 절진 중에서도 엄청난 위력을 지녔기로 유명합니다. 웬만큼 진에 대해 잘 알지 못한다면 절정 급의 고수라 해도 매우 고전하지 않을 수 없을 것이외다."

"그렇지요. 그렇긴 합니다만, 이차관문쯤 들어선 후기지수들이라면 팔괘미로칠성진의 핵심이 되는 학문쯤은 익힌 자들이 대부분 아니겠소이까?"

"그렇긴 합니다만, 팔괘미로칠성진을 폄훼해서는 안 된다고 봅니다. 자칫 이번 사천 무림대회의 격을 떨어뜨리는 일이 될 수도 있으니까 말이외다."

"뭐, 그렇겠지요."

대답과 함께 언영이 픽 웃어 보였다. 어차피 삼차관문까지를 통과해 천룡비무대전의 본선에 오를 자들은 정해져 있었다. 대충 아는 처지에 이런 식으로 정색을 하는 문황이 꽤나 우습게 여겨진다.

그때 문황 덕분에 무료함이 싹 날아가 버린 언영의 눈에 이채가 어렸다. 드디어 이차관문 쪽에서 통과자가 걸어오고 있었다. 의외인 점은 외양이 꽤나 낯설다는 거다.

'금안? 저런 독특한 외양의 후기지수라면 지난 며칠간 내 눈에 띄었을 터인데⋯⋯.'

금황 역시 비슷한 생각을 했다.

'이차관문을 가장 먼저 통과했다면 필경 이름 높은 명문의 후기지수일 터인데, 어째서 낯이 설단 말인고?'

지난 며칠간 명문의 후기지수들은 사천 무림대회가 열리는 청양궁에 잔뜩 운집해 있었다. 서로간에 얼굴을 익히고 각 문각파의 명숙들에게 우르르 몰려다니며 인사하고 인맥을 넓히는 시간을 보내기 위함이었다.

당연히 문황과 언영은 이미 대부분의 후기지수들의 신상 명세를 파악하고 있었다. 이미 수차례에 걸쳐 그들에게 인사를 받고 환담을 나눈 바 있었기 때문이다. 예상을 벗어난 이차관문의 첫 번째 통과자에 의아함을 갖지 않을 수 없다.

그렇다 해도 그들은 당금 무림을 주도하는 입장에 있는 사람들이었다. 내심을 얼른 숨긴 그들이 곧 만면 가득 부드러운 미소를 만들어냈다. 예정되었던 대로 이차관문의 통과자를 따뜻하게 맞이해 주려 했다.

반면 멀리서 차양 아래에 앉아 있는 두 명의 심사관을 발견한 냉고성이 냉소를 띠었다.

'초절정에 근접한 고수인 주제에 완전히 방심하고 있잖나? 그래 주면 나야 편하지!'

슥!

문득 냉고성이 지축을 박차며 신형을 분신시켰다. 자신을 향해 환하게 웃고 있는 문황과 언영과의 간격을 순간적으로 확 줄여 버린 것이다.

더불어 좌우로 휘둘러진 두 개의 수도!

"뭐……."

"헉!"

문황은 위험을 감지하고 입을 벌렸다. 너무 늦었다. 이미 냉고성의 수도에서 일어난 잔혹심살도법에 목이 잘리기 직전이었기 때문이다.

푸확!

일순 문황이 목이 거진 절반이나 잘린 채 바닥에 쓰러졌다. 나뒹굴었다.

그와 함께 역시 비슷하게 위험을 감지한 언영은 완전히 무료함이 날아가 버린 표정이 되었다. 옆구리에 갈비뼈가 드러

날 정도의 상처를 입었으니, 그런 표정을 지으려야 지을 수
없는 게 당연하다.

흔들.

언영이 부상을 아랑곳하지 않고 신형을 움직였다. 일자를
이루고 있던 어깨의 선이 급격히 한쪽으로 기울더니, 그의 주
먹이 번개같이 앞으로 튀어나갔다.

우릉!

언영의 주먹에서 언가를 권문정종(拳門正宗)이라 불리게
만든 천붕권(天崩拳)이 쏟아져 나왔다. 폭발적인 기세로 대기
를 휘젓고 하늘이 무너지는 듯한 뇌성을 일으켰다. 쏟아지는
햇볕을 막아주고 있던 차양 역시 용권풍에 휘말린 듯 날아가
버린다.

"제법."

냉고성이 나직이 조소했다. 언영의 천붕권에 놀라서가 아
니다. 그의 일권이 일으킨 굉음이 사람을 불러올 것을 알고
있었기 때문이다.

그렇다 해도 언영을 살려둘 마음은 없다.

빙글!

그의 신형이 곧바로 회전을 보이더니, 연달아 날아드는
천붕권의 권압 속으로 교묘하게 파고들어 갔다. 또다시 이
형환위를 연달아 사용한 것과 같은 효과의 신법을 펼친 것
이다.

더불어 수도 역시 다시 휘두른다.

그러자 옆구리로 피를 흘리면서도 죽을 각오로 천붕권을 연달아 쏟아내던 언영의 얼굴에서 푸들거리는 떨림이 보였다.

굳건하던 신형 역시 뒤틀림을 보인다.

그럴 수밖에 없다.

순간적으로 아래에서 위로 내쳐진 냉고성의 수도에 그의 얼굴 반면이 날아가 버렸다. 옆구리에 이어 얼굴마저 피범벅이 되어버리고 만 것이다.

그래도 언영은 포기하지 않았다.

그의 주먹은 태산 같은 힘을 담고 냉고성을 향했다. 여전히 천붕권의 권력을 가득 담고서.

"멍청한."

냉고성이 다시 조소했다. 언영의 우직함이 그의 잔혹한 심사를 자극했다. 산 채로 붙잡아다가 차라리 죽여달라고 울부짖고 애걸할 때까지 고문을 가하고 싶어졌다.

그런데 막 다시 언영에게 수도를 날리려던 냉고성의 신형이 갑자기 뒤로 빙글거리며 회전했다. 한 번만이 아니다. 연달아 대여섯 차례나 그리 했다.

휘리리리릭!

더불어 그의 소매 속에서 여태까지 한 번도 사용치 않았던 만리지도가 빠져나왔다. 수도로도 절정 급의 고수를 무 자르

듯 하던 잔혹심살도법이 폭포수처럼 쏟아져 나왔음은 물론이다.

파팟! 파파파파팟!

뒤로 공중제비 도는 냉고성의 몸을 일순 만리지도가 만들어낸 도막이 완전무결하게 에워쌌다. 천하의 어떤 막강한 무공이라도 막아낼 수 없는 방어막이었다.

이유?

곧 알 수 있었다. 냉고성의 도막에서 일순 불똥이 튀어 올랐다. 하나가 아니다. 십여 차례에 걸쳐서 일어났다. 기습을 당한 것이다.

스슥!

결국 냉고성이 신형을 바로 세운 건 언영으로부터 십 장이나 떨어진 장소였다. 촌각 만에 문황과 언영이라는 양대고수를 재기 불능의 상태로 만든 그로선 의외의 상황에 봉착하게 된 셈이다. 근래 부쩍 늘어난 그의 무공을 생각하면 더욱 그렇다.

그때 피투성이가 된 언영의 앞에 한 명의 신태비범한 노인이 떨어져 내렸다. 무려 삼십 장 밖에서 언영의 목숨을 구한 독존 당무양의 등장이었다.

"잔혹마군, 듣던 것과 다른 용모군. 무공 역시 마찬가지고."

"독존 당무양?"

"세상에서 노부를 그리 부르긴 하지. 그보다 오늘은 이쯤하고 이만 물러나는 게 어떤가?"

"내가 겁이 나는 건 아닐 테고……."

잠시 말을 끌던 냉고성이 금안을 반달 모양으로 만들어 보였다.

"…오호라, 천하의 독존이 사람을 구하려 하고 있는 건가? 하긴 거기 몸의 피를 절반쯤 쏟아낸 두 필부라거나 이차 관문인 절진에 갇힌 어린 녀석들이 모두 죽어버리면 꽤 큰 문제가 되겠군. 이번 사천 무림대회의 주최자가 당가니 말야."

"잔혹마군, 노부가 꼭 네 주둥이를 닫게 만들어야만 하겠느냐?"

"그래 보시던가?"

냉고성의 금안에 형형한 안광이 담겼다. 진짜로 당무양과 한판 붙어보기로 작정한 것이다.

*　　*　　*

콰득!

엽자건의 삼절마곤이 번뜩인 순간, 네모 반듯한 석비가 두 조각으로 박살났다.

그와 동시다. 여태까지 주변을 안개 속에 몰아넣은 채 흉흉

한 기관이 미친 듯 작동하던 상황이 전면적으로 해제되었다. 냉고성에 의해 미쳐 버린 팔괘미로칠성진이 완전히 제 기능을 잃고 부서져 버린 것이다.

"망할 것! 힘들게 하고 있어……."

엽자건이 한마디 투덜거림과 함께 어깨를 으쓱해 보였다. 진의 중심부에 이를 때까지 어울리지 않을 정도로 신중한 태도를 유지하고 있던 것과는 대조적인 모습이다.

그때 엽자건이 진의 중심부에 이르게 하기 위해 열심히 기관의 몰이를 당해야 했던 유백온이 창백한 얼굴로 다가왔다. 절정의 무위로 태극혜검을 사용했음에도 땀투성이에 숨을 헐떡거리는 게 그동안의 고초를 짐작케 한다.

"진 소협, 이제 완전히 기관진식이 해제된 것이오?"

"그럴 거요, 내가 아는 한도 내에선."

"수고하셨소."

유백온이 엽자건에게 정중하게 포권해 보였다. 여태까지 자신이 겪은 고초 따윈 전혀 개의치 않는 모습이다. 처음, 기관의 미끼가 되겠다고 나섰을 때와 마찬가지로.

'자식, 나름 멋있단 말야. 나보다는 못하지만.'

엽자건이 내심 고개를 끄덕이곤 싱긋 웃어 보였다. 유백온이 아니라 진이 해제되는 데 또 다른 일등 공신이라 할 수 있는 두 명의 여인을 향해서였다.

"생각보다 빨리 왔군. 모두 수고했소."

미미하게 고개를 끄덕여 보이는 남궁수와 달리 감요진이 이를 갈 듯 말했다.

"안전한 곳에 처박혀 있으라고 했겠다?"

엽자건이 모른 척 시치미를 뗐다.

"안전한 곳이 아니었나?"

"눈이 웃고 있다, 눈이!"

"그런가?"

엽자건이 손으로 자신의 눈을 얼른 가렸다, 감요진에게 절대로 눈을 보이지 않겠다는 듯이.

감요진이 얄미워 죽겠다는 표정이 됐다.

"자건이 간 후에 다시 기관진식이 움직이기 시작해서 거의 죽을 뻔했잖아! 도대체 왜 내게는 진의 중심부로부터 하부로 이어지는 작은 기관을 부수라는 말을 하지 않은 거야?"

'결국은 그게 서운한 거군.'

엽자건이 감요진의 속내를 간파하곤 눈을 가린 손을 떼어 냈다. 그리고 더욱 시치미를 떼고 말한다.

"남궁 소저만큼 네가 팔괘미로칠성진에 대해서 잘 알고 있다고 생각해?"

"그건 아니지만……."

"그럼 내가 누구한테 부탁을 해야 하는 걸까? 한 치 앞도 가늠할 수 없는 진세 속에서 말야?"

"……."

결국 감요진이 입을 꾹 다물었다. 표정은 여전히 변함이 없다. 다만 엽자건의 말빨에 밀린 것이 무척 억울해 보인다.

그러거나 말거나 엽자건은 남궁수에게 싱긋 웃어 보였다. 자신이 전음으로 전달한 사항을 충실히 이행한 그녀의 성실함에 대한 치사였다.

"남궁 소저 덕분에 살았소."

"저는 엽 소협이 시킨 일에 최선을 다했을 뿐이에요. 그런데 설마 이렇게 빨리 진의 중심부를 파괴하실 줄은 몰랐네요."

"나 혼자 힘으론 어림없었을 거요. 요행히 유백온 형을 만나서 도움을 받지 않았다면 말요."

"유 소협이 도움을 주셨군요?"

남궁수가 유백온에게 미미하게 고개를 끄덕여 보였다. 이제야 그란 존재를 파악한 듯하다.

유백온이 낯을 붉혔다. 이 정도의 관심조차 남궁수에게 받아본 적이 없었다. 감지덕지란 말이 떠오르지 않을 수 없는 순간이었다.

그사이 바라던 꽃밭 속에 풍덩 빠졌으되, 한 마리 호랑나비가 되지 못한 목진풍이 투덜대며 걸어왔다. 기관진식이 정지하자마자 대부분의 후기지수들이 통로로 떠나간 탓에 그를 따르는 자는 몇 명 되지 않았다.

그중 한 명인 당소교가 유백온을 향해 날듯이 달려왔다. 하얇고 작은 얼굴은 어느새 뜨거운 눈물로 범벅이 되어 있었다. 넋을 잃고 있던 중 유백온이 엽자건과 떠난 걸 깨닫고 혼백이 흩어질 정도로 놀라 버린 거다.

유백온이 품에 안겨 우는 당소교를 안은 채 안절부절못하는 표정이 되었다.

"교, 교 소매……."

"으흐흑, 소, 소매는 백온 대가가 죽어버렸을까 봐……."

"……."

유백온이 난처한 표정으로 남궁수를 바라봤다. 그러나 그녀는 여전히 감요진과 함께 엽자건의 곁을 떠나지 않고 있었다. 전날 밤에 말한 대로 유백온에겐 일말의 관심조차 없는 것 같은 모습이다.

'하아!'

결국 유백온이 내심의 한숨과 함께 품속의 당소교를 살짝 안아줬다. 그의 마음속에 아주 오랫동안 자리잡고 있던 남궁수의 영상이 조금쯤 빛이 바래는 순간이었다.

그때 엄청난 떠벌이가 된 목진풍에 의해 의리없고 얍삽한 후기지수들의 행태에 대해 전해 들은 엽자건이 눈살을 찌푸렸다. 이건 그의 예상을 살짝 벗어난 일이 벌어진 까닭이다.

'그래도 명문정파의 후계자란 녀석들 중에 어째 이리 닭대가리들이 많은 거야? 지들이 지금 기관진식이 정지했다고 좋아라 통로로 몰려 나가면 팔괘미로칠성진을 이 꼴로 만든 놈이 참 훌륭하다고 칭찬이라도 해주겠냐고!

팔괘미로칠성진을 망가뜨린 자!

엽자건이 보기엔 아주 껄끄러운 상대였다. 무공뿐 아니라 심기와 배포 역시 평균치를 월등히 뛰어넘는 자라 생각되었다. 일반적인 후기지수들로선 아예 상대 자체가 안 될 게 뻔했다. 또 한차례 혈풍이 불지도 모르는 거다.

스슥!

그 같은 판단을 내린 순간 엽자건은 이미 부풍무영을 펼치고 있었다. 더 이상 자신이 보는 앞에서 머리에 피도 안 마른 후기지수들이 학살당하는 꼴은 보고 싶지 않았기 때문이다.

"아직 싸움은 끝난 게 아냐! 모두 날 따라와!"

"……."

"……."

남궁수와 감요진이 별말없이 엽자건의 뒤를 따랐고, 목진풍은 잔뜩 인상을 굳힌 채 투덜거렸다. 그러며 특기인 취팔선보를 펼친다.

"형님, 좀 쉬었다가 갑시다! 나는 피도 많이 흘렸단 말이오! 빈혈이 와서 쓰러질 것 같다니깐!"

진중에 아직 남은 사람도 있었다.

여전히 하나가 되어 있는 유백온과 당소교, 그리고 육우의 나머지 인물들이었다. 그들 중 몇 명은 부상까지 심하게 당한 상태라 그냥 남아 있었다.

우신애가 팔을 다친 북궁예연을 부축한 채 한탄하듯 말했다.

"모두 하나하나 짝을 찾아가는데, 언니하고 나는 여전히 외로운 외기러기 처지네요."

북궁예연이 퉁명스레 말했다.

"나는 점찍은 사내가 생겼다. 신애, 너와 같이 취급하지 마."

"뭐어어?"

우신애가 너무 놀란 나머지 북궁예연을 부축하고 있던 손에 힘이 들어갔다. 내력을 쏟아내지 않은 게 용할 정도다.

"아파!"

북궁예연이 소리를 지르자 우신애가 낯을 붉혔다. 북궁예연을 아프게 한 것보다 자신의 목소리가 너무 높았다는 생각이 든 까닭이다.

과연 심각한 중상을 당해 이제 더 이상 천룡비무대전에 참가하는 건 포기할 상황에 빠진 형 성대경 곁에 바짝 붙어 있던 성인경의 시선이 강하게 느껴졌다.

그 역시 아직 정해진 짝이 없는지라 평상시 북궁예연이나

우신애에게 관심이 많았다. 귓속으로 우연히 파고든 두 여인
의 대화에 신경이 바짝 곤두선 것도 무리는 아니다.

우신애가 북궁예연을 끌고 한곁으로 걸어갔다. 목소리는
어느새 모기만큼 작아져 있다.

"언니, 정말이에요? 누구예요? 도대체 언제부터?"

"하나씩만 물어봐라. 그리고 내가 허언을 하는 성격인 것
같더냐?"

"아뇨. 그럼 누구예요?"

"개방의 목진풍."

"에……."

다시 목청을 높이려다 우신애가 얼른 손으로 입을 막았다.
그러나 곧 눈을 크게 뜨고 얼굴 역시 붉게 달아오른다. 흥분
한 것이다.

"언니, 미쳤어요? 그런 거지를……."

"거지지만 무공은 강하지. 게다가 그는 개방의 후개 후보
야. 나중에 개방의 방주가 될 수도 있어."

"그래 봐야 거지잖아요!"

"거지지. 하지만 분명히 북궁세가에는 도움이 될 거야, 그
와 혼인을 한다면."

"그런……."

뭐라 다시 반박하려던 우신애가 말끝을 흐렸다. 문득 근래
들어 과거 사패 중 일좌이던 때의 명성을 거진 잃어버리고 팔

대세가의 하위에 속하게 된 북궁세가의 처지를 떠올린 까닭
이다.

북궁예연이 담담하게 말을 이었다.

"어차피 나는 네가 알다시피 사내한테 그리 관심이 없어.
그러니 차라리 가문에 도움이 되는 신랑감을 얻는 게 낫지 않
겠어?"

"그렇다곤 해도 목진풍, 그자는 여자라면 아무나 좋은 것
같던데요. 그런 자라도 괜찮은 거예요?"

"그러니 더욱 잘됐잖아? 나처럼 재미없는 여자라도 감지덕
지할 거고, 나중에 혼인한 후에도 적당히 첩을 안겨주면 만족
할 테니까 말야."

"……."

우신애가 입을 벌린 채 아예 아무런 말도 못하게 되었다.
그녀는 알고 있었다, 북궁예연이 자신처럼 은근히 엽자건이
나 유백온에게 관심이 있었다는 것을.

'하지만 엽 소협에겐 아수 언니가 붙어 있고, 백온 대가는
방금 전에 교 소매에게 완전히 넘어갔으니, 두 사람 모두 희
망이 없다고 본 거로구나! 하지만 감 소협한테도 나름대로 관
심이 있는 것 같더니만. 하긴, 감 소협은 무척 잘생기긴 했지
만 뒷배경조차 애매한 사람이니까……..'

우신애 역시 하남의 명문인 비천검문 출신이었다. 우신애
의 대승적인 결정을 이해 못할 바는 아니었다. 이번 사천 무

림대회가 끝나면 그녀 역시 매파의 방문을 피할 길이 없을 터 였기 때문이다.

"하아!"

결국 우신애가 한숨을 내쉬었다. 북궁예연의 현실적인 결 정이 결코 남의 일 같지 않아서였다.

이차관문의 통로 앞.

완전히 정지해 버린 기관진식 덕분에 쉽사리 팔괘미로칠 성진을 빠져나온 후기지수들의 몰골은 그야말로 형편없었 다.

얼굴에 피칠갑을 한 자는 보통이고, 발이나 팔이 잘리거나 복부에 큰 부상을 당한 자도 적지 않았다. 몸이 성한 자들이 오히려 찾아보기 힘들 정도였다.

그래도 그들의 표정은 밝았다.

언제 유백온과 육우의 곁에 바짝 달라붙어서 벌벌 떨고 있 었냐는 듯 희망이 넘실거렸다. 무지막지한 기관을 뚫고 이차 관문을 통과했다는 자부심과 영광스런 미래에 대한 기대를 노골적으로 표명하고 있었다. 어찌 됐든 압도적인 무력의 차 를 느껴야 했던 남궁수나 유백온보다 먼저 관문을 통과했다 는 자기 기만 역시 크게 한몫을 했음은 물론이다.

잠시뿐이었다.

그들은 곧 안색이 하얗게 질려 버리고 말았다. 삼차관문으

로 이어져 있는 통로 저편으로 이어진 혈로를 발견한 까닭이
다.

"어, 어째서 이런 말도 안 되는 일이……."

"완전히 피바다잖아!"

"이차관문도 그렇고… 도대체 무슨 일이 벌어지고 있는
거야?"

"저분은 십수살 당준 대협이시잖아!"

당가와 관련이 깊은 청성파 속가 출신의 후기지수가 대경
한 표정으로 소리질렀다. 그에겐 우상이나 다름없던 당준이
이차관문의 심사관들과 함께 피바다 속에 누워 있는 모습에
큰 충격을 받은 거다.

그때 그의 귓전으로 냉정한 목소리가 파고들었다.

"비켜!"

"무슨… 헉!"

재빨리 비키지 못한 청성파 후기지수가 바닥에 널브러졌
다. 나름대로 기초를 튼튼히 연마한 터였음에도 제대로 된 낙
법조차 펼치지 못했다. 단숨에 나뒹굴어 버렸다.

그 사이를 번개 같은 그림자가 스쳐 지나갔다. 이차관문을
빠져나오자마자 신법의 속도를 가속시킨 엽자건이었다. 다
름 아닌 십수살 당준이란 이름 때문이었다.

스스슥!

일시 어찌나 속도를 가속시켰던지 분신까지 형성되었다.

일부러 만든 게 아니라 일반적인 인간의 시력으로 따라잡을 수 없는 정도까지 부풍무영을 끌어올려서이다.

그렇게 순식간에 당준 앞에 이른 엽자건이 그의 코끝에 손가락을 가져다 대더니, 번개같이 손가락을 튕겼다.

타탁! 타타타탁!

그의 손끝에서 일어난 탄지신통이 당준의 막힌 기혈을 뚫어 숨구멍을 터주고, 심맥의 네 개 혈을 봉맥해서 최후의 진원지기를 보존시켰다. 사부 보종의 간호를 오랫동안 하다 보니 자연스레 몸에 익은 구호법이 빛을 발하는 순간이었다.

게다가 엽자건의 내공은 천하에서 가장 기괴무쌍했다. 소림의 양대신공인 역근경과 세수경이 칠마의 칠종진기를 화합시키고 있었다. 비록 당준을 빈사 상태에 빠뜨린 냉고성의 내경이 절대지경을 넘보는 수준이었으나 충분히 감당할 만했다. 어차피 칠종진기 중 하나가 근간을 이루고 있었기 때문이다.

"후욱!"

죽음을 거진 앞에 두고 있던 당준의 숨결이 미약하나마 정상으로 돌아왔다. 그 자신의 강력한 무공과 엽자건의 시의적절한 도움으로 죽음 중에서 삶을 구할 수 있었다.

그제야 당준에게서 떨어진 엽자건이 주변에 모여든 후기지수들을 향해 명령하듯 말했다.

"남궁 소저, 다른 부상자들이 있을 것이오. 몇 명을 데리고 가서 살릴 수 있는 자들은 살리도록 하시오.”

“예!”

남궁수가 얼른 복명했다. 전날 백림산장에서와 동일하다.

“백온 형은 정상인 친구들과 함께 이차관문을 도로 되집어 나가서 일차관문의 심사관에게 이 사실을 알리도록 하시오. 최대한 병력을 있는 대로 끌어 모아 오셔야만 할 거요.”

“알겠소!”

뒤늦게 팔괘미로칠성진을 빠져나온 유백온이 역시 복명했다. 그 역시 남궁수처럼 자존심은 잠시 접어두기로 했다. 십삼성에 속하는 당준이 생사지경에 빠져 있는 상황을 보고 사태가 예상보다 훨씬 심각함을 깨달은 까닭이다.

“그리고 진풍!”

“예, 형님!”

“너는 백온 형을 따라갔다가 곧바로 성도성 밖으로 나가 개방의 분타로 달려가라. 뭐 때문인지는 알겠지?”

“물론입니다! 곧바로 천라지망을 펼쳐서 성도성 밖으로 쥐새끼 한마리 빠져나가지 못하도록 하겠습니다!”

“그러면 안 되고.”

“예?”

“개방을 무시하는 건 아니지만, 십삼성에 속한 당준 선배가 당했다. 애꿎은 개방 제자들이 피해를 입을 수 있으니까 절대로 수상한 자를 보면 상대하지 말라고 알리란 뜻이야.”

"형님……."

목진풍이 감동한 표정으로 엽자건을 바라봤다. 그가 다른 무림 문파의 사람들과 달리 개방을 진심으로 걱정해 주고 있음을 눈치챈 까닭이다.

그사이 엽자건이 감요진과 눈을 맞추곤 곧바로 신형을 삼차관문 쪽으로 날렸다. 당준을 이렇게 만든 자를 절대로 그냥 놔둘 순 없다는 판단이었다.

스슥! 슥!

엽자건을 쫓아서 감요진 역시 신형을 날렸다. 그녀로선 정파 무림인들이 살상을 당하든 말든 관심 밖이었다. 오히려 이틈에 성도를 빠져나가는 편이 낫지 않을까 생각하고 있었다. 그러나 엽자건이 강한 눈빛을 보내왔다. 어찌 따르지 않을 수 있겠는가?

'에휴, 나도 모르겠다. 일단은 갈 때까지 가보는 거지…….'

감요진이 내심 한숨을 내쉬며 발을 재게 놀렸다.

*　　　*　　　*

지이이이잉!

바늘 하나 파고들지 못할 정도의 도막을 형성하고 있던 만리지도가 구슬프게 울음을 터뜨렸다. 연달아 밀려드는 압력을 견디다 못해 주인에게 호소를 하기 시작한 것이다.

냉고성은 내심 놀랐다.

'독존의 무위가 삼기에 속한 철담협개보다 뛰어날 줄이야! 독공이나 암기술만 조심하면 될 줄 알았더니만……'

그는 진짜로 그리 생각하고 있었다. 그래서 당무양을 만났을 때도 내심 자신만만해 있었다. 현재 자신의 무위라면 이길 수는 없어도 지지는 않을 거라 여긴 것이었다. 독공과 암기만 조심하면 말이다.

완전한 오판이었다.

최초의 일격을 제외하고 당무양은 전혀 암기를 사용치 않았다. 독공 역시 마찬가지다.

그는 자신을 무시한 냉고성을 힘으로 밀어붙였다. 무의 영역을 펼친 후 백 년 전의 최고 고수인 혈군자 당무결 이후 절전되었다고 알려진 귀염독화공(鬼炎毒火功)으로 냉고성을 완전히 압도해 버린 거다.

일종의 기파를 형성한 귀염독화공의 기운이 대기를 열탕처럼 끓어오르게 만들고 있었다. 초열지옥으로 변모시켰다. 더불어 그 기운은 하나의 점으로 모여 연신 냉고성을 압박해 갔다.

덕분에 냉고성은 도주도 못하는 신세가 되었다. 만리지도로 도막을 펼친 채 귀염독화공의 압도적인 힘을 억지로 막아낼 수 있을 뿐이었다. 내심 초조해지지 않을 수 없다.

당무양 역시 내심 크게 놀랐다.

그가 알고 있는 새외칠마는 십삼성이나 이도객과 비견할 만한 자들이었다. 오패군이나 삼기와는 견줄 수 없을뿐더러 아예 상대조차 되지 않는 게 당연했다.

하물며 당무양이 누군가!

오패군의 으뜸이자 내심 삼기 중 누구와 겨뤄도 특기인 독 공이나 암기술없이 이길 수 있다고 자신하는 처지였다. 그러 기 위해 오랫동안 폐관수련을 했고, 지금 와서는 오로지 일왕 인 곤왕 유대유만이 유일한 상대자라 여기고 있었다.

그런데 그의 십성에 이른 귀염독화공의 맹격을 냉고성이 버텨내고 있었다. 의아함과 함께 마음이 조금씩 다급해졌다. 저 멀리 이차관문 쪽에서 무림의 미래를 이끌어갈 영재들이 하나둘 죽어가고 있을 것 같아 노심초사하지 않을 수 없었 다.

그때 그의 눈에 이채가 어렸다.

'허어, 저놈은… 파천마곤 보종의 되바라진 제자 녀석이 아닌가?'

냉고성 역시 눈치챘다.

'놈! 이번에도 내 일을 방해하는구나! 설마 진법에도 조예 가 있을 줄은 몰랐건만!'

그가 망가뜨린 팔괘미로칠성진!

결코 쉽게 통과할 수 있는 성질의 조잡한 진법이 아니었다. 특히 그가 손을 많이 봐서 완전히 기관이 망가져 버린 상태에

선 더더욱 그러했다.

"이건, 진짜 깜짝 놀랄 일이군."

엽자건은 삼차관문 앞에 도착해 당무양과 냉고성의 싸움을 목도한 후 입을 가볍게 벌렸다. 단숨에 여태까지 벌어진 일을 유추할 수 있었기 때문이다.

의문이 생기지 않을 수 없다.

어떻게 느닷없이 냉고성이 금안의 미남자로 변했고, 무공 역시 전날보다 월등히 높아졌는지 이해가 가지 않았다. 이런 일은 무림 중에서도 기사(奇事)라 할 수 있었다.

하지만 냉고성은 높아진 무공으로도 당무양에게 완전히 몰려 있었다. 만리지도로 만들어낸 도막이 점차 빛을 잃어가고 있었다. 굳이 엽자건이 뛰어들지 않더라도 곧 당무양이 쏟아내고 있는 기이막측한 신공에 일패도지할 게 분명했다.

엽자건은 잠시 두 고수의 싸움을 지켜보다 얼른 신형을 날렸다. 당준 때와 마찬가지다. 거의 숨이 끊어지기 직전인 문황과 언영에게 다가가 그들의 상세를 살폈다. 지금 자신이 할 수 있는 가장 중요한 일을 찾아낸 거다.

'허헛, 여우 주제에 제법 쓸만하지 않은가? 아니면 내 눈이 삐어서 애초부터 잘못 본 것일 수도 있겠군.'

당무양은 내심 고개를 끄덕였다. 엽자건이 기민하게 부상자를 돌보는 모습이 크게 만족스러웠기 때문이다.

반면 냉고성은 이를 갈았다. 마음은 더욱 다급해졌다. 이제 당무양이 마음놓고 자신을 공략해 들어올 터였다. 어떻게 막아내야 할지 눈앞이 캄캄해져 왔다.

그때 그의 뇌리 속으로 익숙한 목소리가 파고들었다.

[바보를 탈태환골시켜 줬지 않은가? 그렇게 계속 수세만 취하고 있다간 반 식경이 지나기 전에 내력이 모조리 고갈되어 죽고 말 것이야.]

'이 목소리는……'

누군지는 자명하다. 어찌 움직여야 할지도 알겠다.

지잉!

몇 겹에 걸쳐 도막을 형성하고 있던 만리지도가 다시 울음을 토해냈다. 이번에는 구슬프지 않다. 오히려 도전적이다. 냉고성이 방어를 포기하고 공격에 나섰기 때문이다. 그것도 매우 파격적으로 말이다.

스파앗!

도막이 사라진 것과 동시였다. 냉고성의 만리지도가 수도가 내던 것과 동일한 기음을 내며 당무양을 베어갔다. 그의 귀염독화공의 압도적인 기파를 양파 껍질 벗겨내듯 하며 파고들어 간 것이다.

꿈틀.

당무양의 눈썹이 위로 치켜 올라갔다. 냉고성의 이 같은 공격, 명백한 동귀어진(同歸於盡)의 수법이다. 이판사판의 심정이 아니고선 결코 펼칠 수 없는 짓거리이기도 하다.

'다급해진 것일 테지. 하지만 내 귀염독화공을 너무 우습게봤구나. 동귀어진인들 허락할 것 같았더냐?'

내심의 조소와 함께 당무양의 신형이 가볍게 흔들렸다. 진짜로 흔들린 게 아니라 그리 보였다. 여태까지 냉고성이 곧잘 보이곤 했던 이형환위의 연환을 고스란히 돌려준 것이었다.

더불어 그의 몸 주변에서 일어난 진녹의 화염기!

냉고성이 자신있게 펼친 잔혹심살도법의 삼대절초 중 하나인 심살마백참(心殺魔百斬)을 단숨에 굴절시켜 버린다. 극쾌의 속도로 신형을 이동시키며 극강의 열기를 집중시켜 도강의 직격을 밀어내 버리는 말도 안 되는 짓을 해버린 거였다.

치이익!

냉고성의 만리지도가 빨갛게 달아오른 채 패앵 소리를 내며 옆으로 휘어졌다. 그리고 그 사이를 뚫고 신형을 분신시킨 당무양이 파고들었다. 냉고성의 동귀어진 수법을 분쇄한 만큼 당장 그와의 싸움을 끝장내려 했다.

그런데 바로 그때였다.

갑자기 청양궁의 이곳저곳에서 엄청난 소동이 일어났다.

사방에서 폭발음과 함께, 엄청난 숫자의 비명성이 터져 나왔
다.

난리다. 세상이 완전히 뒤집혀 버린 것 같다.

움찔!

오래전 부동심을 이뤘다 여겼던 당무양이 노안을 찡그려
보였다. 냉고성을 제압하는 것도 실패했다. 시의적절하게 터
져 나온 소란통에 그리되어 버렸다.

반면 냉고성은 그리 크게 놀라지 않았다. 내심 어떤 식으로
든 대법대불왕이 도움을 줄 것을 짐작하고 있었다.

스슥.

단숨에 당무양과의 간격을 벌린 냉고성이 엽자건을 한차
례 노려보곤 번개같이 담장을 뛰어넘었다. 당무양의 부동
심마저 흔들어놓은 소란통 속으로 자신을 숨겨 버린 것이
다.

"허!"

당무양이 나직이 혀를 찼다. 설마 냉고성이 기다렸다는 듯
도주할 거라곤 예상치 못했다. 더불어 사천 무림대회 때문에
중원의 군웅들이 잔뜩 집결해 있는 청양궁에 도대체 무슨 일
이 벌어지고 있는지 궁금했다.

'이런 말도 안 되는 일이…….'

잠시 무의 영역을 확장해 청양궁 전체를 투영한 당무양의
노안이 일그러졌다. 소란의 정체를 간파해 냈다. 도저히 믿어

지지 않는 일이 벌어졌음을 인정하지 않을 수 없었다.

스윽!

그의 신형이 갑자기 공중으로 부양하듯 떠올랐다. 냉고성을 추격하기 위함이 아니었다. 그따윈 이미 안중에도 없었다. 청양궁 전체에 벌어진 말도 안 되는 소란의 원인을 파악하는 게 우선이었다.

"후유!"

문황과 언영에게 응급조치를 끝낸 엽자건의 입에서 가벼운 한숨이 흘러나왔다.

당준 때와 마찬가지다.

싸우는 것보다 사람을 구하는 것이 백배는 더 힘들다. 조그마한 실수라도 절대 해선 안 되기 때문이다.

그런 그의 곁으로 감요진이 뒤늦게 도착했다. 표정이 평상시보다 다소 어두워 보인다.

엽자건은 절대 이런 걸 놓치지 않는다.

"밖에서 벌어진 소란에 대해서 아는 게 있는 거야?"

"아마도."

"아마도?"

"……."

감요진이 입을 다문 채 손가락으로 자신의 눈을 가리켰다.

그녀의 눈빛은 남장을 한 상황임에도 별처럼 아름답고 매혹적이다. 절세의 미모를 더욱 돋보이게 해준다.

어쨌거나 엽자건으로선 쉽사리 이해가 가지 않는다. 미간 사이를 좁힌 채 고개를 가로젓자 감요진이 가벼운 한숨과 함께 설명했다.

"이곳에 오는 동안 말도 안 되는 광경을 발견했어."

"밖의 소란과 관련된?"

"그래. 청양궁의 밖으로 엄청난 숫자의 사람들이 몰려들고 있었어. 적어도 수천 명은 넘는 것 같아."

"무림인인가?"

"아니. 거의 민간인들이었어. 손에 곡괭이 같은 농기구나 기름병을 들고서 달려들어 오고 있었긴 했지만 말야. 그게 무슨 의미인지 알겠어?"

"……."

엽자건이 다시 고개를 가로저었다. 당연하단 표정으로 감요진이 설명을 계속했다.

"무공도 모르는 민간인들이 사천 무림대회가 열리고 있는 이곳, 청양궁을 공격하고 있는 거야. 수천 명이나 되는 자들이 목숨을 걸고서 말야."

"그런 일이 가능한가?"

"가능해, 환몽사안을 사용한다면."

"설마……."

"나는 아니야. 내 환몽사안은 그런 일을 벌일 수 있을 정도의 위력이 없거든.”

“대법대불왕!”

엽자건이 나직이 부르짖자 감요진의 안색이 더욱 그늘졌다. 차마 입 밖에 내지 못했던 이름을 엽자건에게 전해 듣고 오싹 소름이 돋아왔기 때문이다.

그때 청양궁 안팎의 소란이 더욱 심해졌다.

수천 명의 민간인?

감요진이 착각했다. 청양궁으로 몰려든 숫자는 적어도 그보다 몇 배는 넘었다. 사천 무림대회에 모인 중원 전역의 군웅들 전체가 사태 수습을 위해 몰려 나가지 않을 수 없을 정도로 상황이 악화된 것이다, 순식간에.

쫘악!

엽자건이 갑자기 감요진의 손목을 잡아당겼다. 자신의 품 속으로 강하게 끌어당긴 것이다.

“자, 자건…….”

“환몽사안, 해소시킬 수 있지?”

“해보지 않고선 몰라. 진짜로 법왕 사부님께서 손을 쓰신 거라면 내 수준으론 아예 이도 들어가지 않을 테니까.”

“그래도 시도쯤은 해볼 수 있겠군. 나랑 가자.”

“이, 이봐…….”

감요진이 대경한 표정으로 엽자건을 바라봤다. 그가 어째서 이렇게 강경하게 나오는지 이해되지 않았기 때문이다.

　그러나 엽자건은 이미 신형을 날리고 있었다. 그에게 여전
히 손목이 잡혀 있던 감요진으로선 얌전히 뒤를 따를 수밖에
다른 도리가 없었다.

第四十二章

용봉비천(龍鳳飛天)

少林棍王

소림곤왕

청양궁으로부터 백여 장가량 떨어진 노송 위.

언젠가부터 대법대불왕이 특유의 금안을 번뜩이며 입가에 즐거운 미소를 은은히 매달고 서 있었다.

그는 혼자가 아니었다.

바로 곁에 머리를 파르라니 깎은 농염한 미모의 비구니가 있었다. 수 해 전까지만 해도 당당히 칠마의 일좌를 차지하고 있던 현천마녀 능여옥이었다.

그녀는 어째서 갑자기 비구니가 된 것일까? 제자였던 감요진을 곁에 있는 대법대불왕에게 넘긴 것과 함께 지금으로선 알 도리가 없는 일이다.

　문득 능여옥이 청양궁에서 벌어지고 있는 대혼돈을 진심으로 즐기고 있는 대법대불왕에게 말했다.

　"법왕께선 어째서 이런 말도 안 되는 일을 벌이신 것인지요?"

　"존법 라마를 죽인 일에 대해선 궁금하지 않고?"

　"죽을 만한 짓을 저지른 것일 테지요."

　"박정하군. 그래도 한때는 살을 섞던 사이일진대. 아니면 본왕에게 접근하기 위해 단지 이용했을 뿐이기 때문일까나?"

　"원하시는 대로 생각하십시오. 법왕을 재건한 후 불법에 귀의할 때 소첩은 모든 세사의 번뇌를 놓아버렸으니까요."

　"푸하핫! 어차피 내 손에 곤왕이 죽을 테니까 이젠 아무래도 상관할 바가 없다는 뜻이로구나! 무섭다. 여인의 한은 진정 무서워."

　"……."

　능여옥이 입을 꾹 다물었다. 그녀가 아는 대법대불왕은 오만함이 하늘을 찌를뿐더러 심사를 예측키가 지극히 어려웠다. 이런 식으로 딴소리를 늘어놓을 때는 그저 침묵으로 일관하는 편이 최선이었다.

　그러자 유쾌한 대소를 멈춘 대법대불왕이 금안을 가늘게 만든 채 말했다.

　"인간은 태어날 땐 누구나 생사현관이 타통되어져 있지. 그래서 순수한 원천지기를 점차 타락시켜 나가는 거야. 그게 하늘로부터 받은 수명이란 것이지. 그런데 생사현관이 타락하고 더럽혀져서 막히면 타고난 원천지기가 모조리 소멸해 버릴까?"

"그렇진 않습니다. 몸속 깊숙한 곳에 자리잡은 채 사용되어지지 못할 뿐이지요."

"그래, 인간이 만들어낸 무공이란 건 바로 그 원천지기와 후천지기를 어떻게 가장 원활하게 사용하는지에 대한 궁구인 게야. 그러니 본왕이 벌인 일은 절대 말도 안 되는 짓거리는 아닌 게지."

"설마 환몽사안에 사람의 원천지기를 끌어올리는 비결이라도 숨어 있다는 뜻인지요?"

"비슷해. 사실은 원천지기뿐 아니라 후천지기까지 강제로 끌어들여서 단숨에 초인적인 힘을 발휘케 만드는 게 최종적인 목표지만 말야."

"과연 법왕이십니다!"

능여옥이 경악에 찬 표정으로 대법대불왕에게 고개를 숙여 보였다. 그녀 역시 초절정의 경지에 오른 고수다. 지금 대법대불왕이 장난스레 말하고 있는 게 평범한 무학의 법칙을 완전히 뛰어넘는 획기적인 것임을 모를 리 없다.

대법대불왕이 어깨를 한차례 추어 보이며 고개를 가로저었다.

"여태까지는 실패야. 환몽사안의 매혹을 극한까지 전개해

도 인간의 정신력의 붕괴로 인해 원천지기를 약간 끌어올리
는 게 최선이더라구. 그것도 잠시 동안만 말야."

"그런……."

"그렇지만 근래 천운으로 고대마교의 유산 중 하나를 발견
해서 다른 길을 열게 되었지. 오늘의 이 말도 안 되는 짓거리
는 그걸 확인해 보기 위한 첫걸음이 될 거야. 그리고 그로 인
해 곤왕은 네 간절한 바람대로 본왕의 손에 최후를 맞게 될
테지. 오! 저기 유용한 실험 재료가 돌아오고 있구만."

'유용한 실험 재료?'

능여옥이 대법대불왕이 한 말을 곱씹던 중 눈에 이채를 담
았다. 근래에야 서장을 떠나 대법대불왕과 합류한 탓에 그가
중원에 들어서 여태까지 행한 일에 대한 정보가 전무했다. 냉
고성을 수중에 넣은 것을 알 리 만무하다.

그때 청양궁을 벗어난 냉고성이 번개가 무색할 만한 속도
로 대법대불왕 쪽으로 날아왔다. 한차례 도약으로 거진 백여
장을 가로지르니, 전날의 무위를 두 배는 훌쩍 뛰어넘는 듯
보인다.

휘이이이익!

순식간에 노송 앞에 이른 냉고성이 능여옥에게 한차례 시
선을 던진 후 대법대불왕에게 얼른 부복했다. 심복이나 다름
없는 모습이다.

"법왕님의 도움으로 무사히 청양궁을 빠져나올 수 있었습

니다.”

“독존과는 재밌게 놀았고?”

“예상보다 대단한 무위를 지니고 있었습니다. 법왕님의 도움을 받지 못했다면 그 늙은이의 손에서 빠져나올 수 없었을 겁니다.”

“그랬겠지.”

선선한 대답과 함께 대법대불왕이 갑자기 손을 가볍게 내저어 보였다.

촤아아아아앙!

순간 그의 전신에서 일어난 황금빛 서기.

흡사 하늘로 승천하는 와룡과 같이 똬리를 틀며 일어난 황금빛 기운의 첨단에 광금불륜이 존재했다. 대법대불왕의 전신을 휘감으며 위로 솟아오르더니, 요란한 기음과 함께 그의 곁을 떠나간 것이다.

“아!”

“헉!”

능여옥과 냉고성이 거의 동시에 놀란 신음을 토해냈다. 무공에 자신있던 그들이었으나 느닷없이 대법대불왕이 일으킨 황금빛 서기와 광금불륜의 등장에는 놀라지 않을 수 없었다. 자신들이라면 절대 저 광금불륜의 일격을 감당해 낼 수 없다 여긴 까닭이다.

게다가 의혹 역시 있다.

어째서 만사에 느긋한 대법대불왕이 직접 손을 썼냐는 거
다. 도대체 어떤 일이 벌어졌기에.

'설마?'

냉고성이 아차 하는 표정으로 부복을 풀었다. 신형을 돌려
서 광금불륜의 금빛 꼬리를 눈으로 좇았다. 내심 짐작이 가는
바가 있었기 때문이다.

"이런!"

어풍비행(御風飛行)에 가까운 경공을 펼쳐 냉고성의 뒤를
여유있게 좇던 당무양의 입에서 헛바람 새는 소리가 터져 나
왔다. 느닷없이 공간을 압축하며 날아든 광금불륜을 발견한
까닭이다.

이기어검(以氣御劍)이 이러할까?

광금불륜은 그냥 날아온 게 아니었다. 현란한 변화와 함께
거의 사람의 생각이 의사 결정을 확정 짓는 속도에 버금갈 만
큼 빨랐다. 적지 않은 거리를 날아왔음에도 그러했다.

촤라락!

당무양은 이미 피하기 틀렸음을 직감하고 소맷자락을 연
달아 떨쳐 냈다. 귀염독화공과 함께 그가 폐관수련 중에 얻은
또 다른 절예인 암흑파천으로 위기를 탈출하려 함이었다.

그러자 과연 효과가 있었다.

쩌릉!

당무양의 소매를 떠난 당가 암기술의 궁극인 암흑파천이 광금불륜과 충돌을 일으켰다. 웬만한 강기라도 산산조각 부술 수 있는 파괴력이 일시 폭발을 일으킨 거다.

덕분에 일시 주춤한 광금불륜의 돌진력!

때를 놓치지 않고 당무양의 신형이 공중에서 한차례 회전을 했다. 그렇게 함으로써 간발의 차로 광금불륜을 피해냈다. 제 위력이 깃들지 못한 암흑파천이었던 탓에 광금불륜의 힘을 완전히 막아내는 데 실패한 까닭이다.

휘리리리릭!

당무양이 그것만으로 만족했을 리 없다.

그의 소매가 다시 떨쳐졌고, 곧 귀염독화공이 기반이 된 강력한 접인지력이 목표를 잃어버린 광금불륜을 휘감았다. 끈적거리는 진기로 촘촘히 에워싸곤 낚시하듯 잡아당겼다. 광금불륜이란 대어를 낚기 위함이었다.

그러나 그보다 먼저 광금불륜이 움직였다.

패앵!

언제 목표를 잃고 난잡한 변화를 보였냐는 듯 광금불륜이 역회전과 함께 방향을 바꿨다. 당무양 쪽이 아니다. 자신이 날아왔던 곳으로 돌아가려 하고 있었다.

'어딜! 그럴 수는 없지!'

독존이기 이전에 당무양은 암기의 명가인 당가의 최고수였다. 내심 유대유가 없다면 암왕이라 불려도 될 거라 여긴 적도 있었다.

파팟! 파파파팟!

다시 당무양이 소매를 펄럭였고, 평상시와 달리 열 개의 손가락을 모조리 펼쳤다. 어떻게든 광금불륜을 수중에 넣으려 최선을 다한 것이다.

그러자 다시 난잡해지기 시작한 광금불륜의 움직임.

당무양의 열 손가락이 거문고의 현을 퉁기듯 연속적으로 움직였다. 미세한 진기를 더욱 쏟아내어 광금불륜을 완전히 포박하려 했다. 이제 조금만 더 정신을 집중하면 성공할 수 있을 거라 여겼다.

그런데 갑자기 이게 어찌 된 일인가!

당무양의 열 손가락이 미세한 떨림과 함께 광금불륜을 놓아버렸다. 심부 깊숙한 곳에서 일어난 오싹한 느낌에 마음이 흔들려 버린 까닭이다.

'이게 대체…….'

당무양이 허무한 표정으로 바닥에 떨어져 내렸다. 설마 천하에서 유대유를 제외하고 자신을 이리 농락할 수 있는 자가 있으리라곤 상상조차 못했다. 도대체 어찌 된 영문인지 짐작조차 할 수 없다는 점이 더욱 그를 당황케 만들었다.

빙그르르.

마치 제 집을 찾아오듯 돌아온 광금불륜을 여유있게 받아든 대법대불왕이 어깨를 한차례 추어 보였다. 입가에는 여전히 즐거운 기색이 가득하다.

"곤왕을 제외하고도 이리 본왕을 즐겁게 하는 자가 있을 줄은 몰랐군. 독공의 수준도 상당하고."

나직한 뇌까림과 함께 대법대불왕의 손이 파란 불꽃을 만들어냈다. 광금불륜에 묻어온 암흑파천과 귀염독화공의 무형지독을 태워 버리기 위함이었다.

냉고성이 이미 짐작한 듯 말했다.

"독존은 앞으로 법왕님의 패업에 반드시 걸림돌이 될 자입니다!"

"그러니 죽여 버려라?"

"그리 하시는 편이 낫지 않겠습니까?"

"그것도 나쁘진 않겠지. 하지만 아쉽게도 본왕은 전날 곤왕과 한 가지 약속을 해서 말야. 독존을 죽이는 건 다음 기회로 미루도록 하지."

"유대유, 그자와 약속을 하셨다고요!"

능여옥의 목청이 올라갔다. 유대유를 죽이는 것에 일평생을 건 그녀였다. 대법대불왕에게 몸을 의탁한 지금 역시 그 마음은 결코 변함이 없었다.

대법대불왕이 다시 어깨를 추어 보였다.

"본왕인들 어쩔 수 있나? 눈엣가시 같은 후금의 황천기주를 직접 죽여준다는데 말야."

“그래서 그자와 무슨 약속을 하신 것이지요?”

“뭐, 별거 아냐. 그가 황천기주를 죽이고 돌아올 때까지 중원의 무림인들에게 손을 대지 않겠다는 정도랄까? 그게 공평하잖아. 진정한 천하제일인을 가리기 위해선 말야.”

“후금의 황천기주에게 그만한 가치가 있는 건가요?”

“있지. 그는 마교의 후신을 자처하는 대종교의 전폭적인 지원을 받고 있는 자니까 말야. 본왕이 명색이 북원 황실의 호교법왕이니, 이를 그냥 좌시하고만 있을 순 없는 노릇이잖아?”

‘그래서 날 환골탈태시키고, 민간인들을 이용해서 사천 무림대회를 방해하려 한 것이구나!’

냉고성은 침착하게 현 상황을 파악하고 침을 삼켰다. 자신이 어쩌다 보니 북원의 타타르와 현재 욱일승천하고 있는 후금, 중원이 겨루는 삼국쟁패의 중심에 서게 되었음을 깨달은 것이다.

그때 대법대불왕이 뒤늦게 생각난 듯 말했다.

“그래서 내 제자 요진이를 되찾는 건 언제지?”

냉고성이 얼른 생각을 정리한 후 고개를 땅에 파묻은 채 보고했다.

“감요진에겐 이미 전언을 넣었습니다. 수일 내에 법왕님께 제 발로 찾아올 것입니다.”

“수일 내?”

“함께 있는 자가 있습니다. 잠시 시간이 필요하다 했습니다.”

“어미를 닮은 딸이군.”

대법대불왕이 유쾌한 미소와 함께 신형을 돌려세웠다. 당무양과 일합을 겨룬 후 청양궁 쪽의 일에 관심이 사라졌다. 흥취가 일지 않으니 계속 구경할 마음이 생길 리 만무하다.

*　　*　　*

“잠깐만 기다려 봐!”

감요진이 힘을 줘서 엽자건의 손을 뿌리친 후 촉촉하게 젖은 눈빛을 던졌다.

환몽사안, 그 사요한 기운이 없더라도 사람을 홀리는 데는 큰 지장이 없는 눈빛이다. 진정이 담겨 있기 때문이다.

“날 데리고 가서 어쩌려는 거야? 소림사의 제자답게 정파의 협객 흉내라도 내겠다는 거야?”

“정파의 협객 흉내?”

“아냐? 지금 그러려고 하고 있잖아! 내 보표로서의 책무는 완전히 잊어버린 채 말야!”

“아니, 나는 절대 네 보표란 걸 잊지 않고 있어. 정파의 협객 흉내를 내고 싶어하는 것도 아니고.”

“그럼 어째서 날 데려가고 있는 건데? 결국 내 환몽사안을 이용해서 여기 모여 있는 정파 무림인들의 피해를 줄이기 위함이지 않아?"

"내가 지금 살리고 싶은 건 정파 무림인들이 아니라 환몽사안에 당해서 미쳐 있는 수많은 민간인들의 목숨이야. 그들이 정파 군웅들의 손에 도륙당하도록 놔둘 순 없거든. 그래서 네가 필요한 거야."

"그래서 내가 법왕 사부님께 대적하길 바라는 거야?"

"그래."

엽자건의 목소리엔 망설임이 없었다. 감요진을 전혀 배려하지 않아서? 그렇진 않았다. 뜨겁게 불타오르고 있는 눈빛이 그리 말하고 있었다.

"역시……."

"역시 뭐?"

"자건은 소림사의 제자가 맞아. 정파의 협객은 아닐지 몰라도."

그 말을 끝으로 감요진이 걸음을 옮겼다. 여태까지와 달리 엽자건에게 끌려가는 게 아니라 스스로의 의지로 움직이기 시작한 것이다.

"고맙다."

엽자건의 나직한 말에 감요진이 밉살스럽다는 표정으로 코웃음 쳤다.

"이번 일에 대한 대가 비싸단 것만 알아둬."

“물론.”

엽자건의 호쾌한 대답에 감요진의 눈빛이 얼핏 흔들렸다. 아주 잠시 동안만 그러했다.

그렇게 합의를 본 두 사람은 곧장 혼란의 중심이라 할 수 있는 청양궁의 정문 쪽으로 달려갔다.

굳이 고심할 것도 없었다. 사방에서 동시다발적으로 벌어지고 있는 소란의 거의 칠 할가량이 정문 쪽에 집중되어져 있었기 때문이다.

“우와악!”

“크아악!”

“끼야악!”

눈보다 귀가 먼저 이번 난리의 심각성을 전해왔다.

정문 쪽에 잔뜩 모여 있는 정파 군웅들을 향해 광인이나 다름없이 달려드는 민간인들이 연신 비명을 질러대고 있었다. 그냥 듣는 것만으로도 오싹한 소름이 돋게 만든다.

눈으로 보이는 상황은 더욱 심하다.

떼거리를 이룬 채 청양궁으로 달려드는 민간인들은 연신 정파 군웅들에게 도륙당하고 있었다. 상대가 민간인임에도 그들의 손속에는 가차가 없었다. 살기마저 깃든 게 마치 불공대천의 원수나 사파의 마두들을 상대하는 것 같다.

어째서 이런 일이 생긴 것일까?

엽자건은 주변을 둘러보곤 그 이유를 짐작할 수 있었다. 수천이 넘게 몰려온 민간인들 중 어느 누구도 혈도가 제압된 자들이 없었다. 그리고 간간이 보이는 정파 군웅들의 처참한 시체.

'저들은 혈도가 제압되지 않는 상태군. 그래서 초반에 정파 군웅들 중 몇 명이 어이없는 죽임을 당했고, 청양궁 주변이 난장판으로 변한 거고 말야.'

중원의 무공 상식으론 이해가 가지 않는 일이다. 혈도를 없애는 신공이 몇 가지 존재하긴 하나 상대는 민간인들이었다. 그런 신공을 연마했을 리 만무하다.

엽자건의 시선이 감요진을 향했다.

"환몽사안으로 사람을 현혹시키면 혈도 역시 없앨 수 있는 건가?"

"몰라."

"몰라?"

"한 번도 그런 식으로 환몽사안을 사용해 본 적이 없어. 법왕 사부님께 그런 일을 할 수 있다는 식의 가르침도 받아본 적이 없고. 하지만 저들이 진짜 환몽사안에 현혹당한 상태인 건 분명한 것 같네."

"겉으로 보이는 특징이 있나?"

"미간 사이를 봐!"

엽자건이 얼른 민간인들을 향했다. 과연 광기로 번들거리는 그들의 미간 사이에 미묘한 검은빛이 어른거렸다.

“미간 사이에 검은빛이 깃들어 있군. 환몽사안이란 건 사람의 상단전에 영향을 끼치는 종류의 무공인 건가?”

“그래. 상단전에 직접적인 충격을 가해서 심령을 제멋대로 움직일 수 있게 만들지. 그러니까 돌려 얘기하면 그런 식으로 상단전이 제압당한 사람들을 상대하기 위해선…….”

“상단전에 적당한 정도의 타격을 가하라?”

“거기에 한 가지 더해서 환몽사안의 직접적인 명령을 받아 들여야만 해.”

“좋았어.”

엽자건이 눈을 빛내며 감요진을 바라봤다. 그녀에게 진짜로 자신과의 약속을 지킬 수 있을 것인지 다시 한 번 다짐을 받을 필요성을 느껴서였다.

살랑!

감요진이 한줄기 바람에 흩날리는 귀밑머리를 손가락으로 쓸어 올리며 고개를 끄덕여 보였다. 엽자건과는 이제 눈빛만 봐도 대화가 되는 사이가 되었다.

스슥! 스스슥!

엽자건과 감요진이 거의 동시에 신형을 날렸다. 전장을 뛰어넘는 난장판이 되어 있는 정문이 목표였다.

*　　　*　　　*

군웅들은 두 패로 나뉘어 있었다. 청양궁 정문과 주변 일대에 대한 수비로.

당연히 정문 쪽 수비의 주축은 이번 사천 무림대회의 주인격인 당가주 독암귀수 당기정이었다.

그는 뜻을 함께하는 점창파의 신학자와 신창양가의 묵암창 양위정 등의 군웅들을 대동한 채 당준이 빠진 철혈대를 지휘하고 있었다. 정문 쪽으로 거의 칠 할에 가까운 광인들이 몰려들고 있었기에 그쪽에 총력을 기울인 것이었다.

반면 주변 일대의 수비의 주축은 은연중 창룡검가의 창룡벽력검 남궁진이 맡고 있었다. 그는 진주언가의 풍류무영권 언영 등과 함께 철통같은 방어진의 한 축을 형성한 채 전력을 다했다. 청양궁 안쪽에서 천룡비무대전의 예선을 치르고 있는 후기지수들을 보호하기 위함이었다.

그랬다. 뜻을 달리하는 군웅들이 한마음으로 힘을 합치게 된 근본적인 이유는 자 문파의 미래라 할 수 있는 후기지수들이었다. 그들이 혹시라도 광인들의 난동에 변을 당해선 곤란했기 때문이다.

그렇다 해도 청양궁을 덮친 광인들은 거진 무공을 모르는 민간인들이었다. 손에 농기구 등의 흉기를 들고 있었고, 광기에 찬 돌격과 괴력을 드러냈으나 제대로 된 무공 따윈 근본적으로 익히지 않은 자들이었다.

초반, 기습을 당한 당황감이 사라지자 방어진을 펼친 군웅들은 하나같이 눈살을 찌푸렸다.

더러는 한탄을 내뱉었고, 눈물을 보이는 자들까지 있었다. 당당한 정파의 협객이라 불리는 처지로 변변찮은 무공조차 익히지 않은 자들에게 살공을 쏟아내는 것에 큰 부담을 느낀 까닭이었다.

그중 한 사람, 사천대협 위천복의 두 눈에는 물기가 흥건했다. 전날 자신의 모든 것이라 할 수 있는 백림산장에 손수 불을 질렀을 때도 담대했던 그가 지금 연신 눈물을 쏟아내고 있는 것이다.

이유는 자명했다.

그는 오늘만 십여 명이 넘는 민간인들을 참살했다. 어떻게든 인명 피해를 최소화하기 위해 최선을 다했으나 헛된 노력이었다. 혈도가 제압되지 않는 광인들의 무차별적인 공격을 막아낼 방도가 없었기 때문이다.

곁에서 묵묵히 검기를 날리고 있는 낙안검객 단백승 역시 표정이 좋지 않기는 마찬가지였다. 위천복과 달리 그는 민간인들을 죽이는 데 마음의 부담을 느끼진 않았으나 이번 일로 인해 자신의 명성에 큰 흠집이 날 것이 걱정되었다.

부근의 다른 군웅들의 심정 역시 대동소이한 상황!

수뇌부의 진두지휘를 따라 연거푸 광인들에게 살공을 펼치고 있긴 하나 하나같이 마음이 크게 착잡했다. 어쩌다가 이런 일에 끼어들게 되었나 싶었고, 언제까지 이런 일을 해야만 하나 싶었다.

바로 그때였다.

갑자기 정문 쪽 방어를 맡고 있던 군웅들의 배후에서 한줄기 기쾌한 바람소리가 일더니, 강렬한 기백이 담긴 일갈이 모두의 귓전으로 파고들어 왔다.

"모두 비키시오! 이곳은 내가 처리하겠소!"

'뭘 처리하겠다고?'

'어떻게? 무슨 방도로?'

여전히 살공을 멈추지 않는 와중에도 군웅들의 시선이 목소리가 울려 퍼진 방면을 향했다. 혹시나 하는 마음에서다. 지옥 같은 현 상황에서 벗어나게 해줄 자를 여태까지 기다려 왔기 때문이었다.

스슥! 스스슥!

그 짧은 틈 속으로 엽자건과 감요진이 파고들더니, 단숨에 정문의 방어진을 뛰어넘어 버렸다. 두 사람의 무위는 군웅들의 주의를 잠시 환기시킨 것만으로 충분히 그 같은 일을 가능케 했다.

그것만으로 끝일 리 없다.

단숨에 방어진을 통과한 엽자건의 등을 손으로 짚고 공중으로 솟구쳐 오른 감요진이 일순 환몽사안을 극한까지 일으켰다. 눈앞에서 벌어진 처참한 도살극을 보고 마음속 한켠에 남아 있던 망설임조차 날려 버린 것이다.

번쩍!

허공에 몸을 띄운 상태 그대로 감요진의 환몽사안이 광인들의 시선을 잡아끌었다. 극도의 매혹으로 그들을 모조리 자신에게 집중하도록 만들었다.

그로 인해 찾아든 적막.

엽자건이 그 절호의 기회를 놓칠 리 없다. 그는 바람같이 광인들의 미간 사이를 공격하며 사자후를 우렁차게 토해냈다. 군웅들을 재촉하고 독려한 것이다.

"모두 미간 사이에 경력을 집중시켜 타격을 가하시오! 그 방법만이 사람을 죽이지 않고 제압할 수 있는 유일한 방법이오!"

'미간 사이?'

'정말 그리 하면 저 광인들을 죽이지 않고 제압할 수 있단 말인가?'

파팍! 파파파파팍!

군웅들이 사자후에 우왕좌왕하는 사이 엽자건에게 미간 사이를 타격당한 광인들이 여지없이 바닥에 나뒹굴었다. 혈도 제압이 전혀 되지 않던 여태까지완 완전히 달라진 모습들이다.

그러자 엽자건의 능력을 익히 알고 있던 위천복과 단백승 등이 뒤따라 움직였고, 그 뒤를 백림산장에서 살아남은 군웅들이 따랐다.

그로 인해 삽시간에 달라져 버린 싸움.

마치 격한 파도처럼 뒤따르는 군웅의 숫자가 늘어나자 수천 명에 달하던 광인들의 무리는 단숨에 제압되었다. 애초부터 중원무림을 호령하던 고수들이 잔뜩 집결해 있던 터였다. 환몽사안에 매혹당한 터라 움직임마저 굼떠진 광인들의 숫자가 열 배 더 많았다 해도 더 이상 저항할 수 있을 리 만무했다.

휘청!

대충 주변이 정리되었을 때였다.

몸속의 진기를 마지막 한 방울까지 몽땅 끌어내 환몽사안을 펼친 감요진이 신형을 크게 비틀거렸다. 다리에 힘이 풀려서 있을 힘도 없어진 것 같다.

엽자건이 얼른 그녀의 곁으로 다가와 살포시 부축했다. 수천 명에 달하는 사람들의 목숨을 구하는 데 일등공신인 그녀를 바닥에 쓰러지게 만들 순 없었기 때문이다.

"수고했어."

"쉬고 싶어. 어디 조용한 곳에서……."

"그렇게 하자."

엽자건이 부드러운 대답과 함께 감요진을 품에 안았다. 진짜 지금 당장 조용한 곳에 가서 운기조식이라도 취하게 해주지 않으면 내상을 입을지도 모른다는 판단이었다.

그런데 바로 그때였다.

막 신형을 날리려던 엽자건이 어깨를 한차례 움츠려 보이더니, 옆으로 급격하게 몇 걸음 물러섰다. 갑자기 무시무시한 기운이 자신을 압박하며 날아든 걸 눈치챘다. 현재 그의 진보된 무공 수준으로도 쉽사리 여길 수 없는 기운이었다.

그러자 어느새 엽자건으로부터 얼마 떨어지지 않은 곳에 당무양이 여유있는 자세로 모습을 드러내고 있었다. 방금 전 엽자건을 압박한 기운의 주인이 누군지 대충 짐작할 만하다.

"한 쌍의 용봉(龍鳳)처럼 대공을 세웠구나!"

"지나친 과찬이십니다."

"과찬? 절대 아니지. 자네들이 방금 전에 시의적절하게 나서서 광인들의 약점을 밝혀내지 않았다면 금일 청양궁 일대는 피바다가 되었을 것이야. 실제로 앞에 꽤 많은 희생이 있었고."

"……."

엽자건은 입을 다물고 긴장을 늦추지 않았다. 칭찬의 말을 쏟아내고 있는 당무양의 입과 달리 그의 눈이 차갑게 가라앉아 있음을 간파한 까닭이다.

'독존은 절대 호락호락한 사람이 아니다. 분명히 요진의 환몽사안과 광인들 간의 관계를 그냥 넘기지 않을 거야. 그리 되면 어쩐다?

이번 광인들의 난동을 야기시킨 건 감요진의 사부인 대법대불왕이었다. 또한 사천 무림대회 자체가 개최되게 된 근본

원인 역시 포달랍궁의 황금대불마차의 중원 침공에 있었다. 적어도 겉으로 내세운 기치는 그러했다.

당연히 감요진의 정체는 절대적으로 밝혀져선 곤란했다. 무림공적에 버금가는 마녀로 몰려서 공개적으로 추살령을 당할 가능성이 농후했기 때문이다.

엽자건이 그 같은 고심에 빠져 있을 때였다. 점차 엽자건과 그의 품에 안겨 있는 감요진을 바라보는 시선이 차갑게 가라앉고 있던 당무양이 갑자기 입가에 미소를 만들어냈다.

"그 처자, 완전히 기진맥진한 것 같군. 노부가 잠시 진기도인을 도와줘도 되겠는가?"

"고마운 말씀, 마음속으로만 받아놓겠습니다."

"거부하겠다?"

"제 정혼녀라서요."

"정혼녀?"

"예."

엽자건이 단호한 대답과 함께 정중하게 허리를 숙여 보였다. 이만 물러서 달라는 암중의 요구였다.

당무양의 입가에 깃든 미소가 더욱 짙어졌다.

"일단 내 비켜주도록 하지. 사람을 살리는 것이 우선이니 말야."

"감사합니다."

엽자건이 다시 인사를 한 후 신형을 돌려세웠다. 자신의 품

속에서 오들거리며 떨고 있는 감요진을 단단하게 끌어안은
채였다.

  '고얀 놈일세! 그러나 담대한 자질이 마음에 드는구나. 판
단력과 지휘력 역시 단연 발군이고.'
  멀어져 가는 엽자건을 눈으로 좇으며 당무양이 눈을 번뜩
였다. 새롭게 만들어지는 무림맹의 천룡영웅대를 맡길 적임
자를 찾았다는 생각이 들었다.
  그때 사방팔방을 뛰어다니며 사태 수습에 전력을 쏟고 있
던 당기정이 바람같이 다가들었다. 부친 당무양에게 보고를
가장한 고자질할 거리가 꽤나 많았기 때문이다.
  슥!
  당기정이 얼른 허리를 접어 보였다.
  "아버님, 험한 꼴을 보게 해드려서 죄송합니다."
  "안팎의 정리는 끝내었느냐?"
  "예, 그러나 아직 원인은 찾아내지 못했습니다. 곧 찾아낼
것입니다만……."
  "되었다."
  "예?"
  당기정이 눈을 빛냈다. 부친 당무양이 한 말속에서 무언가
이상한 점을 발견한 까닭이다.
  그러나 당무양은 당기정의 그 같은 내심을 섬세하게 읽어

주지 않는다. 관심조차 보이지 않는다.

"이번 일을 벌인 자는 보통이 아니니라. 네 실력으로는 상대하지 못할 가능성이 높으니, 자중하고 있으라는 뜻이다."

"알… 겠습니다."

어렵사리 수긍해 보인 당기정이 주변을 살핀 후 목소리를 낮췄다. 부친에게 보고할 사항이 아직 남아 있었다.

"어쩌면 본 가에서 대공을 세울 수 있을지도 모르겠습니다."

"대공?"

"이곳에 포달랍궁의 대법대불왕이 아끼는 제자가 숨어든 것 같습니다."

"간자로 말이냐?"

"그 점에 대해선 추후에 알아봐야 하겠습니다만, 일단 붙잡아놔야 하지 않겠습니까?"

"아직 붙잡지 않았다는 말이더냐?"

"그게 소림사의 제자와 동행인지라……."

"……."

먼 창공을 향하고 있던 당무양의 시선이 비로소 당기정을 향했다. 눈 깊숙한 곳에서 번뜩이는 안광이 위압적이다.

"그 사실을 어떻게 알아낸 것이더냐?"

"아버님, 알고 계셨던 겁니까?"

"누가 그 같은 사실을 알아냈냐고 물었다!"

　엄해지는 당무양의 목소리에 목을 조금 움츠러뜨린 당기
정이 조심스레 말했다.
　"소교가 알아냈습니다. 방금 전 제게 와서 얘기하더군요."
　"어찌 알아냈다더냐?"
　"소림사의 제자와 그동안 꽤나 함께한 일이 많았던 것 같
더군요. 우연찮게 두 사람이 하는 얘기를 듣게 되었답니다."
　"어림없는 소리!"
　나직이 혀를 차 보인 당무양이 더욱 엄해진 표정으로 고개
를 저어 보였다.
　"이 일은 한동안 함구하도록 하거라. 소교 녀석의 입단속
역시 확실히 시키고 말이다!"
　"함구하는 겁니까?"
　"그렇다. 이 일의 처리는 내가 하도록 하겠다. 그리고 소교
녀석에게 조금 더 신경을 쓰도록 하거라."
　"소교를 통해 역정보가 들어왔을 수도 있다는 뜻입니까?"
　"아예 가능성이 없지 않는 일이 아니겠느냐?"
　"바로 조사하도록 하겠습니다."
　"그래."
　당무양이 고개를 끄덕여 보이곤 더 이상 말하지 않았다. 당
가의 천하제패를 꿈꾸고 있는 만큼의 역량은 가진 아들 당기
정임을 알고 있는 까닭이었다.

“휴우우우!”

당무양과 헤어져 빠르게 청양궁을 벗어난 엽자건이 뒤를 힐끔 쳐다본 후 한숨을 뿜어냈다.

이 정도로 긴장해 본 적이 몇 번이나 있었던가?

세수경을 얻어서 몸속의 난마와 같은 진기를 화평케 만든 후론 처음 있는 일 같다. 그 정도로 당무양과의 두 번째 만남은 그를 당황하게 만들었다. 자칫 감요진의 정체가 만천하에 까발려질 수도 있었기 때문이다.

거진 정신까지 절반쯤 놓고 있던 감요진이 조그맣게 웃어 보였다.

“자건도 겁을 먹을 때가 있네?”

“있지. 나도 사람인데.”

“어째서 겁을 먹은 건데?”

“그건 대답하지 않겠어.”

“왜?”

“약점 잡히는 건 싫으니까.”

“날 경계하는 거야?”

“아니.”

“그럼 왜?”

“경계하는 건 너가 아니라 나야. 널 잃고 싶어하지 않는 내 마음.”

“……”

문득 감요진이 다시 고개를 엽자건의 품속에 묻었다. 그의
이 같은 말은 가끔 가슴을 뛰게 하고 아프게 만든다. 달콤하
면서도 씁쓸하다, 특히 이별이 바짝 다가선 이때엔.

"응? 우는 거야, 지금?"

"아니."

"아니긴 뭐가 아냐? 내 말을 듣고 너무 감동을 받아서 울고
있는데."

"바보! 빨리 어디 조용한 곳으로 가기나 해!"

감요진이 엽자건의 가슴을 주먹으로 두들겼다. 평소보다
조금 더 주먹에 힘이 들어가 있다.

"하하하!"

크게 웃어 보인 엽자건이 걸음에 힘을 담았다. 후기지수들
의 목숨을 구하고, 당준 등 선배들의 목숨을 구하고, 다시 수
천 명이나 되는 민간인들의 목숨까지 구했다. 감요진의 애교
섞인 주먹을 몇 대 맞는 것쯤은 아무렇지도 않았다.

第四十三章

천살마도(千殺魔刀)

少林棍王

소림곤왕

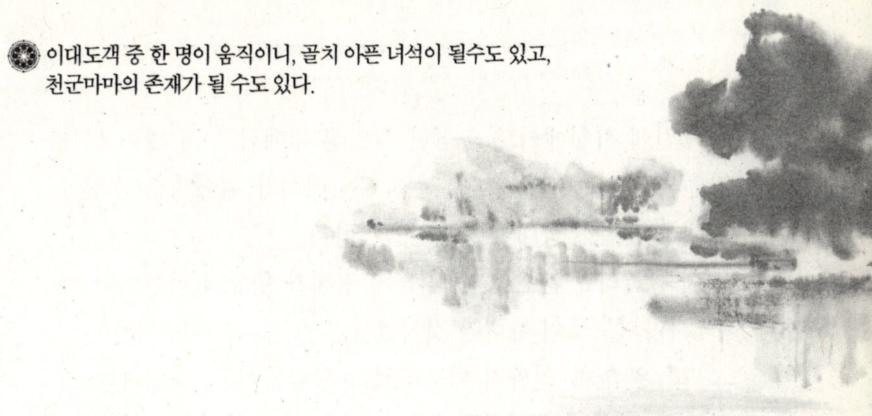

청양궁에서 벌어진 혈사!

거진 백여 년 만의 무림 대회합으로 인해 축제 분위기에 젖어 있던 성도 일대를 완전히 뒤집어놨다.

대목을 노린 채 몰려들었던 장사꾼들은 짐을 쌌고, 성내의 사람들 중 상당수가 난리가 났다는 소문에 놀라 피난길에 올랐다. 일단 살고 보자는 심리가 만연한 것이었다.

무리도 아니다.

여태까지 사천은 항상 무림 중의 크고 작은 외풍으로부터 벗어나 있었다. 어떤 무림 세력이라 해도 거대하고 거칠며 강력한 사천 전체를 적으로 삼고서 덤벼든 적이 없었기 때문이다.

그런데 사천에서도 중심인 성도성 내에서 수천 명이 넘는 광인들의 난동이 있었다. 사천 무림대회가 벌어지는 청양궁 일대를 완전히 쑥대밭으로 만들어놨다.

더욱 놀라운 점은 그 광인들의 정체가 무림의 악인이나 마두, 사마외도들이 아니란 것이었다.

그들은 얼마 전까지 이웃이었던 사람들이고, 무림과는 전혀 관련이 없던 소시민들이었다. 절대 피를 뿌리고 난동을 부릴 만한 사람들이 아니었다.

당연히 사람들은 그런 자들이 무림대회가 열리고 있던 청양궁을 습격했다는 사실을 쉬이 믿기 어려웠다. 특히 제정신을 차린 자들이 하나같이 전날의 일을 기억 못하는 것이 더욱 의심스러웠다.

그 결과 점차 사천 무림대회를 개최한 주최측인 정파 무림인들에 대한 의혹이 뭉클거리며 솟아났다. 갖가지 해괴한 소문들이 돌기 시작했음은 물론이고.

청양궁.

아직 저녁이 조금 이른 시각일 때 너른 도관으로 십수 명의 정파 명숙들이 모여들었다. 하나같이 이번 사천 무림대회의 중추를 담당한 대명이 쟁쟁한 인사들이었다.

당연하달까?

이번 모임의 주최는 사천 무림대회의 주최측인 당가의 가주 당기정이었다.

탁!

좌중을 둘러보다 갑자기 강하게 탁자를 내려친 당기정의 표정은 붉게 상기되어 있었다. 밖에서 낮술이라도 크게 하고 온 것 같다.

과연 그는 조금 전까지 근래 성도성 내에서 도는 해괴한 소문 때문에 찾아온 관리들을 만나고 있었다. 접대를 위한 음주와 가무는 필수였다.

그의 분노를 대충 짐작하고 있던 신학자와 양위정이 얼른 위로하고 나섰다.

"무량수불! 당가주께서 정말 고생이 많으셨소이다. 당가에서 이번에 적극적으로 나서주시지 않았다면 얼마나 큰 문제가 발생했을지 짐작조차 못하겠소이다."

"그렇습니다. 당가주께서 무림을 위해 아주 큰 공을 세우신 겁니다."

당기정이 고개를 가로저었다. 표정에 괴로운 기색이 가득하다.

"창룡검가에서는 그리 생각하지 않는 것 같더구려. 대놓고 욕을 하진 않으나 이번에 벌어진 혈사의 책임을 나와 당가에 물으려 준비를 단단히 하고 있는 것 같았소이다."

신학자가 노한 표정이 되었다.

"어찌 그럴 수가 있단 말이외까? 전날 그 광인들의 난동 때 당가주께서 군웅들을 이끌고서 고생하신 것을 누구보다 잘 알고 있을 터인데……."

양위정 또한 거들고 나섰다.

"그렇습니다. 그때 당가주께서는 정말 최선을 다하셨습니다. 그래서 청양궁에 모인 정파 군웅들의 피해가 최소화된 것이 아니겠습니까?"

당기정이 다시 고개를 가로저었다.

"두 분의 말씀은 감사합니다만, 창룡검가에선 저번 광인들이 벌인 난동을 해결한 최고의 공(功)을 소림사의 제자인 엽자건이란 청년에게 몰아주는 분위기였소이다. 어차피 천룡비무대전의 예선이 난장판이 되었으니, 아예 그 청년을 우승자로 삼아서 천룡위주를 삼자는 말까지 하더구려."

"그런 말도 안 되는 주장을 하다니!"

"어찌 천룡비무대전의 본선을 치르지 않고서 우승자를 결정할 수 있습니까? 그건 결코 있을 수 없는 일입니다!"

신학자와 양위정이 예상대로 극렬한 반대의 입장을 표명하자 당기정이 입가에 흐릿한 미소를 담았다. 창룡검가가 주축이 된 반대파들과 대립하기 전에 자신의 지지 세력을 공고히 하는 데 성공했다는 판단이었다.

'소림사의 엽자건? 후일 무림맹의 무상에 오를 천룡위주의 자리를 그런 듣도 보도 못한 자에게 넘길 순 없는 게 당연하

지. 특히 창룡검가의 남궁수와 친분이 돈독한 녀석이라면 더더욱 안 되고 말야.'

정치적인 속셈, 무림의 평화보다 훨씬 중요했다.

그런데 갑자기 벌컥 하고 회의가 진행되고 있던 도관의 문이 열렸다. 전날 냉고성을 상대하다 중상을 당하고 치료 중이던 당준이 모습을 드러낸 것이다.

당기정의 표정이 변했다.

사촌 동생인 당준이 엽자건에게 목숨을 구함받은 사실을 알고 있었다. 그가 갑자기 회의장에 모습을 드러낸 이유가 대충 짐작 가는 바다.

과연 당기정에게 한차례 목례를 한 후 주변의 명숙들을 훑어본 당준이 한차례 기침과 함께 입을 열었다.

"콜록! 가주님께 전날 보고치 못한 일이 있어서 무례를 무릅쓰고 찾아왔습니다."

"보고? 그런 것보다 네 건강이 우선이다. 어찌 몸을 보살피지 않는 것이더냐?"

"죄송합니다. 하지만 이 보고는 아주 중요합니다. 그러니 부디 들어주십시오."

"정 그렇다면야……."

당기정이 못마땅한 기색을 지어 보이면서도 당준의 고집을 마지못해 허락했다. 그가 이런 식으로 고집을 피우면 절대 누구의 말도 듣지 않는 성미임을 알고 있었기 때문이다.

"그럼 보고하겠습니다. 제가 전날 정신을 잃고 사경을 헤매고 있을 때였습니다. 문득 말할 수 없을 정도로 강한 기운이 몸속에 스며들어 와 꺼져 가던 제 생명을 구했습니다. 소제는 맨처음 그 기운이 태상가주님의 것이라 여겼는데, 시간이 지나고 보니 그렇지 않았던 것 같습니다."

"엽자건 소협의 적절한 응급조치로 네가 위기를 벗어난 건 이미 알고 있다. 그건 강호의 협의도로서 누구든 마땅히 해야만 했던 일이었고 말이다. 그러니……."

"적절한 응급조치, 그 이상이었습니다. 소제는 죽음 직전에서 삶을 얻은 것입니다. 엽자건 소협은 그 정도로 강한 무공을 지니고 있었습니다."

"너무 지나치다! 어찌 고작해야 약관이나 되었을까 한 친구가 그 정도의 내력을 지녔겠느냐? 네가 부상으로 쇠약해져서 제정신이 아닌가 보구나!"

"가주님, 절대 그렇지 않습니다. 제 몸속에 진기를 주입하셔서 혈맥의 흐름을 조금만 확인해 보신다면……."

"듣기 싫다! 당장 이곳을 떠나서 정양에 힘쓰도록 하거라!"

버럭 소리를 질러 당준의 말을 중간에 끊어버린 당기정의 눈빛이 무섭게 번뜩였다. 다시 당준이 입을 열면 바로 손을 써서 제압에 들어갈 것만 같은 표정이었다.

실제로 그는 수장에 경력을 싣고 있었다. 만약 그가 일생 동안 가장 두려워했던 부친의 목소리가 불쑥 뇌리 속에서 울려 퍼지지 않았다면 분명 손을 썼을 터였다.

[준아의 말이 옳다. 진짜로 당시 준아는 생사지경을 헤매고 있었고, 그 엽자건이란 아이의 무공은 네 예상을 월등히 상회하고 있다. 그러니 더 이상 일을 크게 만들지 말고 자중하고 있거라, 내 명이 별도로 있기 전까진.]

'이런 말도 안 되는!'

당기정은 내심 기함을 터뜨렸다. 어느새 수장에 담고 있던 경력 역시 흔적조차 남기지 않고 사그라졌다. 자동적으로 그리되었다.

더불어 그는 가벼운 한숨을 매달았다. 진정 뜻한 바같이 일이 되질 않는다는 생각이 들었기 때문이다.

청양궁 내의 다른 도관.

남궁진은 자신과 뜻을 함께하는 군웅들과 모여서 연신 크게 대소를 터뜨리고 있었다. 사천 무림대회에 뒤늦게 참여한 후 참으로 오랜만에 느끼는 통쾌한 기분이었다.

그도 그럴 것이 그는 내심 위기감을 느끼고 있었다. 이번 사천 무림대회 이후의 무림 질서의 재편 때 창룡검가가 팔대세가의 수장 지위를 당가에게 빼앗길 가능성이 농후했기 때문이다.

당연한 걱정이었다.

부친이자 최고수인 승천검군 남궁황의 은퇴 후 창룡검가

의 위세는 과거와 같지 않았다. 여전히 하남성 일대에서 패권을 쥐고 있었으나 점차 갖가지 이권이 걸린 사업권을 두고 소란이 잦아지고 있었다. 특히 다른 대문파와의 애매한 경계에 속해 있던 사업들이 더욱 문제시되었다.

그런 와중에 터진 광인들의 난동 사건은 호재 중의 호재였다. 위세가 등등하던 당가주 당기정이 체면을 구겼으니, 창룡검가의 발언권이 높아질 수밖에 없게 된 것이다.

또 한 가지 기쁜 일이 있다.

천룡비무대전의 예선과 광인들의 난동을 일거에 해결한 엽자건과 남궁수가 이전부터 상당한 친교를 나누고 있었다는 점이었다.

무공뿐 아니라 미모 역시 천하절색인 질녀였다.

천하의 어떤 사내인들 어찌 반하지 않고, 사랑하지 않을 수 있으랴. 이미 친교를 나누고 있었다면 얘기는 끝난 것이나 다름없다고 여겼다.

'아수 질녀가 과연 사람을 보는 눈이 있구나! 수많은 후기지수들 중에서 진짜 용을 분별해 낸 것이었어!'

앞서 남궁진이 눈여겨보고 있던 건 유백온이었다. 그가 가장 유력한 천룡위주의 후보였고, 후기지수 중 유일하게 남궁수와 견줄 수 있는 인재라 여기고 있었다.

이젠 아니다.

그는 엽자건에게 마음이 완전히 기울어 있었다. 사천에 들어선 후 엽자건이 벌인 영웅적인 일들에 대한 얘기를 위천복 등에게 하나도 빠짐없이 전해 들은 까닭이었다.

하물며 천룡비무대전의 본선이 무산될 위기에 처한 이때에 가장 강력한 천룡위주 후보는 엽자건이었다. 그의 덕분에 목숨을 구한 거의 모든 후기지수들과 정파 군웅들이 적극적으로 밀고 있었다.

그때 한참 흐뭇한 기분을 즐기고 있던 남궁진에게 접근하는 사람이 있었다. 팔대세가 중 북경 부근에 세력을 구축한 지 오래인 하북팽가(河北彭家)의 삼대고수 중 한 명인 자전폭풍도(紫電暴風刀) 팽진군이었다.

그는 평소 남궁진과 친분이 돈독했는데, 성도에는 조금 늦게 도착했다. 근래 북경 군부와 연관이 깊은 팽가 내부에 몇 가지 작은 일이 있었기 때문이다.

그가 조심스레 말했다.

"남궁 형, 그런데 당가주가 엽자건 소협에게 순순히 천룡위주를 내주겠소이까? 저번에 사촌 동생인 십수살 당준과 언영 대협 등이 엽자건 소협 덕분에 목숨을 건졌다는 얘기를 듣고서도 칭찬 한마디 하지 않던 사람이지 않소이까?"

남궁진의 만면에 번져 있던 미소가 사라졌다. 눈에는 어느새 차가운 신광이 흘러나오고 있었다.

"그거야말로 당가주의 부덕함을 알 수 있는 일이올시다. 사촌 동생과 천룡비무대전의 예선 심사관을 맡았던 언영 대협을 비롯한 정파 영웅들을 구하고, 팔괘미로칠성진에 갇혔던 각문각파의 후기지수들을 구출한 게 누구였소이까? 광인들의 난동을 제압하는 데 대공을 세운 것은 차치하더라도 당가주는 엽자건 소협에게 고개를 숙이고 감사를 표하는 게 마땅했을 터이거늘."

"남궁 형의 말이 모두 옳소이다. 이번에 본 가의 조카 몇 명도 엽자건 소협 덕분에 목숨을 건졌지 않겠소이까? 하지만 당가주는 영애인 당소교와 친분이 돈독한 무당파의 대로검자 유백온 소협을 줄곧 천룡위주로 염두해 두고 있었던 듯싶더이다. 쉽사리 후일 무림맹의 최중추 요직이 될 수도 있는 천룡위주 자리를 내놓으려 하진 않을 것입니다."

"무당파의 대로검자 유백온? 그자가 비록 강북 육우의 대형이라 불리긴 하나 전날 본 가의 아수에게도 패배한 자요. 어찌 천룡위주의 자리를 감당할 수 있겠소이까? 본인은 무조건 엽자건 소협을 지지할 터인즉, 만약 당가주가 이번에 말도 안 되는 이유를 들이댄다면, 무림의 정의가 결코 이를 좌시하지 않을 것이오!"

두 사람의 대화를 조용히 듣고 있던 위천복이 갑자기 끼어들었다. 그는 본래 사천 출신으로 당가와 무척 친분이 돈독했다. 이 자리에 끼어 있기엔 애매한 위치라 할 수 있었다.

그러나 전날 백림산장에서부터 엽자건과 맺은 끈끈한 인연은 그의 행보조차 바꿔놨다. 지금은 완전히 엽자건을 무림의 차대를 이끌어갈 영웅이라 확신하고 있는 상황이었다.

"남궁 대협의 말씀이 매우 옳소이다. 무당파의 유백온 소협이 빼어난 인재이긴 하나 위 모가 그동안 경험한바, 엽자건 소협에겐 미치지 않는 게 사실이외다. 또한 엽자건 소협은 소림사의 제자이기도 하니 그 빼어난 용맹과 지모로 장차 무림의 차대를 이끌어갈 동량 중의 동량이라 할 수 있을 것이외다."

"오! 과연 위 대협은 사리가 분명한 의인이시군요!"

"위 모에게 의인이라 함은 얼굴에 황금칠을 하시는 것이올시다. 하지만 위 모가 본래 사리는 분명한 사람이니, 엽자건 소협에 대한 평가는 공정하게 할 수밖에 없소이다."

"하하, 그렇지요. 항상 사람은 모든 일에 있어 공정해야 하는 법입니다."

'그럼 나는 공정하지 않은 사람이란 말인가? 흥, 남궁진, 말이 조금 심하구나!'

우려를 표명했던 팽진군의 낯빛이 살짝 굳었다. 본래 당가와 친했던 위천복을 남궁진이 자신보다 더욱 중하게 대하는 걸 보고 기분이 크게 언짢아진 것이다.

그러나 주변의 다른 고수들 중 상당수가 이미 고개를 끄덕여 대고 있었다. 엽자건의 대활약으로 목숨을 구한 후기지수들과 관련이 있는 자들이 대부분이었다.

결국 팽진군이 쓰게 미소 지으며 찬동했다.

"위 대협과 다른 동도 분들께서도 엽자건 소협을 추천하시니, 팽 모 역시 모두의 결정에 따르도록 하겠소이다. 하지만 당가주 측과의 충돌은 될 수 있으면 피하는 게 좋을 것 같소이다. 이번 무림대회에서 맹주 직위를 미리 정하지 않겠노라 하신 독존 선배의 진의를 아직 파악치 못한 상황인만큼."

"아하!"

"으으음!"

방금 전까지 계속 고개를 끄덕여 대던 고수들의 안색이 일시 크게 흐려졌다. 독존 당무양이란 이름이 주는 압박감이 그만큼 컸기 때문이다.

그러자 남궁진이 호기 넘치는 표정으로 선언하듯 말했다.

"아버님께서는 아직 완전히 은퇴를 하신 게 아닙니다. 후배들의 일에는 일절 끼어들지 않으시겠지만요."

"오오!"

"그리만 해주신다면야!"

방금 전 탄식을 터뜨렸던 명숙들의 분위기가 다시 화기애애해졌다. 남궁진이 한 말의 의미를 모를 정도의 바보가 이곳에 존재할 리 없었다.

독존 당무양과 승천검군 남궁황.

팔대세가가 낳은 당대 최강의 고수가 직접 나선다면 후배들로선 굳이 말을 섞을 필요가 없었다. 어차피 자신들의 의견으로 좌지우지될 일이 아니게 되는 까닭이었다.

　*　　　*　　　*

　보름이 훌쩍 지나갔다.

　거의 내상 직전까지 갔던 감요진이 회복하는 데는 충분한 시간이었다. 근래 내공이 갈수록 일취월장하고 있는 엽자건이 곁에서 한 치도 떨어지지 않고 도움을 주었기에 더욱 그러했다.

　사실 조금 과하다고 할 수도 있었다.

　채 하루가 지나기 전에 감요진의 고갈되었던 내공은 본래의 수준을 회복했다. 다시 하루가 지나고 나서는 충만함이 근래에 보기 드문 수준이 되었고.

　그럼에도 그녀는 계속 엽자건을 자신의 곁에 붙잡아놓고 있었다. 어디에도 못 가게 한 채 자신에게 전력투구하게 만들어놓은 것이다.

　재밌는 건 엽자건 역시 그녀의 그런 귀여운 독점욕을 즐겁게 받아들였다는 점이다. 예전의 깐깐함은 전혀 내보이지 않았다. 그녀가 자신을 위해 치른 희생을 짐작하고 있는 까닭이었다.

　그사이 두 사람이 거처로 삼은 성도 부근의 민가에는 점차 방문객들이 늘어나고 있었다.

　전날 두 사람 덕분에 목숨을 건진 후기지수들과 그들과 관계있는 명숙들이 인사차 방문하고, 유백온을 비롯한 육우와 목진풍 등이 다녀갔다. 어차피 한동안 천룡비무대전의 본선을 개최하지 못하게 된 마당이기에 시간들이 남아도는 듯했다.

"후우우!"
한차례 호흡을 끝으로 운기조식을 끝마친 감요진의 머리 위로는 은은한 붉은 기운이 감돌고 있었다.
서기?
삼화취정(三花聚頂) 오기조원(五氣朝元)이라 불리는 경지에는 아직 미치지 못한다. 그런 정도로 화려하고 압도적인 기운의 분출은 없었다.
그래도 감요진의 내공 경지는 요 며칠 새 부쩍 늘어났다. 내상 치료를 엽자건이 도와주는 동안 알게 모르게 세수경의 진기를 받아들여 내기가 크게 안정된 까닭이다.
엽자건이 한쪽 벽에 몸을 기댄 채 감요진을 살피다 입가에 미소를 매달았다.
"축하해. 내공이 증진됐군."
"자건 덕분이야. 지난 몇 년간 이렇게 빨리 내공 증진을 이룬 적은 없었거든."
"알면 나중에 밥이나 사든지?"
"술도 사주지."

“좋구만. 하지만 그 약속은 잠시 뒤로 미뤄야겠어.”

“왜?”

“손님이 찾아온 것 같거든.”

“손님?”

감요진이 이채를 발하며 내기를 움직이려는 걸 엽자건이 손을 뻗어 만류했다. 그녀의 수준으론 감지해 낼 수 없는 초고수였기 때문이다. 그리고 말한다.

“잠시만 나갔다 올게.”

“나도 갈 거야!”

“안 돼.”

단호히 감요진의 청을 물리친 엽자건이 순간적으로 방문을 열고 밖으로 빠져나갔다.

여태까지 벽에 등을 기대고 있었던 이유.

바로 지금처럼 언제든 방문을 열고 신형을 밖으로 빼내기 위함이었다. 수일 내 반드시 찾아들 게 분명한 위협에 대한 철저한 대비 중 하나였다.

“자건……”

감요진이 다시 엽자건을 부르다 말끝을 흐렸다. 그는 이미 방 안에 존재하지 않았다. 그녀를 놔둔 채 떠나가 버린 것이다.

“…바보. 이젠 얼마 남지도 않았었는데. 둘이서 함께 있을 수 있는 시간이 진짜 부족했는데……”

감요진의 뒷말이 공허하게 허공중에 흩어져 갔다. 문득 청명한 두 눈에 맺힌 한 방울, 맑은 눈물과 함께.

스스슥!

처소로 삼고 있던 민가를 벗어나자마자 엽자건은 부풍무영을 최상으로 펼쳐 냈다. 단숨에 백 장이 넘는 거리를 주파했다. 그렇게 함으로써 감요진과의 거리를 확 벌려놨다.

그렇게 그가 한적한 소로에 신형을 멈춰 세웠을 때였다. 문득 그의 앞에 사람의 그림자 하나가 모습을 드러냈다. 마치 줄곧 그 자리에 서 있던 것 같은 등장이었다.

흠칫!

엽자건은 미리 대비하고 있었음에도 눈살을 한차례 찌푸려 보였다. 설마 이렇게까지 빠르고 은밀하게 다가들 줄은 몰랐기 때문이다.

스슥.

그의 신형이 반 족가량 뒤로 물러섰다. 어깨의 기운을 뺀 채 호흡을 죽였다. 만약의 사태에 대비해 근육을 이완시키고 감각 역시 예리하게 가다듬었다.

이 모든 게 한순간에 벌어진 일이다.

한눈에 엽자건이 완벽한 임전 태세에 들어갔음을 간파한 당무양의 눈매가 가늘어졌다.

처음 봤을 때는 어째서 몰라 봤을까?

눈앞의 엽자건은 전날 그를 잠시나마 긴장시켰던 파천마곤 보종과 비견해도 결코 떨어지지 않았다. 무공 수준을 말하는 게 아니다. 지금 보이고 있는 무인의 자세가 그러했다.

새파랗게 갈려 있는 칼날!

그것도 수백 명을 단숨에 베어버려도 끄떡없는 보검과 같은 예리함이었다. 그런 단면을 무의 영역 속에서 불쑥 모습을 드러낸 당무양에게 드러내 보이고 있었다.

잠시뿐이었다.

당무양의 모습을 확인한 엽자건의 어깨가 곧 평소의 이완을 보였다. 잘 모르는 사람이 보면 건들거리며 거리를 주유하는 한량의 그것과 다름없다.

"하하, 후배 엽자건이 독존 선배님을 뵙습니다!"

"잘도 웃음이 나오는구나?"

"예?"

"잘도 웃음이 나온다는 게다. 천하 무림의 공적으로 몰리기 직전에 있으면서 말야."

"……"

엽자건이 입을 다물었다. 그러나 얼굴을 굳힌다거나 긴장하는 빛은 전혀 보이지 않는다. 전날 청양궁에서 감요진과 함께 대법대불왕의 환몽사안에 현혹된 광인들의 무리를 제압하며 익히 예상했던 일이었기 때문이다.

당무양의 눈에 이채가 어렸다.

"이런 일이 있을 것을 예상하고 있었던 게냐? 그런데도 불구하고 그리 나섰고?"

엽자건이 어깨를 한차례 추어 보였다.

"어쩔 수 없었습니다. 무고한 사람들이 죽게 놔둘 순 없었으니까요."

"정파의 협객으로서 당연한 일을 한 것은 아니고?"

"피할 수 있었으면 피했을 겁니다."

"고얀!"

말과 눈빛이 다르다. 호통을 치면서도 당무양의 눈매에는 웃음기가 어려 있었다. 엽자건의 정직한 대답을 듣자니, 전날 곤왕 유대유를 본 후 마음을 답답하게 만들었던 체기가 가시는 느낌이다.

엽자건이 말했다.

"그래서 대법대불왕은 어찌할 작정이십니까?"

"네가 어찌 노부가 대법대불왕과 한판 붙은 걸 짐작하고 있었던 게냐?"

"간단한 산술이지 않습니까? 전날 청양궁에 광인들을 난입시킨 건 대법대불왕이었습니다. 장난을 치려 한 게 아닙니다. 사천 무림대회로 조성될 무림맹의 정통성을 부숴 버리려 한 것이었습니다. 그런데 어찌 쉽사리 물러갔겠습니까? 당연히 만만찮은 대고수의 방해를 받은 것일 테지요."

"또한 현재 성도 근처에서 그 같은 무위를 보일 만한 자는 노부밖에 없는 게고?"

"성도가 아니라 사천이겠죠. 사실 후배의 견식이 일천하긴 하나 중원 전체를 뒤져도 독존 선배님을 능가할 만한 분은 거의 없을 거라 사료됩니다."

"거의라……."

엽자건의 냉정한 평가에 당무양이 씁쓸한 표정이 되었다. 그게 바로 현재 천하에서 독존 당무양 자신을 바라보는 한계임을 잘 알고 있었기 때문이다.

당무양이 곧 화제를 바꿨다.

"그런데 어떻게 대법대불왕의 제자를 네 편으로 끌어들인 것이냐?"

"미남계가 아니겠습니까?"

"미, 미남계?"

"예, 제가 좀 생겼잖습니까? 제 잘생긴 얼굴로……."

"무림공적에 더해 채화음적에 색마 취급까지 당하고 싶은 게냐?"

"…꼬신 게 아니라 과거부터 후배와 아는 사이인지라 간절하게 부탁했을 뿐입니다. 덕분에 앞으로 대법대불왕이 있는 포달랍궁에는 가지 못하게 되었구요."

"소림사에서도 이번 일에 대해 알고 있는 게냐?"

"사부님과 종경 사숙조님의 명을 받아서 보표 노릇을 하게 되었습니다."

"그렇다면 중간에 사천 무림대회에 참가한 건 전적으로 네 의지였다는 뜻이구나?"

"그렇습니다. 후금의 추격대를 따돌리려다 보니, 어쩔 수가 없었습니다."

'거짓말은 하지 않는군.'

당무양이 미미하게 고개를 끄덕여 보였다.

며칠 전부터 청양궁에 뒤늦게 사천과 멀리 떨어진 각대문파의 고수들이 잔뜩 모여들었다. 예상을 훨씬 웃도는 참가 인원이었다.

팔대세가 전체와 구대문파 중 육대문파!

근래 봉문을 선언한 아미파와 비검비선대회로 인해 바쁜 화산파와 종남파를 제외한 정파무림의 기둥들이 모두 모였다. 그만큼 전날 포달랍궁의 황금대불마차 사건이 중원무림에 끼친 영향은 지대했던 것이다.

그중 소림사에서는 보리원주 종심 대사가 보 자 항렬의 승려 십여 명을 보내왔는데, 당무양은 미리 그들을 만나서 의중을 파악한 바 있었다.

"그렇지 않아도 이틀 전 노부는 종심 대사를 만나서 몇 마디 면담을 나눈 바 있었다."

"그러셨습니까?"

"놀라지 않는구나?"

"향후 천하 무림의 대사를 결정할 무림대회를 어찌 소림사에서 외면할 수 있겠습니까? 머지않아 유력한 분께서 오실 거라 예상은 하고 있었습니다."

"그럼 노부가 오늘 어째서 네놈을 찾아왔는지도 짐작하고 있겠구나?"

"대법대불왕의 제자를 넘기길 원하시는 게 아니겠습니까?"

"소림사에서 네게 서장의 포달랍궁까지 보표를 맡긴 건 어디까지나 황금대불마차 사건에 대한 대승적인 판단이었다. 하지만 이제 포달랍궁은 전 중원 무림의 공적이 되었으니, 사정이 완전히 달라졌다고 할 수 있을 것이니라."

"그 판단은 종경 사숙조님께서 내리신 것입니까?"

"노부의 요청에 대한 종심 대사의 답이었느니라."

"그렇군요."

엽자건이 미미하게 고개를 끄덕여 보였다.

수긍인가? 체념인가?

당무양은 둘 중 어느 것도 엽자건의 얼굴에서 엿볼 수 없었다.

'역시 재밌는 놈이로세.'

내심 웃어 보인 당무양이 짐짓 무의 영역 밖으로 강력한 기도를 뿜어냈다. 웬만한 전장의 투기를 능가할 정도의 살기의 분출이다.

"무림공적의 길을 선택하려는 건 아닐 테지?"

"설마요!"

어깨를 다시 한차례 추어 보인 엽자건이 태연하게 당무양이 일으킨 살기를 받아넘기며 말을 이었다.

"후배에게 내걸 다른 조건을 제시하십시오. 무엇이든 받아들이도록 하겠습니다."

"다른 조건?"

"후배가 비록 시원찮긴 하나 어찌 친구를 배신할 수 있겠습니까? 아마 독존 선배님께서도 그 같은 점은 짐작하고 계셨을 터이니, 더 이상 뜸들이지 말고 말씀하시라는 겁니다."

"허! 어허허허……."

당무양의 입새로 헛웃음이 터져 나왔다. 예상 이상의 걸물을 만났음을 인정하지 않을 수 없었기 때문이다.

엽자건은 조용히 기다렸다. 자신의 확고한 뜻을 밝혔으니, 더 이상 입을 놀릴 필요는 없었다.

과연 당무양이 곧 웃음을 거두더니, 단도직입적으로 말했다.

"자네가 새로 창설되는 무림맹의 천룡위주를 맡아줘야겠네."

"알겠습니다."

"또한 천룡위주 직속의 천룡영웅대를 조직해서 훈련시키고, 앞으로 그들의 목숨을 지켜줘야겠어."

"알겠습니다."

"마지막으로 천룡영웅대를 조직한 즉시 절강성으로 떠나
야 해."

"훈련을 시키라면서요?"

"사천에서 절강까지는 수천 리 길이야. 인솔해 가는 동안
시간은 충분하니, 훈련은 알아서 시키라구."

"그건 좀……."

"힘들면 무림공적이 되든지."

"…하죠. 뭐, 어차피 될성부른 녀석들만 뽑을 테니까요. 그
런데 어디와 싸우는 겁니까?"

"해월왕의 해월낭인대."

"켁!"

엽자건이 사레들린 소리를 냈다. 지난 수년간 강남의 해안
가 인근을 피바다로 만들고 있는 해월낭인대에 관해서 줄곧
전장을 돌아다닌 그가 못 들었을 리 없다.

그래도 그들을 상대하고 있는 건 중원의 무신이라 불리는
곤왕 유대유 휘하의 유군이었다. 무림맹에서 그런 곳까지 신
경을 쓰리라곤 상상조차 못했었다.

당무양이 즐거운 표정으로 부연 설명을 했다.

"현재 그곳에는 곤왕이 없다네. 그러니까 좀 어려운 싸움
이 될 거야. 그건 각오해 두는 편이 좋아."

"예에?"

"어차피 자네나 대법대불왕을 배반한 제자는 서장에서 먼

곳으로 가는 편이 좋을 게 아닌가? 노부의 작은 배려라 생각하고 다녀오도록 하라구."

"……."

엽자건은 다시 입을 다물었다.

늙은 생강이 맵다고 했다. 그의 앞에서 빙글거리며 웃고 있는 당무양은 그중에서도 최상위에 속한 사람이라 할 수 있었다. 이런 식으로 어르고 뺨치는 것만 봐도 알 수 있겠다.

'쳇, 내심 곤왕 사조님을 뵐 수 있을까 기대했더니만…….'

곤왕 유대유.

그에겐 엄밀히 말해 사조뻘이 된다. 사부 보종에게 전수받은 일타일게를 기본으로 하는 오호파천곤의 원형인 형초장검의 곤법의 주인이었기 때문이다.

내심 혀를 찬 엽자건이 시무룩한 표정으로 포권해 보였다. 이제 더 할 말 없으면, 헤어지자는 표시였다.

그러자 당무양이 신형을 돌려세우다 문득 생각난 듯 한마디 던졌다.

"내 곧 골치 아픈 녀석 한 명을 붙여줄 터이니, 그리 골을 내진 말아라."

"골치 아픈 녀석은 필요없는데요?"

"노부한테 골치 아픈 녀석이지, 네놈에겐 천군만마와 같은 존재일 수도 있다."

"그럼 감사히 받도록 하죠."

"허허, 그놈 참!"

당무양이 다시 웃음을 지어 보이곤 곧 자취를 감춰 버렸다. 다시 무의 영역 속으로 녹아들어 간 것이다.

'대법대불왕이 대단하긴 한가 보군. 저런 엄청난 무위를 지닌 노인장이 나섰는데도 제압을 하지 못한 걸 보면. 그런데 골치 아픈 녀석인데 천군만마가 될 수도 있는 존재는 또 뭐람?'

내심의 중얼거림과 함께 엽자건이 신형을 돌려 세웠다. 지난 보름간 열심히 머리를 굴렸던 일들이 현실로 모습을 드러냈다. 은근히 감요진이 걱정되지 않을 수 없었다.

*　　*　　*

목진풍은 성도 분타주인 파안개(破顔丐)와 몇 가지 얘기를 나눈 후 엽자건의 처소로 향하고 있었다. 그에게 알려줄 중요한 소식이 몇 가지 있어서였다.

어슬렁대는 듯하나 극히 날랜 걸음.

근래 엽자건을 만난 후 자만심을 버린 그는 무공 수련에 박차를 가하고 있었다. 평상시에도 절대 게으름을 피우지 않고 취팔선보의 요결을 걸음 중간중간에 섞어서 연마했다. 한시가 아깝다는 생각이 든 까닭이었다.

그런 그의 눈에 이채가 어렸다.

자신이 향하고 있는 길의 한복판에 대자로 누워 있는 장대한 체격의 사십대가량 되어 보이는 도객이 눈길을 잡아끌었다. 남색의 장포를 걸치고 지저분한 머리를 했는데, 특이한 형태의 청룡도를 옆구리와 어깨 사이에 차고 있었다.

'하필이면 이런 곳에 누워서 뭘 하는 거지? 설마 잠이라도 자고 있는 건가?'

평상시 같으면 대수롭지 않게 넘길 수도 있는 일이나 목진풍은 내심 긴장했다. 근래 상당히 많은 고난과 혈전을 경험한 탓에 항시 지적을 당하던 천성적인 게으름과 느슨함이 확 줄어들어 버렸다.

흔들.

목진풍이 신형을 가볍게 분신시켰다. 혹시 만약의 사태에 대한 대비였다. 그런 식으로 사내의 곁을 조심스레 지나쳐 가려 했다.

그런데 남의도객이 갑자기 버럭 고함을 내질렀다.

"어떤 빌어먹다 뒈질 거지새끼가 어르신의 낮잠을 방해하는 것이냐!"

'거지가 빌어먹다 뒈지는 건 당연한 일인데… 아니지! 그런 식으로 느슨하게 생각해선 안 되지!'

순간적으로 뇌리 속에 떠오른 생각을 서둘러 불식시킨 목진풍이 눈에 힘을 팍 줬다. 남의도객에게 거지는 절대로 빌어먹다 뒈지는 존재가 아니라고 한소리를 해줄 생각이었다.

팍!

순간 격한 타격음과 함께 목진풍이 바닥으로 나뒹굴었다. 후기지수 중 손꼽히는 무위를 지녔음에도 제대로 된 낙법조차 펼치지 못했다.

그만큼 의외의 일격을 당했다.

그러나 그는 바닥에 몸을 뉘이자마자 곧바로 용수철처럼 튕겨 일으켰다.

스스슥!

신형 역시 빠르게 뒤로 물린다. 그동안 더욱 열심히 연습한 취팔선보의 정화가 그대로 드러나고 있었다.

'됐어!'

내심 만족스레 부르짖던 목진풍이 다시 바닥으로 나뒹굴었다. 어느새 그의 앞에는 방금 전까지 바닥에 대자로 누워 있던 남의도객이 서 있었다. 도대체 언제 일어나서 다가들고, 다시 발을 걸어 넘어뜨렸는지 당최 짐작조차 할 수 없다.

'고수! 초절정의 고수다!'

내심 다시 부르짖은 목진풍이 평상시처럼 어깨를 추욱 늘어뜨린 채 비굴한 표정이 되었다.

"선배님, 개방에 원한이라도 있으신 겁니까?"

"원한?"

"예, 후배는 개방의 제자인 삼절신풍 목진풍이란 놈입니다."

“그러냐?”

“예.”

“나는 천살마도(千殺魔刀) 이염이라 한다.”

“헉! 바, 방주님의 막내 아드님…….”

“그래, 부친이 빌어먹을 거지라 어려서 개고생을 하며 자랐고, 커서도 본데가 없는 그 후레자식이다.”

“…….”

목진풍이 울상이 되어 입을 다물었다. 천하에서 가장 골치 아픈 초고수 중 한 명인 이대도객 중 한 명을 만나서가 아니었다. 스스로 살화자(殺化子:거지를 죽이자)라 칭하고 다니는 개방의 골칫거리가 바로 천살마도 이염이었기 때문이다.

까닥! 까닥!

손가락으로 목진풍을 일어서게 만든 이염이 누런 이를 드러내며 웃어 보였다.

“염려 말아라. 오늘은 개방의 빌어먹을 거지새끼들한테 관심이 있어서 온 건 아니니까 말야.”

“그, 그럼?”

“엽자건이라고 했던가? 그 자식이 있는 곳으로 안내 좀 해라. 설명을 듣긴 했는데, 내가 좀 길눈이 어두워 까먹었다.”

“여, 엽 대형에겐 어째서…….”

“지금 나한테 반문하는 거냐? 확! 눈깔을 뽑아서 개봉에 보내 버릴까 부다!”

"…당장 안내하겠습니다!"

"앞장서."

"예!"

부동자세로 목청을 높인 목진풍이 재빨리 앞장섰다. 자칫 잘못하면 오늘 개방의 성도 분타 거지들의 곡소리가 하루종일 울려 퍼질 수도 있었기 때문이다.

'형님, 죄송합니다! 하지만 형님은 위대한 형님이시잖습니까? 반드시 이번 고난도 이겨내시고 이 불쌍한 거지 동생을 구해주실 거라 굳게 믿고 있습니다!'

목진풍이 소매로 눈가를 훔치고 얼른 걸음을 옮겼다. 어째 닦아도 닦아도 계속 눈앞에 흐려지고 마음 한구석이 무척이나 슬퍼지고 있었다.

第四十四章

천약유정(天若有情)

少林
棍王
소림곤왕

✷ 만약 하늘에도 정이 있다면 반드시 다시 만나게 될 것이다.
스스로에게 하는 다짐이었다. 맹세였다.

무후사.

일차로 모인 정파 군웅들이 떠나간 이곳은 평상시의 한적
함을 유지하고 있었다. 부근의 청양궁으로 세인들의 이목이
모조리 몰려든 탓에 향화객들만 종종 눈에 띌 뿐이었다.

저벅! 저벅!

무후사의 내원 쪽으로 천천히 걷고 있던 당무양이 문득 눈
살을 찌푸려 보였다. 마치 자신의 안방이라도 되는 듯 돌계단
위에 팔베게를 한 채 누워 있는 노개가 그의 심기를 크게 거
슬렀다.

"흥! 자신의 살아생전에 다시 과거의 무림맹 체제로 돌아

가는 것에는 관심이 없다더니만? 무슨 바람이 불어서 개봉을 떠나서 이 먼 사천까지 왔누?"

철담협개가 빼꼼히 당무양을 바라봤다. 입가에 절반쯤 하품이 묻어 나오는 게 여태까지 늘어지게 낮잠이라도 한차례 자고 있었던 것 같다.

"사천 여행은 이맘때가 제일이지. 중원은 아직도 워낙에 추워서 말이야."

"말 돌리긴가?"

당무양이 멈췄던 걸음을 다시 옮기며 더욱 눈살을 찌푸려 보였다.

삼기와 오절.

삼검호와 더불어 곤왕 유대유를 제외하면 결코 천하의 어느 누구에게도 고개를 숙이지 않는 사람들이다. 초절한 무공과 뒷배경이 되는 대문파의 후광을 동시에 갖추고 있었기 때문이다.

그러다 보니 서로간에 사이는 그다지 좋지 않았다. 각자 개성과 자부심이 강한 터라 쉽사리 마음을 터놓고 지내기가 쉽지 않았다.

개중 당무양과 철담협개는 그나마 적당할 정도의 관계를 유지하고 있었다. 철담협개의 드넓은 오지랖과 협행은 까탈스런 성격의 당무양조차 인정하지 않을 수 없어서였다.

'개왕이 이곳에 왔으니 무림맹의 제대로 된 조직이 완성되

는 데 한동안 난항을 겪게 되었구나. 이 노개는 천하 무림인들의 인정을 꽤나 받고 있으니까.’

내심 당무양이 염두를 굴리고 있을 때였다. 영원히 자세를 허물지 않을 듯하던 철담협개가 늘어지는 기지개와 함께 몸을 일으켜 세웠다.

주름 가득한 얼굴은 여전히 더럽고 눈에는 눈곱이 덕지덕지 붙어 있었다. 하지만 장대한 몸 전체에서 뿜어져 나오는 기백은 가히 태산이라도 움직일 듯하다.

“대법대불왕이 사천을 떠나지 않았더군.”

“개방은 과연 대단하군. 아주 빨리도 그 같은 사실을 알아내었으니 말야.”

“비꼬는 건 그만 하게나. 이 늙은 거지도 요 근래 좀 바쁜 일이 있어서 사천까지는 신경 쓸 겨를이 없었으니 말일세.”

“그 말, 개방은 여전히 무림맹 체제로의 복귀에 관심이 없다는 뜻으로 받아들여도 되겠는가?”

“물론이네. 개방은 다시 무림맹의 충실한 정보 조직이나 할 생각은 없다네. 불쌍한 거지 녀석들을 내 어찌 다시 사지로 내몰 수 있겠는가?”

“과연 철담협개로군. 근래 들어본 말 중에 두 번째로 멋진 말이야.”

다시 비꼬임이 깃든 목소리로 엄지손가락을 치켜 보인 당무양이 눈빛을 차갑게 가라앉혔다. 목소리 역시 여태까지와 달리 근엄하게 변했다.

"대유가 얼마 전 산해관을 넘어갔네. 그걸 모르진 않았을 테지?"

"그랬다더군."

"마치 노개에겐 그가 찾아가지 않았던 것처럼 말하는군?"

"찾아왔었지. 그래서 이 늙은 거지가 개봉을 떠나 성도에 온 것이고 말야."

"그런데도 무림맹에 들지 않겠다고?"

"곤왕의 의기는 물론 내 높이 사는 바이네만, 개방의 불쌍한 거지들을 희생시키고 싶은 생각은 없네."

"개방에서 무림맹주가 나온다 해도?"

"그건 또 무슨 소린가?"

"개왕 자네한테 무림맹주 자리를 내주겠다는 뜻일세. 대유가 돌아와 맹주를 한 다음이 될 테지만."

"……"

철담협개의 눈에 은은하게 담겨져 있던 신광이 일순 폭발적으로 강해졌다. 당무양의 의중이 매우 의심스러워진 까닭이었다.

당무양이 말을 이었다.

"새로 조직될 무림맹은 기존의 맹주와 문무상 외에 따로 십존(十尊)을 만들 생각일세. 타 문파의 장로와 마찬가지의 직위로 맹주의 독주를 막을뿐더러, 삼 년마다 돌아가며 맹주의 업무를 승계하게 되는 위치라네."

"삼 년마다 무림맹주를 돌아가면서 한다?"

"그래야만 같잖은 자존심으로 천하를 오시하는 삼기와 오패군, 삼검호를 한데 모을 수 있지 않겠나?"

"삼기와 오패군, 삼검호……. 한 명이 남는데?"

"승천검군 남궁황은 은퇴했지 않은가? 설마하니 금분세수를 한 주제에 다시 무림에 복귀할 정도로 뻔뻔하진 않을 테지."

"그야……."

철담협개가 말끝을 흐렸다. 당대에 이르러 팔대세가의 수장 자리를 놓고 치열한 세력 다툼을 벌이고 있는 당가와 창룡검가의 관계를 떠올린 까닭이다.

어찌 됐든 지금 중요한 건 그런 게 아니었다. 차대 무림맹주의 직위를 제일 먼저 철담협개 자신이 수행할 수 있다는 말을 들었기 때문이다.

'정녕 독존 이 노독물이 개과천선이라도 했단 말인가? 이번 사천 무림대회는 어디까지나 당가에서 주도적으로 개최한 것으로 알고 있거늘…….'

무림맹주의 직위.

말 그대로 천하제일인이 되는 가장 빠른 길이다. 세상의 어떤 무림인이 꿈꾸지 않겠는가.

잠시 염두를 굴린 철담협개가 천천히 고개를 가로저었다.

당무양의 지극히 매력적인 유혹에 넘어가지 않은 거다.

"내 대법대불왕을 격퇴시킬 때까지는 도와주도록 하겠네. 그거면 충분하지 않겠는가?"

"무림맹주의 직위 역시 관심없다?"

"이 늙은 거지보다는 소림사의 불성이나 무당파의 검성이 더 제격일 걸세. 아니면 노독물 자네가 맡아도 나쁘진 않을 것이고."

"어쩐 일로 날 그리 높게 평가해 주는 게지?"

"예전과 달리 진짜 협객이 되었다는 생각이 들었기 때문일세. 무림맹주의 직위는 능력뿐 아니라 그런 협기 역시 지니고 있어야만 하는 자리이지 않겠는가?"

"……."

당무양의 노안이 일시 가벼운 홍조를 띠었다. 다른 누구도 아닌 철담협개가 한 칭찬이었다. 내심의 기쁨은 유대유에게 중원을 부탁받았을 때보다 결코 작지 않았다.

그때 철담협개가 은근히 화제를 바꿨다. 대충 당무양과 머리 복잡한 협상을 끝냈으니, 사천을 찾아온 이유 중 다른 한 가지를 끄집어낼 차례였다.

"이번 천룡비무대전의 예선에서 상당히 큰 사건이 있었다고 들었네만?"

"개방의 삼절신풍 목진풍이란 아이는 무사하니 염려 말게나. 제법 똘똘하더구만."

"그 녀석이 명은 좀 질긴 녀석이긴 하지. 하지만 사부의 명도 듣지 않고 천방지축 날뛰는 녀석에게 똘똘하단 표현은 어울리지 않을 걸세. 내가 궁금한 건 소림사의 제자인 엽자건이란 아이라네."

"엽자건? 천살마도가 아니라?"

"그 불초한 녀석을 어째서 내가 궁금해하겠는가?"

'호오? 아직도 부자지간에 의가 상해 있었던가? 하긴 천살마도 이염이 일으킨 분란으로 장남과 차남을 동시에 잃었으니, 철담협개가 이리 화를 내는 것도 무리는 아닐 테지.'

전날 천살마도 이염이 일으킨 개방과 관련된 몇 가지 소요를 떠올린 당무양이 내심 고개를 끄덕였다. 철담협개 같은 대의협의 피를 이어받은 자가 정사 중간의 인물이 된 것만 해도 무림의 기사라 할 만했다. 속사정이 어떠했을지는 굳이 말을 듣지 않았어도 대충 짐작이 가는 바가 있었다.

"그런데 엽자건, 그 맹랑한 녀석은 어째서 언급하는 건가?"

"내 손녀사위거든."

"손녀사위? 그 녀석은 창룡검가의 남궁수란 여아하고 친해 보이던데……."

"뭐얏!"

방금 전 대범하게 무림맹주의 직위를 포기한 철담협개가 일성대갈과 함께 안색이 붉게 달아올랐다. 엽자건 때문에 개봉에서 지금 절치부심 무공 연마에 매진하고 있는 손녀 이가 흔이 떠올랐기 때문이다.

당무양이 재밌다는 표정이 되었다. 바람과 같은 철담협개를 놀려먹을 좋은 기회를 잡았다는 판단이었다.

"그러고 보니 엽자건이란 녀석이 제법 준수하더군. 창룡검가의 남궁수라면 백의검후라 불릴 정도로 빼어난 무공 실력을 지녔을뿐더러 강북제일의 미녀이기도 하니, 제법 잘 어울리는 한 쌍이라 생각하고 있었다네."

"말도 안 되는 소릴!"

나직이 부르짖은 철담협개가 갑자기 바람같이 신형을 띄워 올렸다. 취팔선보를 전력으로 펼친 것이다.

＊　　　＊　　　＊

꾸깃!

엽자건은 몇 줄의 글귀가 써져 있던 종이를 힘줘서 쥐었다. 그러자 곧 불길에 휩싸인 그의 주먹.

만약 근처에 무림인이 있었다면 깜짝 놀랐을 터였다.

삼매진화(三昧眞火).

내공이 초범입성(超凡入聖)의 경지에 올라야만 펼칠 수 있다고 알려진 삼매의 불꽃을 그는 무의식중에 일으켰다. 무공이 이미 초절정의 벽을 뛰어넘었다는 뜻이었다.

하지만 엽자건은 지금 그런 데 신경 쓸 겨를이 없었다. 그가 삽시간에 한 줌의 재로 만들어 버린 종이에 써져 있던 글귀에 정신이 일순 핑 돌아버린 까닭이다.

'사부에게 가겠다고? 날 위해서 그런 배신 행위를 버젓이 해놓고서 사부 대법대불왕에게 돌아가겠다고? 그러니 이젠 더 이상 보표는 할 필요가 없다고? 그게 말이나 되는 소리냐! 날 바보로 아는 거야!'

주먹에만 머물러 있던 삼매진화가 일순 엽자건의 몸 전체로 확산되었다. 그가 일시 뿜어낸 천살지기에 이끌린 몸속의 팔대진기가 폭풍처럼 몸 밖으로 휘몰아쳐 나왔다.

더불어 무한대로 확장된 감각, 단숨에 천지사방으로 퍼져나가더니, 곧 그 못지않은 강한 기운을 찾아낸다. 포착해 냈다.

쾅!

일순 엽자건의 신형이 벽을 뚫어버렸다. 그의 감각이 포착한 강대한 기운을 향해 일직선으로 날아간 까닭이었다.

"헉!"

앞서 걷고 있던 목진풍의 입이 크게 벌어졌다. 숨이 막혀서다. 느닷없이 화살이나 포탄처럼 날아든 천살지기의 직격에.

그때다.

그의 뒤를 어슬렁거리며 따르던 이염이 번개같이 신형을

날리며 목진풍을 옆으로 밀어 제꼈다. 손바닥에 한줄기 웅혼한 기운을 담아서 밀어버린 거다.

"왁!"

덕분에 목진풍은 다시 바닥으로 나뒹굴었다. 오늘만 세 번째다. 천살지기의 직격에 이어 이염의 손바닥에 밀쳐지니, 버티려야 버틸 재간이 없다.

털푸덕!

그는 엉덩방아를 찧은 채 멍청한 표정을 지어 보였다. 다리에 힘이 완전히 풀려 버렸다. 다리가 후들거려서 일어설 엄두조차 내지 못하겠다.

'으허헝! 도대체 왜들 그래? 나는 가련한 숫총각인데 어째서 벌써 다리가 후들거리게 만드는 거냐구!'

목진풍은 내심 한탄하며 울부짖었다. 여기서 왜 숫총각이란 소리가 먼저 나오는 건지는 그 자신도 알지 못했다.

그사이 목진풍을 자빠뜨리고 앞으로 튀어나간 이염은 어느새 발도(拔刀)에 들어가고 있었다.

특이하게도 가슴과 어깨를 연결해 고정시켜 놨던 청룡도를 번개같이 빼들었다. 그 역시 목진풍을 놀라게 만든 천살지기에 크게 놀란 까닭이었다.

스파앗!

대기가 크게 흔들렸다.

전광에 가까운 쾌속한 도기에 순간적으로 대기 자체가 양단되어 버린 형국.

그러나 천살지기는 여전했다. 사람의 혼을 마구 뒤흔들어 놓을 만큼의 강력함을 유지하고 있었다.

그렇다면 이염의 청룡도가 만들어낸 광룡난천풍(狂龍亂千風)의 도기는 어찌 된 것일까?

해답은 곧바로 도출되었다. 폭풍과 같이 중첩된 도기 속을 가로지르며 섬뜩한 역수검의 검형이 파고들어 왔기 때문이다.

쉬아악!

섬뜩한 기음을 접한 이염의 입꼬리가 치켜 올라갔다. 설마 이런 식으로 자신의 도기를 헤집는 자를 만날 줄은 몰랐다. 아주 제법이다.

'하지만 미숙해! 설마 내가 진짜로 처음부터 전력을 다 기울였겠나?'

뇌까림과 동시였다.

이염의 신형이 여태까지보다 족히 두 배의 빠르기로 움직였다. 단숨에 자신을 향해 파고든 역수검의 일격을 피해낸 거다.

그것만으로 끝일 리 없다.

이염의 청룡도가 다시 대기를 난자해 댔다. 처음의 일격과는 비교조차 되지 않는 폭풍 같은 도기를 쏟아냈다. 상대는 평상시의 냉정함을 잃은 엽자건이었다.

움찔!

엽자건은 순간적으로 극도의 흥분에 의해 눈이 돌아간 상태였다.

근래 세수경 수련의 영향으로 크게 안정되어 있던 몸속의 진기가 미친 듯 끓어오르고 있었다. 자칫 주화입마에 빠질 수도 있는 상황이었다.

그러나 풍부한 전장의 경험이 그를 살렸다.

강적, 그것도 천살지기가 마구 폭출되고 있는 상황에서도 목숨의 심대한 위협을 줄 만한 자와 만났다.

행운이었다. 일시 전장에서 갈고닦아진 생존 본능이 고개를 치켜올렸고, 곧 전신의 모든 경락과 근육이 임전 태세에 돌입했다.

평상시와 같이 머리가 내린 명령이 아니었다.

그의 완벽하게 단련된 몸이 알아서 움직임을 보였다. 갑작스레 떠나 버린 감요진으로 인해 완전히 헝클어져 버린 머리의 부재를 육체가 대신한 것이다.

츄아악!

엽자건의 가슴에서 피가 튀어 올랐다.

곧바로 임전 태세에 들어간 그의 육체보다 이염의 두 배 이상 강해진 도기가 더욱 빨랐다. 부동무상을 펼쳤음에도 두툼한 가슴 근육을 얇게 베이는 걸 피할 순 없었다.

'얇아?'

이염의 눈에 이채가 어렸다. 방금 전까지 조소에 가까운 형태이던 미소 역시 사라졌다. 설마 이번 일격을 엽자건이 피해낼 줄은 몰랐기 때문이다.

그 순간, 완벽한 사각에서 엽자건의 패왕검이 파고들었다. 여전히 역수검이나 이번에는 참마육합도의 진수가 담겨져 있다는 점이 달랐다.

"헛!"

이염의 입이 가볍게 벌어졌다. 자신의 청룡도에 베인 상처에서 튀어나온 핏방울 속에 몸을 숨긴 채 가한 일격이다. 기겁하는 심정이 되는 것도 무리는 아니었다.

그러나 이염은 천살마도라 불리는 이대도객 중 한 명이었다. 초절정에 이른 무위를 떠나서 근래 가장 많은 실전을 거친 정사 중간의 초고수 중 한 명이었다.

빙글.

그는 전광석화같이 수중의 청룡도를 놓고 다른 손으로 도배를 튕겼다. 그렇게 함으로써 사각을 비집고 들어온 엽자건의 패왕검을 막아냈다.

카각!

공중에서 한차례 회전을 보인 청룡도와 엽자건의 패왕검이 부딪친 자리에서 잇달아 시뻘건 불똥이 튀었다. 그 정도로 강력한 힘과 속도가 충돌한 것이라 할 수 있겠다.

물론 그것만으로 두 사람의 싸움이 끝났을 리 없다.

스슥.

일순 엽자건의 신형이 위로 솟구쳐 올랐다. 패왕검의 일격이 무위로 돌아간 후 곧바로 이차 공격에 들어간 거다.

이염 역시 마찬가지다.

그의 한 손이 다시 청룡도를 잡아채는 것과 동시였다. 이미 공중으로 뛰어오른 채 안면을 노리는 엽자건의 발끝을 향해 다섯 개의 손가락이 회전하며 파고들었다.

광룡오조수(狂龍五爪手).

이염이 웬만해선 사용하지 않는 절기가 엽자건의 발끝을 잡아채 갔다. 단숨에 발목뼈를 잡아서 부러뜨려 버리려 했다. 충분히 그럴 수 있으리란 확신이 있었음은 물론이다.

결과는 그의 예상을 벗어났다.

스륵!

이염의 광룡오조수가 악랄한 공격을 가해온 순간, 엽자건의 신형은 다시 변화를 일으켰다. 어느새 빼든 삼절마곤으로 바닥을 찍으며 더욱 높이 신형을 띄워 올린 것이다.

더불어 다시 머리를 노리며 휘둘러진 삼절마곤!

이염은 황급히 청룡도로 머리를 방어하며 뒤로 물러서야만 했다. 패왕검에서 삼절마곤으로 바뀐 엽자건의 병기에 일시 적절한 대응을 보이기가 쉽지 않아서였다.

"망할 놈!"

결국 제 분을 참지 못하고 일갈을 터뜨린 이염의 앞에 엽자건이 표표히 떨어져 내렸다.

어느새 광기에 버금갈 정도이던 천살지기는 절반 이상 누그러져 있다. 이염과의 생사를 다투는 몇 차례 교합으로 어느 정도 이성을 회복한 까닭이다.

"입 한번 거칠군. 솜씨를 보아하니 강호의 하수는 아닌 듯하니, 대명을 밝히는 게 어떻소?"

"흐흐, 다짜고짜 칼질을 해대더니, 갑자기 왜 그렇게 곱게 나서시나? 설마 가슴팍으로 피 좀 질질 흘리고 겁에 질리신 건가?"

이염의 노골적인 비웃음에도 엽자건은 별다른 반응을 보이지 않았다.

차갑게 가라앉아 있는 눈빛.

노련한 사냥꾼처럼 자신의 일거수일투족을 살핀다. 가장 상대하기 까다로운 싸움꾼을 만난 게 분명하다.

'동류인가?'

엽자건이 내심 호흡을 가다듬었다. 느닷없이 헤어진 감요진으로 인해 흐트러져 있던 심기를 일신하고 어떻게든 평정심을 되찾기 위해 노력했다.

잠시 잠깐의 방심도 허용되지 않는 상대라는 판단.

싱긋!

문득 이를 드러낸 엽자건이 살벌하게 말했다.

"그리고 보니 가슴에 칼침을 맞은 빚을 잊고 있었군. 내 몸

값은 꽤 비싼데 말야."

이염 역시 이를 드러낸다. 살벌한 표정 역시 결코 엽자건에
못지않다.

"그 몸값, 계집들한테나 비싸겠지. 내가 이번에 적당히 얼
굴을 만져 주면 계집들한테도 값이 급락할 테고 말야."

"제법 긁는군."

"본래 그런 건 선수지, 내가. 왜? 꼬우면 다시 칼질, 아니,
그 괴상한 몽둥이 가지고 덤벼보든지!"

"……."

엽자건이 입을 다물었다. 말문이 막혀서가 아니다. 굳이
공격하기 전에 입을 놀릴 이유가 없었기 때문이다.

일촉즉발의 순간!

점차 살기가 고양되기 시작한 두 사람 사이로 목진풍이 허
겁지겁 달려들었다. 간신히 힘 풀린 다리를 끌며 죽기 살기로
달려온 것이다. 그가 억지로 목소리를 쥐어짜 냈다.

"두 분은 절대 싸워선 안 됩니다! 어찌 같은 편끼리 목숨을
걸고 싸우신단 말입니까?"

"뭐어?"

"아앙!"

엽자건과 이염이 거의 동시에 살벌한 시선을 목진풍에게
던졌다. 여태까지 서로를 향해 고양시켰던 살기를 일제히 방
해꾼인 목진풍에게 쏟아 부은 거다.

"쿠웨엑!"

이미 두 차례에 걸쳐 이염에게 당한 목진풍이었다. 비록 절정을 넘보는 정도의 무위를 지녔으나 후기지수의 수준을 뛰어넘진 못했다.

거의 동시에 향해진 두 사람의 고양된 살기에 목진풍이 비명과 함께 뒤로 엉덩방아를 찧었다. 전설 속에서나 회자되는 의형살인(意形殺人)에 당한 것과 흡사한 타격을 받았음은 물론이었다.

'이런!'

'망할!'

엽자건과 이염이 역시 거의 동시에 살기를 거둬들였다. 목진풍의 입가로 흘러내리는 핏물을 보고 내심 마음이 약해졌다. 어찌 되었든 두 사람 모두 목진풍과는 나름대로 인연을 맺고 있는 까닭이었다.

뿐만 아니었다.

두 사람은 누가 먼저랄 것 없이 목진풍에게 달려들었다. 그의 내상이 더 심해지지 않도록 손을 쓰려 함이었다.

사삭! 삭!

목진풍의 눈에 비친 그들은 완전히 달랐다. 한 마리의 가련한 토끼를 다투는 두 마리 맹수나 다름없었다. 당연히 가련한 토끼는 자기 자신이었고 말이다.

'크흐흐흑, 사부니이임! 불초 제자 목진풍, 이렇게 먼저 갑

니다아!'
결국 목진풍이 기절했다, 입에 게거품을 문 채.

얼마나 시간이 지났을까?

목진풍은 혼절에서 깨어나며 왠지 모르게 몸이 크게 개운해진 느낌을 받았다. 정신이 또렷해지고, 단전에 힘이 불끈거리며 넘치는 게 아주 좋았다. 수년 전 일류의 무위를 얻은 후 사부 철담협개가 구워준 홍구육을 먹었을 때보다 더욱 몸 전체에 힘이 넘쳐흐르고 있었다.

'이게 도대체……'

내심 고개를 갸웃거리는 목진풍의 귓전으로 퉁명스런 목소리가 파고들었다.

"거지새끼야, 축하한다."

'뭘?'

목진풍이 의아한 기색으로 고개를 돌리다 몸을 움츠려 보였다. 퉁명스런 목소리의 주인이 바로 천살마도 이염임을 알아본 까닭이었다.

이염이 다시 투덜거렸다.

"씨발, 더럽게 힘드네. 개방의 후개 후보란 새끼가 얼마나 농땡이를 피웠으면 생사현관(生死玄關)이 바늘구멍만큼밖엔 뚫리지 않은 게냐? 개고생한 거 생각하면 그냥 확!"

"으헉!"

이염이 주먹을 들어 올리자 목진풍이 얼른 두 손으로 방어하며 뒤로 물러섰다. 전날과는 비교도 되지 않을 정도로 빠른 대응이다.

'오옷! 이게 갑자기 어찌 된 일이지? 드디어 내 몸속에 존재하긴 했으나 그동안 야속하게도 드러나지 않던 천재적인 잠재력의 대폭발이 일어난 건가?'

스스로도 크게 놀란 목진풍을 향해 이염이 한심하단 표정으로 말했다.

"제기랄, 정말 씨발이다. 저런 거지새끼의 생사현관을 뚫어주느라고 내가 그런 개고생을 했다니!"

"새, 생사현관을 뚫어주셨다고요?"

"그래, 더러운 거지새끼야. 그러니까 당장 내 앞에 엎드려서 충성을 맹세해!"

"오오! 내가 생사현관이 타통되다니! 마흔 이전에는 절대 꿈조차 꾸지 못할 줄 알았건만……."

"새끼야, 내 말이 말 같지가 않냐? 확 진짜로 머리하고 몸통을 분리해서 땅에 파묻어 버릴까 부다!"

"아닙니다! 그래선 안 되시는 겁니다!"

다시 현실로 돌아온 목진풍이 얼른 이염 앞에 달려와 바닥에 찰싹 엎드렸다. 생사현관을 타통시켜 준 그에게 진심으로 고마움을 느꼈다. 잠시 잠깐 동안 진짜로 영원한 충성을 맹세할 마음까지 들었을 정도였다.

그때 착 가라앉은 목소리가 들려왔다.

"진풍, 설마 개방의 제자가 정사 중간의 인물한테 충성을 맹세하려는 건 아닐 테지?"

'이 목소리는……'

목진풍이 땅을 향하고 있던 고개를 옆으로 빼꼼히 돌렸다. 곧 입가로 헤실거리는 웃음이 흘러나온다.

"헤헤, 형님 살아 계셨군요?"

엽자건이 방문 부근에 등을 기댄 채 차갑게 말했다.

"왜? 내가 천살마도의 칼에 죽기라도 했을 거라 생각했던 거냐?"

"아닙니다! 어찌 소제가 그런 생각을 했겠습니까?"

재빨리 손사래를 친 목진풍이 뒤도 돌아보지 않고 엽자건에게 다가들었다.

눈치없는 거지는 객사밖엔 답이 없다는 말이 있다. 제대로 된 밥은커녕 눈칫밥조차 얻어먹지 못하니, 길거리에서 딱 굶어 죽기 십상이란 뜻이다.

하물며 목진풍은 꽤나 눈치가 빠른 편이었다.

그의 머릿속은 어느새 정신을 잃어버린 직후의 일을 빠르게 재구성하고 있었다. 어째서 갑자기 개방을 싫어하는 이염이 자신의 생사현관을 타통시켜 줬고, 엽자건의 이런 건방진 말에도 별다른 반응을 보이지 않는지를 말이다.

'엽 대형은 정말 대단하다. 무공만으로 평가하자면 십삼성

의 상위자들과 비교해도 절대 꿀리지 않는다는 이대도객 중
한 명인 천살마도 선배를 이기다니. 비슷한 나이지만 나 같은
놈은 상상조차 하지 못할 일이야.'

비슷하나 조금 틀렸다.

목진풍의 예상대로 엽자건과 이염은 그가 의식을 잃고 있
는 동안 다시 맞붙었다. 둘 다 살기가 넘치는 싸움꾼들인지라
절대 이대로는 그냥 넘어갈 수 없었다.

그러나 두 사람의 싸움은 결국 승패를 가리지 못했다. 중간
에 훼방꾼이 끼어들었기 때문이다. 두 사람 모두와 인연이 깊
고 절대 쉽사리 대할 수 없는 대인물이 말이다.

'비록 천살마도와 승패를 가리지 못한 건 아쉽지만, 그때
개방의 방주이신 철담협개 선배님을 만난 건 행운이다. 개방
의 힘을 빌린다면 수일 내에 대법대불왕과 요진의 행방을 찾
아낼 수 있을 테니까.'

내심 눈을 빛낸 엽자건이 목진풍을 일어나게 한 후 시선을
이염에게 던졌다.

"이 선배, 천룡영웅대의 호법이 되도록 하시오."

이염이 어이없다는 표정으로 이를 드러내 보였다.

"호법? 네놈 말대로 나는 정사 중간의 인물이다. 어째서 무
림맹의 개 노릇을 하겠느냐?"

"그럼 어째서 날 찾아온 것이오?"

"독존에게 빚이 있다. 그걸 갚으려고 찾아왔다가 말려들었

을 뿐이다.”

“또 졌구만?”

“이 새끼가!”

“천룡영웅대의 호법이 되면 앞으로 엄청나게 강한 적들과 죽도록 싸울 수 있소. 그런 싸움을 계속하다 보면 결국 독존 선배를 이길 날도 오지 않겠소?”

“내가 바보냐? 그런 말도 안되는 조건에 혹해서 넘어가게.”

“싫으면 그냥 가시오. 부상국의 해월왕은 나 혼자 박살내 버릴 테니까.”

“해월왕? 그 곤왕이 사 년간 애먹고 있다는 부상국제일의 검객을 말하는 거냐?”

“그렇소.”

엽자건이 고개를 끄덕여 보이자 이염의 눈에서 불꽃 같은 기류가 넘실거리며 튀어나왔다. 독존 당무양이 비록 오패의 수장이라곤 하나 곤왕 유대유에 미칠 바는 아니다. 중원의 누구나 그 같은 점은 인정한다.

그런데 그런 유대유를 사 년간이나 애먹이게 만든 게 해월왕 야규 세이쥬로였다. 부상국제일의 검객이란 말도 있었다. 그런 자와 싸워서 이길 기회를 이염 같은 천성적인 싸움꾼이 외면하기란 결코 쉽지 않았다.

콰득!

일순 큼지막한 손바닥으로 나무로 된 벽에 구멍을 낸 이염이 자리를 털고 벌떡 일어섰다. 여전히 퉁명스러운 목소리가 뒤를 따른다.

"일단 대답은 뒤로 미루도록 하겠다."

엽자건이 예상했다는 듯 고개를 끄덕여 보였다.

"그러시오. 하지만 적어도 보름 뒤에는 답을 줘야만 할 거요."

"보름 뒤?"

"그전에 천룡영웅대를 만들고 성도를 떠날 거란 뜻이오."

"흥!"

나직이 코웃음쳐 보인 이염이 방을 빠져나갔다. 목진풍을 확실하게 살려놨으니, 한시라도 빨리 이곳을 떠나야만 했다. 부친 철담협개와 다시 마주치는 상황을 결코 바라지 않았기 때문이다.

엽자건이 이염을 눈으로 배웅한 후 목진풍에게 권하듯 말했다.

"진풍, 생사현관이 완전히 타통되었다는 건 기해혈의 하단전의 크기를 넓힐 좋은 기회를 잡았다는 것과 같아. 아직 천살마도 선배의 기운이 몸속에 남아 있을 때 다시 한차례 운기조식을 하는 편이 좋을 거야."

"형님!"

목진풍이 감격한 표정으로 엽자건을 바라봤다.

이런 식의 따뜻한 관심과 조언은 사부 철담협개에게도 들어본 적이 없었다. 팔이 안으로 굽는다고 은연중 그보다 손녀이가흔을 편애하고 있었기 때문이다.

"감격도 좋은데 운기조식에 먼저 들어가라구. 내가 호법을 서고 있을 테니까."

"옙!"

목진풍이 기운찬 대답과 함께 얼른 가부좌를 틀고 앉았다. 엽자건의 말대로 평생 처음으로 잡은 기연을 헛되이 만들 순 없다는 판단이었다.

그사이 엽자건은 하룻새 너덜너덜해진 방 안을 살피며 내심 깊은 상념에 빠져들었다. 향후 어떻게 독존 당무양과 철담협개를 이용해 대법대불왕을 상대할지에 대한 진지한 성찰을 할 시간이 필요했던 것이다.

"요진, 나를 이런 식으로 떠난 데는 분명 이유가 있을 테지. 하지만 실수였어. 그걸 깨닫게 해주기 위해서 반드시 널 되찾고 말 거야."

나직한 뇌까림이 뒤를 따랐다.

만약 하늘에도 정(情)이 있다면 반드시 다시 만나게 될 것이다. 스스로에게 하는 다짐이었다. 맹세였다.

*　　　*　　　*

털썩!

감요진은 대법대불왕 앞에 이르자마자 바닥에 머리를 박고 엎드렸다.

전날과 달리 남장과 화장을 깨끗이 지우고 황금색 법복을 걸친 그녀는 절세적인 미모를 완벽하게 회복하고 있었다. 엽자건을 떠나며 그와 함께 보냈던 지난 반년간의 세월 역시 과거로 흘려보냈음이 분명했다.

대법대불왕의 뒤에 시립해 있던 냉고성과 능여옥의 시선이 가벼운 파랑을 일으켰다.

'여전히 아름답구나! 내 차갑게 얼어붙은 심장을 녹인 그때와 전혀 변한 것이 없어.'

'으음, 연모하는 사내가 생겼다더니, 과연 예뻐졌구나. 피부도 훨씬 고와졌고. 하지만 어찌 사내에게 마음을 줬더란 말이냐? 내 그렇게 사갈과 같은 독심을 가지라 가르쳤거늘.'

복잡한 심사.

두 사람은 차가운 땅바닥에 부복한 감요진을 바라보며 각자의 생각에 잠겨 있었다.

그때 대법대불왕이 특유의 금빛 광채가 번뜩이는 시선을 감요진에게 던졌다. 결코 자신의 피를 이어받은 딸을 바라보는 눈빛은 아니다.

"어째서 돌아온 것이냐?"

"제, 제자가 본래 서장으로 향하고 있었습니다."

"처음부터 떠날 생각이 없었다?"

“그렇습니다.”

“고개를 들어라.”

“…예.”

감요진이 기어들어 가는 대답과 함께 고개를 들어 올렸다. 두려움의 음영이 깃들긴 했으나 타고난 절세의 미모를 가리기엔 역부족이다.

번쩍!

순간 대법대불왕의 금안에 담겨져 있던 금빛 광휘가 두 배쯤 강렬해졌다. 길게 끌 것 없이 곧바로 감요진의 정신을 자신에게 귀속시키기로 마음먹었음이 분명하다.

흔들! 흔들!

그에 따라 감요진의 풍성한 법복에 가려진 가냘픈 몸이 거센 바람을 맞은 촛불과 같이 변했다.

대법대불왕의 금안에 담긴 압도적인 환몽사안이 순식간에 영혼 깊숙이까지 침범해서 은밀한 비밀마저 모조리 빨아들였다. 결코 저항할 수 없었다.

빙긋.

문득 대법대불왕의 한쪽 입꼬리가 치커 올라갔다. 만족의 미소였다.

“사내 맛을 봤을 줄 알고 걱정했더니… 제 어미와 달리 꽤나 정숙하지 않은가?”

“……”

능여옥이 신형을 가볍게 떨어 보였다. 얼마 전까지 무공을 높이기 위해 채양보음을 서슴지 않았던 자신에 대한 조소를 받아들이기 쉽지 않았음이다.

대법대불왕은 개의치 않았다.

압도적인 자신의 환몽사안에 완강한 저항을 보인 감요진의 속내가 현재 그의 흥미를 자극하고 있었다. 얼마 전까지 감요진과 함께했던 마음속 정인, 엽자건이란 존재가 말이다.

풀썩!

결국 감요진이 환몽사안에 저항하느라 직면한 극심한 영혼의 고통을 더 이상 견디지 못하고 바닥에 무너져 내렸다. 의식을 완전히 잃어버린 것이다.

'이런 점은 또 제 어미와 똑같군. 한 번 마음을 주면 결코 다른 쪽을 바라보지 않는 옹고집이 말야.'

내심 차갑게 미소 지은 대법대불왕이 뒤에서 몸을 가볍게 떨고 있는 능여옥에게 명령하듯 말했다.

"며칠 정도 정신을 차리지 못할 테니 옆에 붙어서 보살펴 줘, 어미답게."

"그러지요."

능여옥이 대답과 함께 얼른 신형을 날려 감요진을 품에 끌어안았다. 유년 시절을 제외하곤 처음으로 안아보는 딸이었다.

그 모습을 냉연하게 지켜보던 대법대불왕이 이번엔 냉고

성에게 명령했다.

"저게 바로 사내한테 정을 품은 계집의 모습이야. 절대로 변하지 않지. 그러니 엽자건이란 녀석을 죽여. 내 딸을 진짜로 가지고 싶다면 말야."

"예."

냉고성이 복명과 함께 금안을 섬뜩한 살기로 물들였다. 엽자건을 죽일 이유가 한 가지 더 는 것이다.

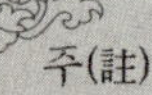

주(註)

삼매진화:삼매란 극도의 집중에 들어간 상태를 뜻한다. 그리고 진화란 불을 일으키는 걸 의미한다. 그러니 삼매진화란 순간적인 정신의 집중으로 불을 일으키는 무공의 단계로 소림곤왕에는 설정되어 있다.

의형살인:비슷한 뜻으로 의형수형(意形隨形)이 있다. 뜻만으로 사람을 죽이고 상하게 만들 수 있는 최고의 무공 경지로 소림곤왕에는 설정되어 있다.

생사현관:몸속에 존재하는 임맥과 독맥이 교차하는 기혈이 뚫리는 걸 뜻한다. 버공이 소주천에서 대주천으로 넘어가는 건 바로 이때이다. 소림곤왕에서는 생사현관의 타통으로 버공이 상승지경에 도달하는 것으로 묘사된다.

第四十五章
재견협마(再見俠魔)

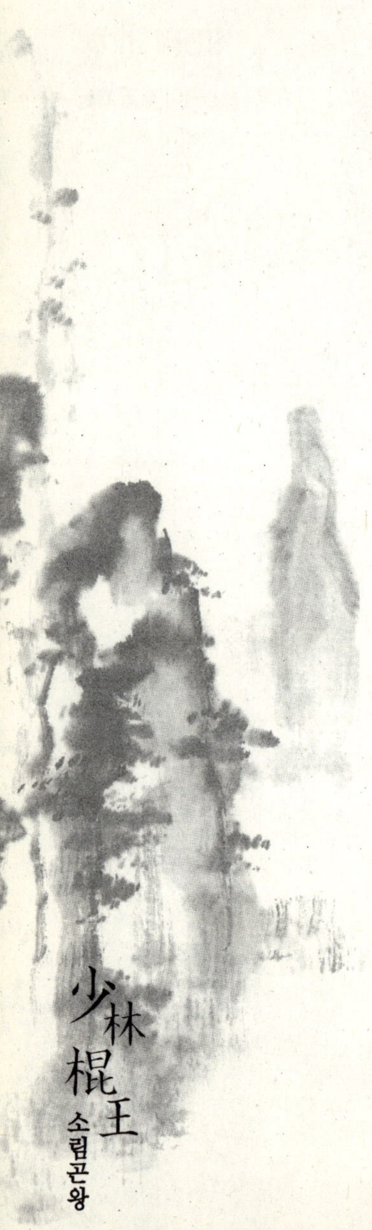
少林棍王
소림곤왕

슉!

극에 이른 취팔선보의 속도와 은밀함은 결코 허공답보(虛空踏步)나 어풍비행에 못하지 않다.

수십 장을 단숨에 가로질러 청양궁 안에 떨어져 내린 철담 협개가 주변을 이리저리 둘러봤다. 누군가를 찾아서 물어볼 게 있어서였다.

마침 근래 가까스로 기력을 회복한 당준이 휘하의 철혈대를 점검키 위해 걸어오고 있었다. 철담협개의 눈에 그나마 익은 얼굴이었다.

스스슉!

바람 같다는 표현은 이럴 때 쓰는 것이리라!

취팔선보를 이번에는 단거리용으로 전환한 철담협개가 순식간에 당준 앞에 이르렀다. 그에게 은밀히 물어볼 게 있었다. 목소리를 높일 수 없으니 자신이 직접 움직일 수밖에 없다.

"이보게, 이 늙은 거지를 알아보겠는가?"

"헛!"

당준이 갑자기 자신 앞에 모습을 드러낸 철담협개를 보고 흠칫 놀란 표정이 되었다.

근래 큰 부상을 당하긴 했으나 그는 정파를 대표하는 고수인 십삼성에 속한 사람이었다. 이렇게 기척조차 느끼지 못한 상황에서 간격을 제압당하는 일은 거의 만난 적이 없었다.

그러나 그는 곧 안도의 기색이 되었다.

눈앞의 지저분한 외양의 노개의 얼굴은 낯이 익었다. 천하의 삼기 중 한 명인 개왕 철담협개 이구인 것이다.

"이 방주님, 그동안 별래무양하셨습니까?"

얼른 포권지례를 해 보이는 당준을 향해 철담협개가 얼른 손사래를 쳤다. 쓸데없는 허례허식이란 뜻이다. 더불어 불쑥 손을 내미니, 어느새 당준의 손목이 붙잡혀 있다.

"나랑 좀 가세나. 응? 어째서 이리 맥이 약한 게야?"

"전날 부상을 좀 당했습니다."

"누가 있어서 당가의 미래인 십수살을 부상시켜? 설마 재수없게 대법대불왕과 맞닥뜨리기라도 한 것인가?"

"대법대불왕이 아니라 새외칠마 중 한 명인 잔혹마군 냉고
성이었습니다."

"잔혹마군 냉고성?"

"예."

쓸쓸한 표정으로 고개를 끄덕여 보이는 당준을 바라보는
철담협개의 눈살이 찌푸려졌다. 전날 상대했던 냉고성의 무
위는 결코 당준을 완패시킬 정도는 아니었기 때문이다.

'게다가 이 녀석, 아직도 몸속의 기맥이 제대로 융통하지
못한 상태인데……'

순간적으로 내력을 일으켜 당준의 몸속, 기혈의 움직임을
투과한 철담협개가 내심 고개를 가로저었다. 진기의 흐름이
아직 원활치 않을뿐더러 힘이 크게 떨어져 있었다. 중상에서
벗어났긴 하나 한동안 섭생에 신경을 써야 할 터였다.

"자네를 이리 만든 게 냉고성이 분명한가? 혹시 착각한 건
아니고?"

"태상가주님께서 직접 확인하셨습니다. 다만 들리던 소문
과는 외양이 사뭇 달라져 있었습니다."

"어떻게?"

"많아봤자 삼십대 초반의 나이에 금안의 미남자였습니다.
본래 그런 외양은 아니라고 하더군요. 그리고 무공 역시 소문
보다 훨씬 윗길이었습니다. 부끄럽지만 후배는 그의 삼 초식

을 받지 못했습니다."

"으음, 기연을 만난 게로군. 아니면……."

철담협개는 염두를 굴리며 중얼거리다 말끝을 흐렸다. 문득 대법대불왕이란 이름이 머릿속 한켠을 어른거리다 사라진 까닭이었다.

'대법대불왕의 무위가 서장뿐 아니라 새외 전체를 진동시킨다더니, 명불허전이라는 것인가? 이미 초절정의 무위를 지닌 잔혹마군을 환골탈태시킬 수 있을 정도라니!'

확실치는 않다. 그냥 넘겨짚은 거였다.

그러나 대법대불왕은 곤왕 유대유조차 크게 경계한 새외 제일인이었다. 비록 아직은 대종교의 대막마신에 비견될 수는 없겠으나 충분히 위협적인 인물이란 생각이 들었다.

어찌 됐든 지금 철담협개가 궁금한 건 대법대불왕은 아니었다. 잠시 고심 어린 표정을 지어 보인 후 그가 화제를 바꿨다. 본론에 들어간 것이다.

"…내 한 가지만 물어보세. 이번에 천룡비무대전에 참가했던 후기지수들은 어디에 모여 있는가?"

"현재는 딱히 한군데 모여 있진 않습니다. 근래 계속 청양궁에 중원 각문각파의 고수들이 모여들어 회합이 계속되는지라 일단 해산시킨 상태입니다."

"그런가? 그럼 창룡검가 사람들은 어디에 모여 있는지 말해주게나."

"창룡검가는 청양궁의 동쪽 맨끝 도관에 묵고 있습니다. 당가와는 정반대편이지요."

"알겠네."

철담협개가 짤막한 대답과 함께 당준의 어깨를 한차례 토닥거렸다. 일상적으로 선배가 후배를 격려할 때 하는 행동이다. 그러나 그로 인해 벌어진 일은 결코 일상적이지 않았다.

후끈!

일순 철담협개의 두툼한 손바닥에서 일어난 웅후무비한 강룡장 내력을 느낀 당준의 안색이 붉게 달아올랐다. 천하를 통틀어 몇 안 될 정도로 정순한 내력의 도움을 받아 내상이 순식간에 크게 회복된 거다.

"이 방주님……."

감격한 표정이 된 당준의 목소리는 곧 뇌까림으로 변해 버렸다. 이미 철담협개는 그의 곁을 떠나 청양궁의 동쪽 끝을 향해 내달리고 있었기 때문이다.

동천관(東天館).

근래 창룡검가 사람들의 거처가 된 청양궁의 동쪽 끝에 위치한 건물의 명칭이었다.

당준을 뒤로하고 순식간에 동천관 앞에 이른 철담협개의 눈에 신광이 번뜩였다. 다행히 그가 오늘 청양궁을 찾아온 원인을 발견한 까닭이었다.

‘푸헹, 강북제일의 미녀라고? 제법 예쁘게 생기긴 했다만, 우리 가흔이보다 우월하다고 할 것도 없지 않은가! 게다가 우리 가흔이는 무공으로 다져져 몸매가 아주 늘씬하단 말씀이지!’

내심의 코웃음과 함께 철담협개가 안도의 한숨을 내쉬려 할 때였다. 그가 남궁수라 생각했던 여인의 입에서 갑자기 낭랑한 목소리가 울려 퍼졌다.

“아수 언니, 잠깐만 나와보세요! 소매 소교가 왔어요!”

‘에엥? 소, 소교라고? 그럼 저 예쁜 화복 차림의 계집애가 강북제일미녀라는 남궁수가 아니란 말인가? 그, 그러고 보니 남궁수는 백의검후라고 불린다는데 화복을 입을 리 없는 건가?’

철담협개는 뜨악한 표정이 되었다. 그가 남궁수라 오해한 당소교만 해도 대단한 미인이었다. 손녀인 이가흔이 우월한 몸매를 지니긴 했으나 결코 더 낫다고 할 수 없을 터였다.

그런데 그런 그녀조차 강북제일의 미녀가 아니라면 도대체 남궁수의 미모는 어느 정도란 말인가!

그때 동천관의 문이 열리며 언제나와 마찬가지로 순백의 백의 무복에 청류하를 찬 남궁수가 모습을 드러냈다. 당소교의 부름에 숙부 남궁진의 못마땅한 시선을 무시하고 응한 거다.

‘크허헉!’

철담협개는 자칫 몸을 숨기고 있던 기둥 밖으로 나뒹굴 뻔
했다. 동천관을 나선 남궁수의 눈부신 미모에 놀란 나머지 혀
를 깨물었다. 비명을 내지르지 않은 것이 다행이었다.

'패배다! 가흔이로는 절대 이길 수가 없어! 어떻게 저렇게
예쁜 아이가 세상에 존재할 수 있단 말인고!'

철담협개는 내심 몇 번이나 고개를 가로저으며 한숨을 내
쉬었다. 자신이 엽자건이라 해도 손녀 이가흔과 남궁수를 놓
고서 저울질을 하는 바보짓은 하지 않을 것 같았다. 사내는
다 똑같기 때문이다.

'대기의 흐름이 조금 불순한데……'

남궁수는 동천관을 나서며 고운 눈매에 작은 이채를 담았
다. 철담협개가 그녀를 발견하고 혀를 깨문 순간 발산한 미세
한 기운을 간파한 거다.

그리 오래가진 못했다.

눈앞의 당소교가 환한 미소와 함께 다가들었다. 언제나처
럼 딴생각을 품지 못하게끔 어리광 섞인 순결무구한 표정을
곁들인 채로.

"아수 언니, 어째서 그동안 아무런 연락도 취하지 않은 거
예요? 설마 전날 팔괘미로칠성진에서 당한 내상이 아직도 낫
지 않은 건가요?"

"그렇진 않아. 그리 큰 내상도 아니었는걸. 그보다는 낙일

검가의 대경, 인경 소협들의 상처가 꽤나 중했던 것 같은데, 회복이 되었는지 모르겠구나?"

"그래도 육우에 속한 분들인걸요? 낙일검가 어르신들의 도움을 받아서 내상은 대부분 회복했어요. 외상 회복에는 아직 좀 더 시간이 필요할 것 같지만요. 문제는 비천검문의 우일비 소협이에요."

"왜? 우 소협은 별다른 부상을 당하진 않았던 걸로 기억하는데……."

"정신적으로는 그렇지 않았던 것 같아요."

"정신적으로?"

"예, 본래 백림산장의 싸움 이후부터 좀 상태가 좋지 않았는데, 팔괘미로칠성진에서 정신이 완전히 붕괴된 것 같아요. 요즘은 하루종일 말도 하지 않고 입에서 침을 흘리는 등 완전히 폐인이 다 되었어요."

"그렇구나."

남궁수가 미미하게 고개를 끄덕여 보였다.

강북 육우와는 어쩌다 보니 친분을 유지하게 되었으나 우일비는 한다리 건너였다. 오히려 조금은 싫어하기도 했다. 툭하면 남궁수나 당소교 등을 힐끔거리며 색정 어린 눈빛을 던지곤 했기 때문이다.

어찌 됐든 저번 천룡비무대전의 예선에서 벌어진 사고로 인해 수많은 후기지수들이 아직도 후유증에 시달리고 있었

다. 예선을 통과했다고 할 수 있는 생존자들이나 부상자들 중
본선에서 본래의 기량을 발휘할 수 있는 자들의 숫자가 확 줄
어버린 거다.

그 때문에 현재 보름이 훌쩍 넘도록 천룡비무대전의 본선
은 진행되지 않고 있었다. 광인들의 난동에 대한 조사를 진행
시킨다는 게 청양궁에 모인 각대문파의 명숙들이 내건 명분
아닌 명분이었다.

물론 남궁수는 그런 정치적인 문제에는 관심이 없다. 아예
생각 자체를 해본 적이 없었다.

'이 싸울 줄밖엔 모르는 계집의 생각없음은 여전하구나!
백온 대가와 다른 후기지수들이 요즘 얼마나 힘들어하고 있
는 줄도 모르고……'

당소교가 다시 평소처럼 몽환적으로 바뀐 남궁수의 마력
적인 눈빛을 살피며 내심 이를 갈았다.

그녀는 예선의 사건을 통해 근래 유백온과 부쩍 사이가 좋
아진 상태였다. 몇 가지 안 좋은 일은 있었으나 상관없다고
여겼다, 전날까지는.

그런데 지금은 다시 남궁수를 찾아와야만 했다. 협박을 당
해서 어쩔 수 없었다. 굴욕적인 기분과 함께 분노로 인해 속
이 완전히 뒤집혀 있는 상황이었다.

속내만 그러했다.

엽자건이 인정할 정도로 예인의 자질을 가진 당소교였다.

겉으로는 여전히 특유의 순결무구한 표정을 유지한 채 남궁수를 찾아온 진짜 이유를 끄집어냈다.

"아수 언니, 근래 엽 소협과는 연락이 없었나요?"

"그게……."

"지금까지 소매가 엽 소협과 사이가 좋지 않았긴 하지만 전날 목숨의 구함을 받았어요. 여태까지는 부상자들을 돌보는 일과 문중 어르신들의 명을 받드느라 시간을 빼낼 수 없었지만 엽 소협에게 감사의 인사는 반드시 해야겠다고 생각했어요."

거짓말이다.

당소교는 여태까지 줄곧 유백온의 주변을 떠나지 않고 있었다. 부상당한 후기지수들을 살핀 것도 오늘 남궁수를 만나기 직전에 잠시 들러서 확인해 봤을 따름이었다.

남궁수가 다시 고개를 끄덕였다.

"그렇지 않아도 하루 전에 삼절신풍 목 소협이 다녀갔단다. 엽 소협은 이곳에서 얼마 떨어지지 않은 민가에서 지내고 있다고 하더구나."

"이곳에서 얼마 떨어지지 않은 민가요?"

"그래. 청양궁에서 십 리가량 떨어진 돌산이 있는 장소라고 하더구나. 목 소협이 수일 내로 다시 들른다 했으니 그때 함께 찾아가도록 하자꾸나."

"예."

당소교가 미소와 함께 눈을 빛냈다. 이것으로 충분했다.
오늘 남궁수를 찾아온 목적을 확실하게 달성했다.

'흐음…….'
철담협개는 몸을 숨긴 돌사자상에서 두 여인의 얘기를 듣
던 중 눈에 이채를 담았다.
그는 청양궁을 오기 전에 이미 엽자건과 만났다.
목진풍을 먼저 보낸 후 몰래 뒤를 쫓던 중 막내아들이자 인
생의 골칫거리인 천살마도 이염을 발견했다. 그 뒤 엽자건과
이염 간에 느닷없이 벌어진 대결을 말린 건 두 사람의 무공이
놀랍게도 동수였기 때문이다. 만약 당시 그가 적극적인 무력
을 행사하지 않았다면 반드시 둘 중 한 명은 생명이 위태로울
정도의 중상을 당했을 터였다.
당연히 그는 엽자건에게 감요진에 대한 자초지종을 전해
들었고, 즉시 개방 제자들을 풀어서 수색에 들어갔다. 감요진
이 엽자건의 곁을 떠난 지 얼마 되지 않았다는 건 근처에 아
직 대법대불왕이 숨어 있다는 뜻이었다. 절대 이대로 사천을
떠나도록 놔둘 순 없다는 판단이었다.
그러다 보니 근래 봉인해 뒀던 정보 전문가의 육감이 크게
고양되고 있었다. 남궁수의 절세적인 미모에 가려져 간과하
고 있던 당소교의 미묘한 행동에서 기묘한 느낌을 받은 건 바
로 그 때문이었다.

‘어째서 저 당가의 계집애는 하필이면 이때에 엽자건 녀석의 행적을 묻는 것일꼬? 잔혹마군이 예선 첫 번째 관문을 아무런 제지도 받지 않고 통과했다는 건 필시 내부에 공모자가 있다는 뜻이니, 내 한번 노파심을 발휘해 봐야겠구나.’

내심 염두를 굴린 철담협개가 남궁수를 다시 한차례 살핀 후 당소교의 뒤를 은밀히 따르기 시작했다. 남궁수에게 작별을 고한 그녀의 발걸음이 기이할 정도로 빠르게 청양궁 밖을 향하고 있었기 때문이다.

남궁수는 고운 아미를 살짝 찡그려 보았다.

철담협개가 숨어 있던 철사자상을 떠난 순간 다시 기묘한 느낌이 그녀의 상단전에 미세한 파랑을 만들어냈다. 당소교 때문에 그냥 넘겼던 느낌이 조금 더 생생하게 전달되어지고 있었다.

단지 그뿐이었다.

비록 남궁수가 수년 전 이미 일반적인 후기지수의 경지를 뛰어넘었긴 하나 철담협개 같은 대고수와 비교할 만한 무위는 될 수 없었다. 지척보다 훨씬 더 떨어진 장소에 마음먹고 숨어 있던 그의 행적을 발견한다는 건 있을 수 없는 일이었다.

‘역시 착각이었던 것인가……’

내심 고개를 가로저은 남궁수가 잠시 고심하다 발걸음을

천천히 옮기기 시작했다.

방향은 남문 쪽이다. 강북 육우를 비롯한 후기지수들 중 부상을 당한 자들을 한차례 둘러보려 했다. 어찌 되었든 생사고락을 함께했던 이들이었기 때문이다.

*　　　*　　　*

청양궁의 십 리 밖.

운치있는 대나무 숲이 봄을 알리는 바람에 이리저리 흔들리고 있었다. 고온다습한 사천답게 봄조차 일찍 찾아오고 있는 것이다.

사르락! 사르락!

바람에 따라 상쾌한 소리를 내고 있는 대나무 숲의 한켠에는 언제부턴가 한 명의 미남자가 서 있었다.

금안에 삼십대 초반가량의 외양.

바로 대법대불왕에게 엽자건의 암살을 명받고 홀로 성도에 남은 냉고성이었다.

그가 지금 기다리고 있는 건 당소교였다. 하루 전 몇 배나 경계가 강화된 청양궁에 몰래 숨어들어 가 또다시 그녀를 협박했다. 엽자건의 행방을 알아내기 위함이었다.

'계집, 제법 귀엽단 말야. 독날한 구석이 있는 주제에 처녀성만은 지키고 싶어하는 걸 보면. 필시 좋아하는 사내가 있는

게지.'

냉고성은 마인이다.

그것도 사람의 육체와 정신을 철저히 망가뜨리고 부숴 버리는 고문을 매우 즐기는 악종이었다.

비록 근래 감요진에게 마음을 빼앗기긴 했으나 본성이 바뀌었을 리 없다. 색마는 아니나 당소교같이 구미가 당기는 먹잇감을 보자 마음이 크게 동했다. 고양이가 쥐를 가지고 놀듯 마음껏 즐긴 후 한입에 삼켜 버리고 싶은 강력한 충동을 느끼는 것이었다.

또한 그는 근래 대법대불왕과 감요진 때문에 자존심이 크게 상한 상태였다. 특유의 변태적인 폭력성이 폭발할 장소를 찾아 움직이기 시작한 건 당연한 귀결이었다.

그때 대나무 숲 저편으로부터 작은 인기척이 느껴져 왔다. 생각보다 일찍 당소교가 도착한 것이다.

슥!

냉고성이 곧바로 움직였다. 마음속에서 인 잔혹한 색심으로 금안이 붉게 물든 채였다.

"아!"

당소교는 대나무 숲에 들어선 후 조심스레 걸음을 옮기던 중 눈앞에 불쑥 떨어져 내린 냉고성을 보고 입을 가볍게 벌렸다.

몇 차례나 이런 일을 당했다.

이젠 익숙해질 법도 한데 현격한 무공의 격차에 강한 공포와 놀라움을 동시에 느끼곤 한다. 이 정도의 무공을 지닌 자는 당가에서도 태상가주인 당무양 외엔 없었기 때문이다.

그런 당소교를 귀엽다는 듯 바라본 냉고성이 금안에 깃든 혈기를 조금 더 증폭시키며 말했다.

"알아왔느냐?"

"그, 그렇게 좀 나타나지 마세요!"

"그럼 어찌 나타나 줄까? 이렇게?"

냉고성이 당소교의 앞에서 갑자기 신형을 분신시키더니, 곧 그녀의 뒤에서 모습을 드러냈다. 초절정고수인 당준조차 속절없이 제압당했던 이형환위의 중첩을 보인 거다.

움찔!

당소교가 작은 몸을 떨어 보였다.

환상을 본 것이나 다름없는 냉고성의 신법이 만들어낸 시각적 효과 때문이 아니다. 그가 모습을 감춘 것과 동시에 느껴진 목덜미 쪽의 더운 숨결이 그녀를 진저리치게 만들었다. 몸 전체로 다닥거리며 닭살이 있는 대로 돋아나고 있었다.

"이, 이런 식으로 굴면 절대로 나는 입을 열지 않겠어요!"

"상관없다. 네년의 하얀 몸뚱어리를 가리고 있는 천 조각을 하나하나 벗겨내면 되니까. 하악, 생각해 보니 아예 그런 쪽으로 일을 진행시키는 것도 나쁘진 않겠군."

"으윽!"

당소교가 나직이 신음을 토한 후 결국 항복했다.

내심 독심을 품고 있다곤 하나 그녀는 어디까지나 정파 출신이었다. 아직 나이도 일천한 만큼 심기 싸움에서 대마두인 냉고성의 상대는 될 수 없었다.

"엽자건은 현재 청양궁에서 십 리가량 떨어진 낙석산(落石山) 부근의 민가에 머물러 있어요. 그 정도면 충분히 찾을 수 있을 테지요?"

"낙석산 부근의 민가?"

"낙석산은 본래 성도 인근이긴 하나 굉장히 외진 곳이에요. 일대에 공동묘지가 있어서 사람들의 발길이 그리 많이 향하지 않거든요."

"그러니 민가도 얼마 없겠군?"

"그래요. 그러니 이젠 그 더러운 입냄새 좀 그만 뿜어내고, 엽자건이나 죽이러 가세요!"

차가운 일갈과 함께 당소교가 신형을 옆으로 빼냈다. 자신과의 대화 중에서 계속 더운 숨결로 목덜미를 괴롭히던 냉고성에게서 조금이라도 떨어지고자 함이었다.

하지만 냉고성은 이미 크게 흥분한 상태였다.

그녀의 뒤로 신형을 이동한 건 괴롭히기 위함만이 아니었다. 자신이 성적으로 크게 흥분해 있다는 걸 들키지 않기 위함이었다.

“그러지.”

냉고성이 조소 어린 대답과 함께 당소교를 그림자처럼 따르며 그녀의 어깨와 다리를 연달아 가격했다.

타탁! 탁탁!

절대고수의 번개 같은 손속이다. 당소교가 미리 알았다손 치더라도 결코 피할 순 없다.

털썩!

당소교가 바닥에 쓰러졌다. 두 눈이 크게 뜨여진 게 갑작스럽게 변한 현실을 받아들이지 못하는 것 같다.

들썩이기 시작한 봉긋한 가슴.

마혈을 제압당한 것이 아니라 움직임이 여실하게 살아 있다.

“이, 이게 무슨 짓이냐! 내게 문제가 생기면 청양궁에 집결해 있는 당가의 고수들이 당장 더러운 네놈을…….”

“하루쯤은 시간이 있을 거야. 영리한 네년이 청양궁을 몰래 빠져나왔을 리 없으니까 말야. 아마 적당히 하루쯤 누구도 찾지 않을 만한 이유를 만들어뒀을 테지. 그렇지 않나?”

“그, 그렇지 않다. 나는…….”

“표정이 서툴러.”

냉고성이 잔혹한 즐거움을 얼굴 가득히 드러내며 다시 손가락을 뻗었다. 당소교의 아혈을 제압한 거다.

‘흐흐, 궁금하군. 절정의 순간에 내지를 소리가 나에 대한 저주인지, 바보 같은 자신에 대한 한탄일는지. 어차피 뒈질

년이니 상관없으려나?

냉고성이 눈앞에 완전히 방어 해제가 된 채 격하게 들썩거리고 있는 당소교의 가슴을 보고 눈을 가늘게 만들었다. 한껏 즐긴 후 엽자건을 찾아가 어육으로 만들 생각에 마음이 극도로 흥분되었다. 일시 눈앞에 공포에 질려 있는 당소교의 얼굴 위로 감요진이 겹쳐 보일 지경이었다.

그때다.

막 당소교에게 손을 뻗어가던 냉고성의 신형이 갑자기 공중으로 바람같이 날아올랐다. 당소교를 완전히 희롱했던 좀 전의 신법을 월등히 뛰어넘는 빠르기였다.

콰릉!

이유는 곧 밝혀졌다.

냉고성이 신형을 띄운 공간이 일순 크게 일그러졌다. 대기의 형태조차 단숨에 뭉그러뜨려 버릴 정도의 위력이 담긴 장력이 휘몰아쳐 온 까닭이었다.

천하에 이 정도 위력의 장력은 많지 않다. 고작 해야 몇 손가락에 꼽힌다.

개방 비전의 강룡장!

그 천하무쌍의 장력이 절대지경의 초입에 도달했다 자부하던 냉고성을 대경실색케 했다. 반격은커녕 몸을 빼내는 것만도 감지덕지하게 만들었다.

슉!

여전히 몸이 완전히 제압되어 있는 당소교의 앞에 철담 협개가 표표히 떨어져 내렸다. 그녀의 뒤를 몰래 쫓다가 냉고성의 추악한 짓을 접하고 대노해 강룡장을 쏟아낸 것이다.

"으음, 다행히 크게 다치진 않았구나……."

나직한 신음과 함께 철담협개가 순양의 기운을 담은 손가락으로 당소교의 어긋난 팔과 다리의 뼈를 맞춰줬다.

타탁! 탁탁탁!

그녀가 한 행동은 용서받지 못할 일이었으나 당가와의 인연을 생각하지 않을 수 없었다. 일단 냉고성을 잡아 죽인 후 당가에 데려가서 추궁을 하게 할 작정이었다.

번쩍!

그 순간 하늘 위로 뛰어오르며 강룡장을 피했던 냉고성이 눈부신 도광 속에 자신을 숨긴 채 떨어져 내렸다. 전날과는 비교조차 되지 않는 엄청난 무위를 드러낸 것이다.

'이런!'

철담협개가 내심 경악성을 터뜨렸다. 설마 냉고성의 무위가 이 정도로 증가했으리라곤 예상치 못했다. 살짝 방심을 하지 않았다고 자신할 수 없다.

게다가 철담협개의 곁에는 하필이면 아직 충격에서 벗어나지 못한 것 같은 당소교가 있었다. 그녀를 죽게 내버려 둔 채 자신만 피할 순 없었다.

빙그르르.

한 손으로 강룡장의 견룡재전(見龍在田)을 펼치는 한편, 철담협개는 타구봉을 빼들었다. 냉고성의 만리지도가 만들어낸 잔혹심살도법의 소나기 같은 도강세례를 힘으로 튕겨내려 한 거다.

그런데 이게 어찌 된 일인가!

일순 견룡재전을 펼치던 철담협개의 좌장이 축 늘어졌다.

팔꿈치에는 당가의 절독인 삼보추혼독(三步追魂毒)이 발라진 수리표가 박혀 있었다. 얼마 전까지 당소교의 소매 속에 숨겨져 있던 암기 중 하나였다.

순간 냉고성의 만리지도가 철담협개의 몸을 피투성이로 만들었다. 두 절대지경을 바라보는 고수끼리의 대결이 찰나지간에 갈려 버린 것이다.

"이런 요망한 것!"

철담협개는 쓰러지지 않았다. 순간적으로 몸의 요혈을 타구봉으로 방어해 냈다. 취팔선보 역시 놀고만 있진 않았다. 당소교를 포기한 채 번개같이 뒤로 신형을 뽑아냈다.

더불어 일어난 청영의 물결!

다시 철담협개에게 도강을 날리려던 냉고성의 신형이 크게 휘청거렸다. 타구봉의 절초 중 하나인 난타십견(亂打十犬)에 허벅지와 어깨를 얻어맞았다. 기혈이 들끓어 오르고

정신이 핑 하고 도는 게 적지 않은 내상을 당했음을 알겠
다.
　그 순간을 놓치지 않고 철담협개가 다시 취팔선보를 펼쳐
냈다. 그 역시 내상과 독상이 심각한지라 일단 자리를 피하기
로 한 것이다.
　그러자 어렵사리 스스로 아혈을 푼 당소교가 뾰족하게 소
리쳤다.
　"죽여! 저 늙은이를 죽여야 해!"
　'재밌는 년……'
　냉고성이 이채로운 시선으로 당소교를 바라봤다. 그녀가
철담협개를 어째서 암격했는지 대충 짐작이 갔기 때문이
다.
　찰싹!
　냉고성이 손바닥으로 당소교의 얼굴을 날렸다. 내력이 담
겨 있진 않았으나 그녀의 악에 받친 입을 다물게 하기엔 충분
한 위력이다.
　"저 늙은이는 천하에서 몇 손가락에 꼽히는 고수다. 이곳
은 정파 고수들이 드글거리고 있는 청양궁 부근이고."
　"으흑, 으흑흑흑……"
　당소교가 두 눈 가득 눈물을 담고서 서럽게 울기 시작했다.
끝장이다. 이제 다시는 사춘기 시절부터 마음속 깊이 연모해
왔던 유백온과 함께할 수 없게 되었다.

‘…그럴 바엔 차라리 죽는 게 낫다!’

당소교의 얼굴에 결연한 표정이 떠올랐다. 모든 게 끝장났다는 절망감에 죽음을 선택하려 한 거다. 독심을 지닌 여인답게 절대 시간 따윈 끌지 않는다. 그럴 이유가 없다.

그녀가 막 이 사이에 혀를 끼워 넣으려 할 때였다. 갑자기 냉고성이 와락 덮쳐 왔다. 개미같이 가는 허리를 한 손으로 끌어안고 도톰한 입술을 씹어먹을 듯 덮었다.

물커덩!

덕분에 당소교의 이가 자신의 것이 아닌 냉고성의 혀를 깨물었다. 짜릿한 통증과 함께 놀라움이 교차한다. 평생 처음으로 입술을 빼앗긴 사내의 혀를 깨물어 버린 거다.

그때 당소교에게서 입술을 떼어낸 냉고성이 피투성이가 된 입가를 혀로 핥으며 차갑게 가라앉은 금안을 번뜩였다. 예의 혈기 따윈 전혀 찾아볼 수 없다.

“네년은 이제 정파의 계집이 아니라 마도의 여인이 되었다. 나 냉고성의 여자가 된 거야. 그러니 더 이상 어울리지 않는 가면을 벗고 나를 따르거라.”

“누, 누가 당신 따위를…….”

“그럼 정파의 애송이 따위가 네년을 감당할 수 있다고? 웃기는 소리하지 말거라! 네년은 정파에서 태어났을 뿐인 마도의 계집이다.”

“악!”

순간 당소교를 옆구리에 꿰어찬 냉고성이 한줄기 바람으로 화했다. 더 이상 이곳에 머물러 있는 건 죽음을 자초하는 짓이나 다름없음을 잘 알고 있었기 때문이다.

*　　*　　*

삐그덕!

문을 열고 들어선 철담협개에게 엽자건의 시선이 향했다. 여태까지 그를 기다리곤 있었으나 이런 꼴로 돌아올 줄은 꿈에도 몰랐다.

"철담협개 선배님……."

"당했다! 당했어! 완전히 당해 버렸다!"

철담협개가 탄식과 함께 바닥에 철퍼덕 주저앉았다. 엽자건을 발견하고 마음 한켠이 놓였다. 비로소 운기조식에 들어갈 수 있게 된 것이다.

엽자건이 이 같은 상황이 의미하는 바를 모를 리 없다.

타타탁!

순간적으로 허리춤에서 삼절마곤을 조립한 엽자건이 전신의 공력을 모조리 개방시켰다. 혹시라도 대적이 올 때를 대비해 몸의 상태를 최상의 임전 태세화시킨 거다.

그러나 엽자건은 곧 눈에 이채를 담았다.

그가 내기를 확장시킨 결과는 예상과 크게 달랐다. 중상을 당한 철담협개를 추격하는 기운은 전혀 없었다. 오히려 다른 때보다 고요하다는 생각이 들 정도였다.

'하긴 철담협개 선배님 정도 되는 분이 꼬리를 달고서 내게 달려왔을 리는 없을 테지. 그런데 어떤 자가 있어서 이분을 이 정도까지 곤란하게 만들었는지 궁금하구나.'

첫 번째로 생각나는 자는 대법대불왕이다. 당금 새외제일인이란 대명은 결코 쉽지가 않다. 감요진이나 쌍룡과 같은 제자들의 무공 수준만 놓고 본다면 결코 소림사의 최고수인 불목하니 노승보다 못하지 않을 듯하다.

하지만 엽자건은 곧 자신의 생각이 틀렸음을 인정했다.

운기조식에 들어간 철담협개의 노안에 깃들어 있는 검은 기운은 독기다. 그것도 과거 사부 보종을 지독히도 괴롭혔던 마령귀사의 독과 비교해 그리 떨어지지 않는 극독으로 보인다. 그러니 대법대불왕이 직접 손을 쓴 것이라면 철담협개라 해도 결코 목숨을 보존하긴 어려웠을 터였다.

'하지만 아마도 아주 고강한 고수와 대결 시에 암습을 당하셨을 거다. 저런 허접한 암기에 쉽사리 당하실 분이 절대 아니니까.'

엽자건이 얼른 품속에서 피독주를 꺼냈다.

사부 보종의 독기와 내상을 고친 후 여태까지 간직하고 있던 물건이다. 이럴 때 사용하지 않는다면 굳이 간직하고 있었을 까닭이 없다.

슥!

엽자건이 피독주를 코끝에 가져다 대어주자 철담협개의 안색에 깃들어 있던 검은 기운이 현저히 줄어들었다. 피독주 본래의 항독 성질과 철담협개의 강력한 내공이 결합되어 단숨에 몸속에 침투해 들어온 삼보추혼독의 독기를 체외로 몰아내기 시작한 거다.

그렇게 잠시의 시간이 더 흘러갔다.

마침 하루를 꼬박 소비한 운기조식을 끝낸 목진풍이 눈을 뜬 것과 동시에 철담협개 역시 독을 모조리 몰아냈다. 두 사람 사이의 내공 차이가 여실히 드러나는 순간이다.

번쩍!

철담협개의 눈에서 일어난 강렬한 신광을 접한 목진풍이 뜨악한 표정이 되었다. 생사현관이 타통된 기운을 가다듬느라 하루를 몽땅 보낸 걸 그는 짐작조차 못하고 있었다. 그저 일수유 정도의 시간 정도만 보냈다고 여겼다.

그런데 눈을 감았다 뜨자마자 호랑이 같은 사부 철담협개의 신광 어린 눈빛과 맞닥뜨리게 되었다. 황당하고 어리둥절해지지 않을 수 없었다.

'사부님께서 어째서 내 앞에 앉아 계신 걸까? 눈에 힘은 왜 또 이렇게 주고 계신 거고? 도대체 일이 어찌 돌아가는 건지 알다가도 모르겠구나!'

의혹은 깊어만 갔다.

　그러나 목진풍은 결코 먼저 입을 열어 의문을 표하지 않았다. 자칫 사부 철담협개에게 개봉을 제멋대로 떠난 일을 다시 추궁당할 것이 두려웠기 때문이다.

　그때 여전히 가부좌를 틀고 있는 철담협개에게 엽자건이 다가들었다. 표정이 진지하다.

　"철담협개 선배님, 독기는 모두 몰아내셨습니까?"

　철담협개가 자신의 발치에 떨궈져 있는 피독주를 눈으로 살핀 후 입가에 미미한 미소를 매달았다. 운기조식 중간서부터 독기를 몰아내기가 훨씬 수월해진 이유를 알 수 있었던 것이다.

　"노부가 신세를 졌구만."

　"어찌 이런 걸 신세라 할 수 있겠습니까? 선배님께서 후배에게 베풀어주신 은혜에 비하면 아무것도 아닙니다."

　"진짜로 그렇게 생각하는가?"

　"물론입니다."

　"푸헐, 내 자네의 그 말을 꼭 기억하고 있겠네!"

　"……."

　엽자건은 갑자기 등줄기로 오싹한 기운이 스쳐 가는 걸 느꼈다. 철담협개의 미소 짓는 표정이 사뭇 의미심장하여 위기감을 강하게 자극해 왔다.

　'노인들은 가끔 무서워진다니까. 어째서 그런지는 잘 모르겠지만.'

엽자건이 내심 고개를 가로저었다.

멀리서 목진풍이 특유의 구부정한 자세를 유지한 채 연신 두 손을 비비고 있었다. 도대체 일이 어찌 돌아가는지 전혀 모르겠다는 얼굴을 하고서였다.

第四十六章

출정전야(出征前夜)

少林
棍王
소림곤왕

청양궁.

이곳은 눈물을 뿌리며 냉고성에게 붙잡혀 간 당소교의 예
상과 달리 꽤나 오랫동안 고요만이 감돌았다.

사정은 이러했다.

엽자건의 도움으로 적절히 독을 해독하고 내상을 치료한
철담협개는 곧바로 당무양과 만남을 가졌다. 당소교가 저지
른 악행과 향후 있을 문제점을 의논하기 위함이었다.

보통 이런 일들의 결과가 그러하듯 두 대고수 사이에서 나
온 중재안은 모든 일을 조용히 덮자는 것이었다.

곧바로 당가의 최정예인 당준의 철혈대가 청양궁을 떠나

갔으나 당소교가 저지른 추문은 결코 밖으로 새어나가지 않았다. 당가의 명성을 지키기 위해 그녀에 관한 모든 사항이 조작되고 은폐된 것이다.

그리고 다시 두 달이란 기간이 훌쩍 지나갔다.

지겹도록 계속되는 각대문파 간의 회합 끝에 새로운 무림 맹 조직이 하나둘 만들어졌고, 그중에는 맹주 직속의 무력 단체인 천룡영웅대 역시 포함되어져 있었다.

'벌써 두 달이란 시간이 흘러갔는가……'

엽자건은 청양궁 부근에 마련된 연무장의 한복판에 서서 잠시 상념에 잠겨 있었다.

벌써 주변에는 봄기운이 완연했다.

꽃이 피고 새가 지저귀면서 겨울이 완전히 지나갔음을 마음껏 소리치고 있었다. 사천의 특성상 그리 길지 않을 봄의 향연이었다. 곧 더워질 테니까.

그런 와중에도 엽자건의 마음은 차가운 겨울과 같았다. 감요진이 스스로 곁을 떠난 후 철담협개의 전폭적인 도움 속에 대법대불왕과 그녀의 행방을 탐문했다. 어떻게든 찾아낼 수 있을 거라 여겼기에 당무양과의 약속대로 천룡위주의 직책 역시 성실히 수행해 왔다.

결과는 참혹했다.

그가 믿고 있던 개방의 정보력은 곧 무력감으로 보답해 왔고, 시간만 물처럼 흘러가 버렸다. 대법대불왕과 감요진은 마치 세상에서 사라져 버린 것 같았다. 지난 이 개월간의 기다림으로 얻은 것이라곤 그 같은 절망뿐이었다.

그래도 엽자건은 아직까지 일말의 기대감을 놓지 않고 있었다.

새로 구성된 무림맹의 무상에 해당하는 천룡위주의 자리.

향후 정파 무림의 핵심이 될 수도 있는 요직이었다. 또한 개방이나 구대문파, 팔대세가 등의 조직을 빌릴 수도 있는 위치이기도 했다.

생각했던 것보다 성과가 더디긴 하나 언젠간 반드시 감요진의 행방을 찾아낼 수 있다는 기대감을 포기하기엔 아직 이르다고 할 수 있었다.

'게다가 독존 선배와의 약속은 어디까지나 천룡영웅대와 함께 절강성으로 출병하는 것까지였다. 해월왕의 해월낭인대를 격멸시킨 후까지 요진의 행방이 밝혀지지 않는다면 곧장 서장으로 떠날 것이다.'

근래 들어 점차 확신으로 변해가고 있는 생각이었다.

천하 후기지수들의 꿈이라 불리는 무림맹의 천룡위주 자리.

엽자건에겐 대수롭지 않았다.

그보다는 소림사를 떠나며 감요진에게 했던 약속이 더욱 중요했다. 언제나 그녀를 지키는 무적의 보표가 되겠다던.

그때 상념 속에 빠져 있는 엽자건의 배후로 다가드는 조그만 인영이 있었다.

독특한 관모에 손에 들려 있는 푸들 부채.

복장 또한 나이 든 수사나 도사들이 주로 애용하는 학창의(鶴氅衣)니 마치 촉한의 명재상인 제갈량 공명을 보는 듯하다.

단지 겉모습만 그러했다.

제갈량 같은 복장 속에 깃들어 있는 건 관모 아래로 기이한 은발을 길게 늘어뜨린 백면의 여인이었다.

서른쯤 되었을까?

백면의 여인의 용모는 매우 이채로웠다. 백발이 아닌 은발을 하고 있는 것만 해도 쉽게 볼 수 없는 특징인데, 얼핏 평범해 보이는 백면의 얼굴이 특이함을 더했다. 첫눈에는 서른쯤으로 보였던 외모가 다시 보면 사십대나 이십대로도 생각되어지는 까닭이었다.

'여전히 기척을 거의 느낄 수 없는 고양이 걸음으로 다가오는군.'

엽자건이 거의 지척에 이르러서야 백면여인의 기척을 간파하고 천천히 신형을 돌려 세웠다.

백면여인의 이 같은 등장은 첫 대면서부터 그의 관심을 집중시켰다. 무림 중에 아주 오랫동안 신비지가로 불렸던 고소 모용세가(慕容世家) 출신이자 새롭게 체계가 확립된 무림맹 조직 중 또 다른 핵심인 군사전(軍師殿)의 문상이란 여인의 직책과 함께 말이다.

"모용 문상, 드디어 출정식 일정이 잡힌 것일 테지요?"

엽자건의 단도직입적인 질문에 신기묘산(神機妙算) 모용초연이 미미하게 고개를 끄덕여 보였다.

"엽 무상께서 제게 천룡영웅대의 완성된 조직 체계를 넘겨주시면 당장 내일이라도 출정식은 할 수 있을 거예요. 곧바로 무림맹의 총단 공사에도 들어가야 하니까요."

"여기 있소."

엽자건이 그 같은 질문을 예상했다는 듯 품속에서 두루마리 하나를 꺼내서 모용초연에게 던졌다. 지난 두 달여간 용호풍운(龍虎風雲)의 사 조 조장과 함께 인선하고 훈련시켜서 완성한 천룡영웅대의 편재가 빼곡하게 적혀진 조직 체계도였다.

촤라락!

모용초연이 그 자리에서 두루마리를 펼쳐서 조직 체계도를 찬찬히 살펴봤다. 어차피 그녀 역시 미리 예상했던 인선이기에 곧장 머릿속에 암기해 놓으려는 의도였다.

"단순하군요. 용호풍운 사 개 조 조장들의 인선만큼이나."

"천룡영웅대가 가는 곳은 전장이오. 무공의 고하뿐 아니라 협동력과 지휘 체계의 일원화가 중요하기에 그런 인선을 했을 뿐이오."

"어차피 천룡영웅대의 인선은 전적으로 천룡위주인 엽 무상의 권한이에요. 저는 딱히 이번 인선에 불만이 없군요. 다만 운자조의 조장은 의외군요?"

"하북팽가의 단혼참격도(斷魂斬擊刀) 팽도진을 말하는 거요?"

"그래요. 팽 소협은 다른 조장들과 달리 엽 무상과 별다른 친분이 없을뿐더러, 훈련 중 몇 번이나 말썽을 부린 사람이니 규율을 유지키 어렵지 않을까요?"

"나는 본래 그런 자를 좋아하오. 나 역시 조금 삐뚤어진 사내니까 말이오."

"그런가요? 뭐, 그럼 이 조직체계도는 상부에 보고드리기로 하겠어요."

"그럼 출정식은 내일인 거요?"

"내일 새벽 첫닭이 울 때예요. 그쯤이면 충분하지 않겠어요?"

"물론이오."

엽자건이 대답과 함께 이를 드러내며 웃어 보였다. 그러나 눈은 차갑게 가라앉아 있다. 눈앞의 모용초연이 문상이 된 후 사사건건 천룡영웅대의 인선 작업과 훈련 계획에 딴지를 걸어왔음을 알고 있기 때문이다.

잠시 후.

연무장을 떠나가는 모용초연의 뒷모습을 잠시 지켜보고 서 있던 엽자건이 천천히 손을 들어 올렸다. 여태까지 연무장에서 마무리 병진 훈련에 매진하고 있던 천룡영웅대 전원을 소집시킨 것이다.

"와아아아아아아!"

우렁찬 함성과 함께 엽자건의 배후로 네 무리, 사백 명가량
의 인원이 집결했다. 각자 용자조, 호자조, 풍자조, 운자조의
사 개 조로 나뉜 천룡영웅대가 드물게도 한자리에 도열하는
순간이었다.

빙글.

엽자건이 천룡영웅대 집결이 끝난 걸 확인한 후 신형을 돌
려 세웠다. 어느새 한쪽 입꼬리가 슬며시 치켜 올라가 있다.
방금 전까지 엄청난 훈련 양을 감당하고서도 체력적으로 여
유가 있어 보이는 정예의 모습이 내심 꽤나 마음에 든다.

'과연 정파의 각대문파에서 똘똘한 녀석들만 모아온 것답
구만. 곧바로 실전에 들어갈 거라 그동안 지독히도 굴렸는데,
아직도 제법 날 바라보는 눈 속에 독기가 담겨 있으니 말야.'

독기.

확실히 엿보였다.

사실 그보다는 다소간 증오에 가까운 심사에 가깝다고 할
수 있을 것 같다. 그 정도로 엽자건에게 지난 두 달간 한계를
몇 차례나 경험할 만한 고련을 당한 까닭이다.

특히 엽자건이 마지막으로 확정한 운자조의 조장 팽도진
의 눈에는 새파란 빛이 가득했다. 살기다, 당장 눈앞에 여유
만만하게 서 있는 직속상관 엽자건을 찢어 죽이고 싶어하는.

엽자건은 개의치 않는다.

어차피 전날 운자조 조장을 맡기며 확실하게 손봐준 바 있었다. 아주 개처럼 밟아놨다. 절대로 다시는 자신의 문파 배경을 내세우며 엉기지 못하도록 말이다.

그러고도 아직 자신에 대한 투쟁심이 남아 있는 건 오히려 반갑다. 진짜 전장에 돌입했을 때 이런 독기 어린 자가 맡아줘야만 할 싸움이 반드시 존재할 터였기 때문이다.

사실 그 외의 조장들은 다소 싱겁다.

용자조의 조장이자 유사시 부대주의 역할을 맡아야 하는 남궁수는 언제나와 같이 무심했고, 호자조의 유백온 역시 우울한 표정 그대로다. 여전히 자신을 돌아봐 주지 않는 남궁수와 당소교의 갑작스런 실종이 그에게 큰 부담으로 남았음이 분명하다.

오히려 근래 제법 그럴듯해진 건 풍자조의 조장으로 확정된 목진풍이었다.

그는 사천 일대의 개방도들을 자신의 조에 잔뜩 포함시켜 놨는데, 무공의 일취월장과 함께 점점 지휘력이 상승하고 있었다. 실제 무위에서는 아직도 남궁수나 유백온에 떨어질지 모르나 병력 운용이나 통솔력은 더 낫다는 판단이었다.

이 개성 강한 네 명의 조장을 눈으로 찬찬히 살핀 엽자건이 이를 슬쩍 드러내며 말했다.

"내일 드디어 천룡영웅대가 첫 번째 출정식을 갖는다. 오

늘 수련은 여기까지 하고 각자 조원들을 데리고 성도 시내로
나가서 회포라도 풀고 오도록.”

“존명!”

세 명의 조장은 복명했고, 팽도진은 고개를 옆으로 돌려 보
였다. 살기가 조금 누그러졌으나 여전히 얌전하고 귀여운 직
속 부하의 모습은 아니다.

피식.

엽자건이 한차례 메마른 미소를 던진 후 해산을 명했다. 과
거 같으면 오늘 같은 날 반드시 회식에 끼었을 터이나 지금은
그러고 싶지 않았다. 자신 때문에 창룡검가의 반대를 무릅쓰
고 천룡영웅대의 일개 조장으로 남은 남궁수의 마음이 부담
스러웠기 때문이다.

‘남궁 소저, 날 그런 눈으로 바라보지 말아줘. 요진을 되찾
기 전엔 절대로 남궁 소저의 마음을 받아줄 수 없으니까.’

내심 중얼거린 엽자건이 천천히 걸음을 옮기기 시작했다.
내일 출정식이 있기 전에 확실하게 매듭지어 놓을 일이 있었
다. 어느 누구도 아닌 자기 자신의 힘으로.

남궁수는 엽자건이 완전히 시야 속에서 사라질 때까지 줄
곧 뒷모습을 바라봤다. 평상시의 무표정함 속에 한 가닥 열망
이 담겨져 있었다.

‘엽 소협, 전날과 같이 반짝거리지 않는군요. 무엇이 당신

을 변화시켰는지는 모르겠지만, 나는 계속 곁에 머물겠어요. 당신이 다시 찬연하게 빛나는 모습을 보기 위해서……'

그런 남궁수를 바라보는 눈빛들 역시 존재했다. 근래 남궁수에게 완전히 반해서 몇 번이나 구애를 계속하고 있는 팽도진과 유백온이었다.

'또! 또! 저 빌어먹을 자식을 바라보고 있구나! 내게는 눈길 한 번 주지 않으면서……'

팽도진은 주먹을 으스러질 정도로 쥐었다.

하북팽가의 적장자!

십여 세 때 이미 최고의 인재라고 인정받은 그의 자존심은 하늘을 찌를 정도였다.

숙부인 자전폭풍도 팽진군에게 백의검후 남궁수에 대한 얘기를 전해 들었을 때도 그리 크게 신경 쓰진 않았다. 적당히 공을 들여서 자신의 계집으로 만든 후 창룡검가의 세력을 빨아먹는 발판 정도로 생각했기 때문이다.

그러나 그의 이런 오만함은 남궁수와의 첫 대면에서 완전히 산산조각 났다. 그녀의 상상을 초월하는 미모에 혼을 빼앗겼고, 그에 결코 뒤지지 않는 무위에 아예 넋을 잃어버렸다.

그 뒤는 남궁수 때문에 상사병을 앓기 시작한 무수히 많은 사내들의 사정과 그리 다르지 않았다. 어떻게든 그녀의 환심을 사기 위해 갖은 노력을 다했으나, 천룡위주 엽자건이란 거대한 벽을 만나게 되었다. 절대로 뛰어넘을 수 없고 비견조차 될 수 없는 절망의 존재를 만난 거다.

그래도 팽도진은 포기하지 않았다.

다른 기재들이나 사내들과 달리 그는 계속 남궁수의 주변을 맴돌았고, 그 결과 천룡영웅대까지 따라 들어왔다. 어떻게든 그녀와 함께하는 시간을 늘리기 위함이었다.

'다행스럽게도 엽자건 저 개자식은 남궁 소저한테 큰 관심을 보이지 않고 있다. 앞으로 아주 많은 시간을 함께 보내게 될 테니, 아직 내겐 기회가 있는 거야.'

팽도진은 스스로에게 희망고문을 했다. 그렇게라도 하지 않고선 절대로 현재의 이 암울한 상황을 견뎌낼 수 없었기 때문이다.

유백온 역시 마음이 복잡하기는 팽도진 못지않았다.

그 역시 남궁수를 연모한 지 꽤나 오래되었다. 중간에 당소교와의 관계가 얽히긴 했으나 여전히 남궁수를 포기하기란 쉽지 않았다. 사람의 마음이란 게 그리 쉽사리 정리되고 바뀌는 게 아닌 까닭이었다.

'후우, 내 어찌 갈수록 못나진단 말인가! 교 소매가 실종되어 생사조차 불명한 상황에서 남궁 소저를 여전히 단념하지 못하고 있으니…….'

유백온이 내심 고개를 가로저었다. 몇 번이나 잊자고 마음먹었음에도 남궁수에게 연연하게 되는 자신의 못남이 한탄스러웠다.

　반면 목진풍은 어느새 휘하 풍자조의 조원들과 어울려 시끌벅적 떠들어대고 있었다.

　"오늘밤은 내가 화끈하게 쏜다! 모두 무거운 수련용 갑주 풀어놓고 성도 남문로의 화향루로 집결하도록!"

　"우와앗!"

　"조장님 최고! 만세이!"

　풍자조의 주류를 이루는 개방도들이 미친 듯이 환호성을 터뜨렸다. 목진풍이 가는 곳이라면 지옥의 유황 불구덩이라도 뒤따라가겠다는 소리까지 심심찮게 들려왔다. 회식을 시작하기도 전에 분위기가 확 달아오른 것이다.

＊　　　＊　　　＊

　연무장을 떠난 엽자건이 향한 곳은 과거 감요진과 함께 머물던 민가 터였다.

　몇 차례에 걸친 대결 끝인 까닭일까?

　사람이 살기에 그리 나쁘지 않던 조건이던 민가의 초막은 짧은 기간 내에 흉가처럼 볼썽사납게 변했다. 누가 보더라도 좋은 꼴은 아니었다.

　"여길 찾아오는 것도 오늘로 마지막인 건가……."

　엽자건의 뇌까림이 끝나기도 전이었다.

　스슥!

폐가가 된 민가를 바라보고 선 엽자건의 배후로 한 명의 장대한 도객이 모습을 드러냈다. 지난 두 달여간 엽자건과 무려 열 번이나 싸움을 벌인 천살마도 이염이었다.

그가 이죽거리듯 말했다.

"흐흐, 드디어 제 주제를 파악했구나. 그래도 그동안 용케 버텼다. 어린노무 녀석 주제에 말야."

엽자건은 놀라지 않았다. 그가 배후로 다가들기 전에 이미 기척을 감지하고 있었기 때문이다.

빙글.

태연한 표정으로 신형을 돌려세운 엽자건이 차갑게 가라앉은 눈으로 말했다.

"내일 천룡영웅대의 출정식이 있소. 드디어 절강성으로 해월왕의 해월낭인대를 토벌하러 떠나는 것이오."

"다 뒈지겠구만."

"선배가 호법으로 들어와 주면 절반 정도는 살아남을지도 모르지."

"지랄!"

이염이 걸쭉한 욕설과 함께 청룡도를 빼들었다. 엽자건이 여전히 자신과의 승부를 포기하지 않았음을 깨달은 거다.

엽자건의 눈빛이 강해졌다.

"철담협개 선배와 약속한 게 있소."

"무슨 약속을 했다는 거냐? 그 양심도 없는 늙은이하고!"

"철없는 선배의 막내아들을 사람으로 만들겠다는 약속이
었소."

"크악!"

이염의 두 눈에서 분노의 광망이 번뜩였다. 그에게 있어 부
친 철담협개에 관한 얘기는 역린(逆鱗)이었다. 절대로 그를
앞에 두고 끄집어내선 안 되는 말이었다.

바로 그와 동시였다.

어느새 엽자건의 신형이 이염의 면전으로 쇄도해 들어가
고 있었다. 부동무상을 펼침과 동시에 패왕검을 빼들었다. 이
염이 분노성을 터뜨린 순간을 놓치지 않고 기습을 한 거다.

스파앗!

이염이 이 같은 엽자건의 기습을 한두 번 당해본 게 아니
다. 오죽했으면 그를 보자마자 청룡도를 빼들고 있었겠는가.

그의 청룡도가 손쉽게 엽자건의 패왕검을 막아냈다. 애초
부터 이렇게 나올 줄 알았으니 기습이고 말고가 없었다.

천만의 말씀이었다.

쩌릉!

이염이 흠칫 놀란 표정이 되었다. 청룡도와 패왕검이 부딪
친 자리에서 쇳소리가 아니라 폭음이 인다. 벼락에 직격당한
듯한 충격 역시 그 뒤를 따른다.

'이, 이게 무슨……'

이염이 황급히 청룡도에 내력을 확충시켰다. 그렇게 하지

않고선 몸이 뒤로 날아가 버릴 것 같았다. 단 일 합 만에 그 같은 충격을 받은 거다.

흔들.

그 순간 엽자건의 신형이 가벼운 요동을 보였다.

눈의 착각이다.

엽자건은 몸을 요동친 게 아니라 발끝을 교차시키며 회전을 보인 것이었다.

쾅!

이번에는 패왕검이 아니었다. 부동무상으로 신형을 분신시키며 소림사 비전의 심의육합권(心意六合拳)을 펼쳤다. 무림의 통상적으로 사용되는 철산고를 몇 배 뛰어넘는 위력이 단숨에 이염의 몸을 관통해 들어갔음은 물론이었다.

"우왁!"

이염이 더 이상 견디지 못하고 신형을 뒤로 물렸다. 패왕검의 일격에 이은 심의육합권의 와선강기에 떠밀려 더 이상 몸의 중심을 유지할 수 없었다. 당장에라도 바닥에 몸을 뉘일 것만 같았다.

그렇다 해도 이염은 이대도객 중 한 명이다.

연달아 대여섯 걸음을 뛰어서 엽자건의 일검일격에 담겨진 기이무쌍한 기운을 해소한 그의 안색이 숯불처럼 달아올랐다. 지난 열 차례의 비무를 가장한 싸움에서도 이 같은 낭패를 당한 적은 단 한 번도 없었다. 뭔가 사기를 당했다는 생각이 뇌리를 스쳐 간다.

"뭐냐? 이 말도 안 되는 공격은?"

엽자건이 잠시 공격을 멈춘 후 말했다.

"첫 번째 공격은 잘 알고 있는 육합참마도였고, 두 번째는 심의육합권이었소."

"안다! 알아! 그런데 그 속에 담긴 말도 안 되는 기운이 뭐냐는 거다! 뭔 기운이 그리 괴이해?"

"역시 소림사의 내공이오, 여태까지 이 선배를 상대할 때는 사용하지 않았던."

이염의 안색이 더욱 붉어졌다.

"그럼 여태까지 날 봐줬었단 말이냐? 이 나를!"

엽자건이 어깨를 추어 보였다.

"그럴 리가 있겠소? 나는 이 선배와 싸울 때 항상 최선을 다했소. 지금도 마찬가지고."

"거짓말 말아라! 앞서의 열 차례 싸움에서는 한 번도 이런 위력의 공격은 없었다!"

"착각이오. 나는 계속 이 선배에게 지금과 동일한 내력을 사용해 왔소."

"또 거짓말이냐? 방금 전에는 분명 여태까지 사용하지 않던 소림사의 내공이라고 말하지 않았더냐?"

"둘 다 맞는 말이오. 나는 줄곧 동일한 내력을 사용했지만, 이 선배의 몸속에서 반응을 보이는 건 완전히 다를 테니까."

"그건 또 무슨 개소리……."

다시 소리를 지르려던 이염의 신형이 후들거렸다. 갑자기 무릎에서 힘이 쏘옥 빠져나가고 있었다. 뒤로 신형을 날리며 완전히 해소해 버렸다고 여겼던 엽자건의 내력이 다시 폭발을 일으켰다. 그의 몸 전체를 뇌전과 같은 빠르기로 치달으며 전신을 마비시켜 갔다.

"…우와악!"

이염이 울부짖음 같은 괴성과 함께 수중의 청룡도와 한 몸이 되었다.

스파앗!

목표는 엽자건이었다. 몸이 완전히 마비되기 전에 엽자건을 제압하려고 젖 먹던 힘까지 뽑아냈다. 이대로 허무하게 패배를 자인할 순 없었기 때문이다.

슥!

엽자건 역시 움직임을 보였다.

언제 조립해 들었는지 삼절마곤을 일타일게의 수법으로 들어 올리더니, 순간적으로 이염과의 거리를 좁혀갔다. 정확히는 그가 이룬 신도합일을 향해서였다.

―천사일로 무정세!

오랜만에 엽자건이 오호파천곤을 펼쳐 냈다. 평범한 소림

곤법 속에 보종의 심득을 완벽하게 담아낸 것이다.

콰득!

이염의 신도합일이 단숨에 산산조각 났다. 이미 체내를 완벽하게 장악한 괴이한 내공과 결합된 엽자건의 삼절마곤이 갑자기 무한대에 가까운 괴력을 발휘한 까닭이었다.

철푸덕!

결국 대 자로 바닥에 뻗어버린 이염을 향해 엽자건이 메마른 표정을 유지한 채 말했다.

"이 호법, 내일 새벽의 출정식에 늦지 않게 참가하도록 하시오."

"허억! 허억! 이거… 도대체 무슨 짓을 한 거냐?"

"간단하오. 지난 열 차례의 비무를 내가 그냥 버리지 않았을 뿐이오."

"그, 그냥 버리지 않았다고?"

"조금씩 조금씩 이 호법의 몸속에 내 내공을 주입해 놨다는 거요. 그걸 이번에 확 폭발시킨 거고."

"크악!"

이염이 다시 비명에 가까운 괴성을 토해냈다. 어째서 엽자건이 줄곧 자신만만했는지를 비로소 깨달은 거다.

엽자건은 개의치 않았다. 그가 파악한 이염은 무척 거칠지만 자신이 한 말에 반드시 책임을 지는 사람이었다. 그런 점은 철담협개의 핏줄을 이은 자다웠다.

"그럼, 내일까지 정양 잘하도록 하시오. 내가 주입한 내공은 조금 독특해서 한동안 제대로 힘을 사용할 수 없을 테니까."

"죽여 버릴 테다! 반드시 나중에 널 죽여 버리고 말 거야!"

"마음대로. 단! 그때는 이 호법도 목숨을 걸어야만 할 거요. 나는 하극상을 절대 용서하지 않는 주의니까."

"크악!"

이염이 울부짖었다. 하지만 이미 엽자건은 저만치 걸어가고 있었다. 아무런 일도 없었던 것처럼.

＊　　　＊　　　＊

북경.

주대(周代) 초에는 연나라의 도읍이 조영되었고, 진한 이후 당나라 말기에 이르는 기간에는 대체로 유주(幽州)의 치소(治所)로서 동북 변방의 정치, 군사상의 요지가 되었다. 오대에 이르러 요나라는 이곳을 부도(副都)로 삼아 남경(南京)이라 하고, 요나라를 물리친 금(金)나라는 처음엔 연경(燕京)으로 부르다가 후일 중도(中都)라고 고쳤다.

다시 몽골족이 남하하여 중도성을 빼앗은 뒤 쿠빌라이[世祖] 때에 신성을 건설하고 국도로 정하여 대도(大都)라고 명명하였다. 결국 원(元)나라를 세우자 대도는 중국 전역을 지배

하는 정치 중심지가 되었고, 명대에는 처음 국도를 지금의 남
경에 두었다가 영락제가 이곳을 국도로 정하게 되었다.

　중심부에 위치한 자금성의 서쪽.
　북경에 거주하는 네 부류 중 신분이 고귀한 귀족들이 주로
기거하는 이곳의 하늘이 점차 어두워져 가고 있었다. 주변을
붉게 물들이던 황혼마저 점차 기운이 쇠해, 이젠 완전한 암흑
의 때가 임박한 듯싶다.
　고관대작들만이 산다는 서귀대로(西貴大路).
　그곳에 잔뜩 모여 있던 고택군 중 한 곳의 상방에 불이 환
하게 밝혀졌다. 황촉이 뚝뚝 눈물을 뿌려대는 가운데 두 명의
독특한 외양의 인물이 서로를 마주보고 앉은 까닭이다.
　주인은 회의 수사 차림에 선한 표정, 백발, 백염이 특징적
인 노인이고, 객은 육십대 초반가량의 곱상하고 부귀한 인상
의 태감이다. 곤왕 유대유가 중원을 떠나던 날, 산해관 앞에
모습을 드러냈던 천기마야와 동창의 지배자인 제독태감이 놀
랍게도 독대를 하고 있는 것이었다.
　동창.
　갈수록 국운이 약해져만 가는 현 황권의 최후 보루이자 수
호자라 불리는 관리 감찰 기관이다. 그리고 그곳의 주인인 제
독태감의 위치란 가히 일인지하(一人之下) 만인지상(萬人之
上)이라 할 수 있다.

당연히 동창의 제독태감과 일개 강호의 무부인 천기마야
가 자리를 함께하고 있는 현 상황은 매우 이례적인 일이었다.
만약 밖으로 이 같은 사정이 새어나간다면 천하가 발칵 뒤집
힐 만한 일이기도 했다.

하지만 독대를 하고 있는 두 사람 모두 그 같은 일 따윈 전
혀 걱정하지 않는 듯하다. 세속적인 권력은 둘째치고 천하를
경동시킬 만한 무공의 소유자들이기 때문이다.

후르륵!

천기마야가 자신 앞에 놓여 있는 다구에 담긴 일엽차(一葉
茶) 한 모금을 마신 후 입가에 특유의 선한 미소를 매달았다.

“북경의 물맛은 여전히 변함이 없지 않은가?”

“마야, 여전히 좋다는 뜻입니까? 아니면 그렇지 않다는 뜻
입니까?”

“허허, 둘 다이지 않겠는가?”

“마야의 그 확실치 않은 태도는 여전하십니다. 그래 가지
고서야 어느 세월에 마천이 중원 무림을 완벽하게 장악할 수
있겠습니까?”

“여전히 독설이 제법이시네?”

“마야 덕분에 썩은 내가 풀풀 풍기는 황실에서 반평생을
보내다 보니 그리되었지 않겠습니까?”

“그건 미안하게 되었구만.”

천기마야의 솔직한 사과에 제독태감이 역시 다구를 들어

서 다향을 맡았다. 명차에 속하는 일엽차의 쌉싸래한 내음이
제법 마음에 드는 것 같다.

탁!

그때 수중의 다구를 다탁 위에 내려놓은 천기마야가 눈을
살짝 빛냈다.

"황상은 여전하신가?"

"여전하시지요. 아마 선황과 마찬가지로 붕어하실 때 세울
비석은 무자비석(無字碑石)이 될 것 같습니다."

"허허, 무자비석! 또다시 중원에 무자비석 하나가 더 늘어
나는 것인가?"

"기분이 꽤나 좋아 보이십니다? 하긴 마야는 현 황조를 그
다지 좋아하지 않았었지요. 황제들이 하나같이 어처구니없
을 정도로 능력이 없고 무능하다고."

"사실이지 않은가? 어찌 된 게 한족들이 세운 황조는 하나
같이 덜떨어져서 보고 있기가 괴롭다네. 자네도 알다시피 노
부는 꽤나 오랫동안 공부에 매진해 왔던 서생이었지 않은가?"

"그러셨지요, 본 교에 입교하시기 전까지는. 그래서 유대
유, 그 천둥벌거숭이 같은 자는 더 이상 앞으로 걱정하지 않
아도 되겠습니까?"

"황천기주가 알아서 잘 처리하지 않겠는가? 본 교에서도
가장 야망이 큰 자이니 그리 걱정하지 않아도 될 걸세."

"야망이 너무 커서 문제지요. 대존주께서 칩거에 들어가신

후 본 교 제자들의 기강은 너무 해이해졌습니다. 감히 천하에 대한 삿된 욕망을 노골적으로 드러내는 황천기주 같은 자까지 생겨났으니 말입니다."

"그도 나쁘진 않은 일이지 않겠는가? 어차피 누가 천하를 제패하든 결국 위대한 대존주께서 모든 일을 주재하시게 될 터이니 말일세."

"마야, 진짜로 그리 믿고 계시는 건 아닐 테지요?"

"일단 마천의 마인들에겐 그리 말하고 있다네. 대존주께서 불사의 마신이란 것이야말로 본 교를 지탱케 하는 가장 큰 힘이지 않겠는가?"

"그래서 정파의 무상지도(無上之道)의 파편을 회수하는 작업은 얼마만큼 성과가 있으십니까?"

"몇 개 회수하긴 했지만 특이할 만한 건 없더군. 본 교의 파황경(破荒境)과 마찬가지로 특별한 인연과 깨달음이 없이는 아무짝에도 쓸모없는 글귀나 그림 쪼가리에 불과하지 않겠는가?"

"그 쓸모없는 글귀나 그림 쪼가리 덕분에 대존주께서 현재 칩거 중이시지 않습니까? 대존주께서 칩거하고 계신 이때에 무상지도의 소유자가 등장한다면 본 교를 원수처럼 생각하는 구정회(求正會)에 마천이 위험해질 수도 있을 겁니다."

"그렇지 않아도 근래 고소 모용씨들이 움직이기 시작했더군."

“무림맹의 창설 말입니까?”

“그래. 아마 곤왕과도 관련이 있는 것 같으니 적당히 황실 측에서 압력을 행사하도록 하게나. 아직까지는 포달랍궁이나 황천기주가 적당히 날뛰어야 무상지도의 파편을 회수하는 데 편하니까 말일세.”

“동창을 움직이도록 하겠습니다. 다만……”

“다만?”

“무상지도의 파편 중 일부는 황궁무고로 보내주셨으면 합니다.”

천기마야의 입가에 머물러 있던 미소가 조금 더 짙어졌다.

“자네도 무상지도에 관심이 있는 것인가?”

“무인으로서 어느 누가 관심이 없겠습니까? 어차피 마천에 필사본을 모두 남겨놓으실 걸 아니, 일견의 기회만 주셨으면 합니다.”

“알겠네.”

천기마야가 미미하게 고개를 끄덕여 보였다. 눈앞의 제독 태감이 대종교의 중원 총단이라 할 수 있는 마천을 위해 치른 희생을 결코 무시할 수 없었기 때문이다.

잠시 후.

천기마야는 고택의 대청을 벗어나 달빛이 교교하게 떨어져 내리고 있는 정원으로 나섰다.

아직 밤바람이 찬 시기다.

옷자락을 나부끼게 하는 야풍 속에 홀로 머물던 천기마야의 배후로 기묘한 그림자 하나가 모습을 드러냈다. 역시 전날 산해관에 모습을 드러냈던 마령귀사였다.

사삭!

마령귀사는 모습을 드러낸 것과 동시에 암도묵검을 빼들었다. 가문의 보물인 희세의 살병으로 천기마야를 암살할 마음을 품은 것이다.

'암도와 묵검의 위력이라면 이 노괴물을 죽일 수 있다! 하지만 그건 가문에 내려오는 살법을 어기는 일이 될 터이니, 쉽사리 행할 수가 없구나!'

짧은 눈빛의 흔들림.

마령귀사의 양손에 들려 있던 암도와 묵검이 일순 파르스름한 광채에 휩싸였다. 느닷없이 천기마야의 몸에서 날아든 은사에 단단히 결박을 당하고 만 거다.

피핑!

마령귀사의 암도와 묵검이 현란한 호선을 만들어냈다. 천기마야의 은사가 만들어낸 속박으로부터 벗어나려는 시도였다. 차가운 칼날로 잘라 버리려 했다.

헛된 일이었다.

다시 천기마야에게서 숫자를 헤아릴 수 없을 정도의 은사가 튀어나왔고, 마령귀사의 몸마저 속박당해 버렸다. 최초에 암도와 묵검을 포기하지 않았기에 벌어진 일이었다.

"큭!"

마령귀사의 입에서 짤막한 신음이 흘러나왔다.

설마 이렇게 쉽사리 천기마야에게 제압당할 줄은 몰랐다. 곤왕 유대유의 묵룡천뢰곤으로부터도 도주할 수 있었던 자신이 아니었던가.

천기마야가 그 이유를 친절하게 가르쳐 줬다.

"어떻게 이리 쉽사리 기척을 간파당했는지가 궁금할 것일세. 자네의 은신술은 타의 추종을 불허하는 부상국 귀살인도(鬼殺忍道)의 정통인데 말야?"

"본 가의 이름을 언급하지 마시오."

"그런데 한 가지 궁금한 게 있구만. 어째서 잠시 망설인 게지? 귀살인도의 암도와 묵검이라면 신이라도 죽일 수 있을 터인데 말야?"

"헛된 기대였소."

"헛된 기대?"

"중원의 무신에게 접근도 하기 전에 내 암도와 묵검은 깨졌다는 뜻이오."

"호오?"

천기마야가 비로소 수백 가닥이나 되는 은사를 거둬들였다. 어째서 마령귀사가 북경으로 돌아왔는지 짐작이 갔기 때문이다.

스스슥!

마령귀사가 얼른 뒤로 물러섰다.

여전히 양손에는 암도와 묵검이 들려 있으나 흑의 무복은 어느새 검붉은 피로 범벅이 된 지 오래였다. 천기마야의 은사는 놀랍게도 호신강기조차 무력화시킬 정도의 예리함과 강도를 동시에 지니고 있었던 거다.

천기마야가 천천히 신형을 돌려세웠다. 이미 평상시와 전혀 다름없는 태도다. 방금 전에 수백 가닥이 넘는 은사를 쏟아냈다고는 절대 생각되지 않는 모습이다.

"그럼 지금쯤 곤왕은 황천기주가 있는 무순으로 향하고 있겠구만?"

"그럴 것이오. 후금의 정병이 비록 강대하다 하나 초원은 드넓어서 곤왕의 움직임을 완벽하게 차단할 수는 없을 테니까."

"그럼 이제 어찌해야 하지?"

"살행의 실패는 열 배의 대가로 돌려주게 되어 있소. 곤왕을 죽이는 데 실패했으니, 앞으로 열 가지 청부를 대신 들어주기로 하겠소."

"그 정도만으론 곤란하지."

"조건을 말하시오."

"해월왕의 해월낭인대에 속해 있는 귀살인도의 인자들 전부를 원하네."

"그, 그건……."

마령귀사의 그림자가 가벼운 흔들림을 보였다. 설마 천기마야가 해월왕 야규 세이쥬로와 귀살인도 간의 계약마저 간파하고 있을 줄은 몰랐기 때문이다.

천기마야가 슬며시 미소 지었다.

"순순히 귀살인도의 인자들과 함께 마천으로 귀순하시게. 내 앞으로 대우는 잘해줄 테니까."

"…처음부터 곤왕의 암살이 아니라 본 가를 통째로 집어삼키는 게 목적이었던 것이오?"

"비슷하네. 하지만 곤왕을 이번 기회에 죽이는 것도 나쁘진 않다고 생각했다네. 귀살인도의 암도묵검 정도에 죽어버릴 그릇이라면 말일세."

"……"

마령귀사가 침묵에 빠져들었다.

눈앞의 천기마야의 심기는 그의 상상을 월등히 초월하고 있었다. 애초에 암도를 건네줬던 것부터가 함정이었을 거란 생각마저 들었다. 그 외엔 완전무결한 자신의 은신술이 단숨에 들킨 이유를 찾을 수 없다는 판단이었다.

천기마야가 그 같은 의심을 확인시켜 줬다.

"자네에게 넘겨줬던 암도 말야, 내가 천리추종향(千理追從香)을 뿌려놨다네. 아주 특수한 거라서 암도의 도신을 부식시킬 각오를 하지 않는다면 절대로 없앨 수 없을 걸세."

"그걸 말해준 이유 또한 있을 터!"

"내 은사에도 천리추종향을 발라뒀거든. 이미 자네 몸 전체에 천리추종향의 향기가 스며들었다는 뜻이지. 그러니 이젠 그만 답을 주게나. 이 자리에서 자진할지 말지를 말일세."

"……."

여전히 마령귀사는 대답하지 않았다. 그러나 행동은 달랐다. 여전히 신출귀몰한 그림자 상태로 바닥에 부복한 것이다. 머리 역시 아래를 향했고.

"좋아."

천기마야가 박수를 치며 즐거워했다. 중원의 어떤 살수단보다 월등한 실력을 지녔고 뒤탈없이 사용할 수 있는 마령귀사와 귀살인도 전체를 얻은 것을 자축한 것이다.

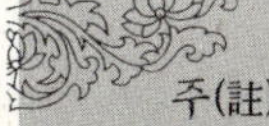

주(註)

　무자비석: 명나라의 황제들은 사후에 비석을 세워서 재위 기간 동안의 공덕을 칭송하게 되어 있다. 하지만 명나라 후대의 황제들의 비석에는 아무런 글씨도 적히지 않는 일이 다반사였다. 워낙 재위 기간 중 공을 세운 게 없고, 부덕하여 아예 한 줄의 글귀도 적지 않은 것이다. 이를 무자비석이라 한다.

第四十七章

패왕별희(覇王別姬)

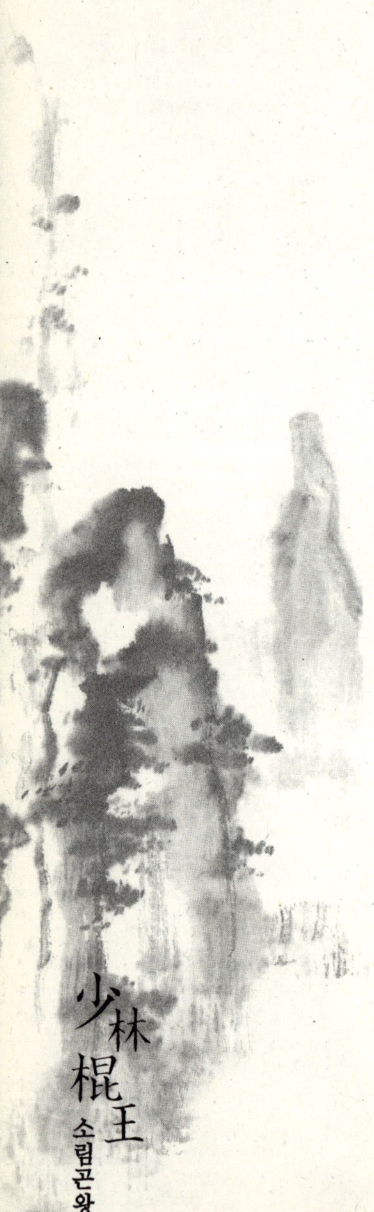

少林棍王

소림곤왕

❁ 우희가 춤을 추고 노래하니,
   패왕은 호금을 내던지고 이에 화답한다.

　무순.

　후금의 최대 요충지인 이곳의 배후에 병풍처럼 둘러져 있
는 흑산(黑山)에는 지금 거친 바람이 휘몰아치고 있었다.

　봄바람?

　아직도 사람의 살갗을 갈기갈기 찢어발길 듯 고통스럽게
만드는 바람이다. 겨울이 가고 봄이 왔음을 알리는 바람으로
보기에는 큰 문제가 있었다.

　그래서인지 무순을 특유의 봉황안으로 내려다보고 있는
유대유의 피풍의는 미친 듯 펄럭이고 있었다. 자칫 하늘 저편
으로 날아가 버릴 것만 같다.

'결국 이곳까지 왔구나, 황천기주가 일 년 중 절반 이상을 머문다는 천단이 위치한 무순에. 과연 이번에는 그를 만날 수 있을 것인가?

장담은 못하겠다.

그만큼 산해관을 넘은 후 유대유가 치른 고초는 상당했다. 수차례에 걸쳐서 수천이 넘는 정예병들의 포위망을 돌파해야만 했고, 집요한 마령귀사의 추격 역시 뿌리쳐야만 했다. 배후에 특급 살수를 놔둔 채 황천기주를 찾아갈 수는 없었기 때문이다.

결국 유대유는 목표로 했던 무순을 빙 돌아가는 강수로 마령귀사의 추격을 뿌리쳤다. 그에게 다시는 뒤따르지 못할 정도로 극심한 부상을 입혀서 도주하게 만들었다. 무려 한 달이나 황량한 초원을 헤맨 끝의 일이었다.

생각은 길었으나 행동은 곧바로 이어졌다. 이미 예정보다 훨씬 길어진 살수행이었다. 목표인 천단을 바로 눈앞에 두고서 망설이고 있을 여유는 없었다.

슥!

일순 유대유의 신형이 흑산을 떠났다. 오늘 밤중으로 무순에 침투해 천단에 숨어들 작정이었다.

천단.

본래 후금의 주축인 팔대부족이 모여서 동맹을 체결한 후

본향인 동쪽 하늘을 향해 천제를 올린 장소였다. 현재 동북아 최강의 대국이 된 후금 팔기군의 시초인 곳이라 할 수 있었다.

근래엔 조금 사정이 바뀌었다.

욱일승천 동북아를 제패하고 호시탐탐 중원 진출을 노리고 있는 팔기군 전체를 장악한 황천기주가 원인이었다. 그가 무순에 황천기의 대병을 주둔시키고 자신의 거처를 천단으로 정해 버린 것이다.

무순의 시내에 숨어든 유대유는 곧 천단을 발견했다. 무순의 가장 중심에 우뚝 솟아 있는 구 층 거탑의 존재가 너무 두드러져 어디에서든 볼 수 있었다.

'정말 장대한 탑이구나. 하늘에 제사를 올리는 장소라기에 산봉이나 언덕 같은 곳일 거라 생각했거늘……'

잘된 일이었다.

시간을 절약할 수 있게 되었다는 판단과 함께 유대유의 신형이 흐릿하게 변했다. 어차피 천단 주변에 황천기의 정병들이 엄청난 숫자로 깔린 만큼 몰래 숨어들 여지는 없었다. 시간을 끌다가 병사들에게 포위당하기보다는 곧바로 정면돌파하는 편이 낫다는 판단이었다.

쾅!

천단의 최상층.

저녁 식사를 끝마친 후 평상시처럼 잡다한 공무를 보고 있던 황천기주의 날카로운 눈매가 슬쩍 치켜 올라갔다.

귓전을 파고든 굉음은 그리 멀지 않은 곳에서 일어났다.

놀랍게도 황천기 소속 오천 정병이 집결해 있는 천단으로 침입한 자가 있다는 뜻이었다. 과연 천하에 그 같은 무위와 간담을 가진 자가 몇이나 될까?

황천기주는 곧바로 한 인물을 떠올릴 수 있었다.

'곤왕, 십여 일 전부터 마령귀사로부터의 전언이 끊겼다 했더니 이런 식으로 내 안방까지 침노해 왔는가?'

슉! 스스슉!

문득 황천기주의 배후로 십여 명의 복면인이 떨어져 내렸다. 그가 친히 키운 비밀 호위들이었다. 하나같이 무공은 초절정에 근접한 수준들.

황천기주가 무심하게 중얼거렸다.

"너희들로는 무리다. 괜스레 아까운 목숨을 날리지 말고 뒤로 물러나 있거라."

"존명!"

비밀 호위들이 복명과 함께 재빨리 황천기주에게서 떨어졌다. 그가 한 말의 의미를 생각하기 전에 명을 따른 것이다.

그와 동시다.

쾅!

예의 폭발음과 함께 황천기주가 집무실로 삼고 있던 방의 외벽에 커다란 구멍이 뚫렸다. 첫 번째 폭발음이 있은 지 일

수유도 지나기 전에 벌어진 일이다.

"크악!"

"으악!"

"크아아악!"

더불어 거의 일률적에 가까운 비명성이 연속적으로 터져 나왔다. 최후까지 황천기주의 집무실 앞을 지키던 호위병들의 단말마였다.

그리고 유대유가 자신의 묵룡천뢰곤으로 뚫은 구멍을 통해 집무실 안으로 들어섰다.

전신이 피투성이다. 이곳까지 이르는 길이 어느 정도의 험로였는지 짐작케 하는 모습이다.

"그대가 황천기주인가?"

유창한 여진어로 된 질문에 황천기주가 태연히 고개를 끄덕여 보였다.

"내가 후금의 재상인 황천기주다. 그대는 중원의 무신이라 불리는 곤왕 유대유겠지?"

"대답은 내세에서 듣기 바라네!"

"……."

유대유가 묵룡천뢰곤을 번개같이 휘둘렀다. 목표로 했던 황천기주를 앞에 두고 대화를 나누거나 망설일 이유가 없다는 판단이었다.

쾅!

묵룡천뢰곤에서 일어난 맹렬한 전광이 삽시간에 거대한 자기의 폭풍을 일으키며 황천기주에게 휘몰아쳐 갔다.

구주진천뢰!

유대유 평생에 몇 번 펼쳐 본 적이 없는 오대금기초식 중 하나였다. 이유는 자명하다. 사람에게 사용하기엔 끔찍할 정도의 파괴력이 담긴 초식이었기 때문이다.

이번 역시 결과는 끔찍했다.

묵룡천뢰곤이 만들어낸 구주진천뢰가 휩쓸고 간 자리에 남은 건 아무것도 없었다. 외벽마저 뚫고 지나간 구주진천뢰의 무참한 흔적만이 거친 야풍과 함께 남겨져 있을 따름이었다.

꿈틀.

유대유는 눈살을 찌푸렸다. 자신의 구주진천뢰로도 황천기주를 제거하는 데 실패했음을 눈치챈 까닭이다.

'한 장 반이나 되었을까? 그 정도로 짧은 거리에서 내 구주진천뢰를 피해내다니! 과연 후금제일의 실력자라 불리는 황천기주인 것인가?

그랬다.

유대유가 불시에 내친 구주진천뢰의 뇌폭을 황천기주는 앉은 자세조차 풀지 않고 피해냈다. 순간적으로 공중 부양하더니, 수 장이 넘는 거리를 잔영조차 남기지 않고 이동해 버렸다. 놀랍도록 대범하고 간결한 회피였다.

그렇다면 이젠 속전속결은 물 건너간 셈이다.

스륵.

자연스레 묵룡천뢰곤을 밑으로 내려뜨린 유대유가 봉황안에 힘을 담고 반격에 나서지 않은 황천기주를 바라봤다. 그의 의중을 파악하기 위함이었다.

"황천기주, 나 유대유가 그대에게 정식으로 비무를 요청한다면 들어주시겠소?"

황천기주가 피식 웃어 보였다.

"처음부터 그렇게 나왔어야 했을 일이 아닌가? 중원의 무신이라 불리는 사람쯤 되었다면 말야."

"들어주시겠소?"

"거절한다. 그럴 이유가 없으니까."

유대유의 시선이 기묘하게도 황천기주로부터 떨어져 있는 십여 명의 비밀 호위들을 향했다. 하나같이 용자라 할 수 있을 만한 무위를 지닌 자들의 합공을 뚫고 황천기주를 죽일 수 있는 가능성을 계산하기 위함이었다.

'무리겠군. 내가 저들을 모두 죽이는 데 걸릴 시간이면 황천기주는 충분히 천단을 벗어나 자신의 군대 속으로 숨어들 수 있을 테니까.'

내심 빠르게 결정을 내린 유대유가 수중의 묵룡천뢰곤을 강하게 휘둘렀다.

쾅!

다시 집무실의 외벽에 구멍이 뚫렸고, 그 속으로 유대유의 신형이 한줄기 바람이 되어 사라졌다. 애초부터 그리 할 작정을 하고 있었던 것처럼 신속한 퇴장이었다.

짝! 짝! 짝!

황천기주가 천천히 박수를 쳤다. 눈은 차갑게 가라앉아 있으나 입가에는 즐거운 미소가 완연하다.

'곤왕 유대유, 무공만 대단한 게 아니라 병법과 상황 판단역시 나쁘지 않은 수준이로구나. 어째서 천기마야가 그를 그리 중시했는지 알 것 같아. 하지만 그래서 더욱 탐이 나기도하는군.'

황천기주의 미소 속에 탐욕이 깃들었다. 곤왕 유대유란 쉽사리 얻기 힘든 인재에 대한 수집욕이 발동한 까닭이었다.

그때 집무실에 난 구멍 저편에서 한 명의 부관이 황급히 달려와 보고했다.

"천단 부근에 살수가 난동을 부리고 있습니다. 일단 몸을 피하심이… 엇!"

"상황 판단이 늦군. 그래, 그 살수는 방금 전에 이미 다녀갔다."

"죽을죄를 졌습니다!"

"그렇다고 죽어선 곤란해, 얼른 밖으로 달려가서 천단 주변에 모여 있는 병사들을 통솔해야 하니까."

"명을 내려주십시오!"

"천무병단의 포위를 일단 풀도록 해. 다음에 신무병단과 진무병단의 양익으로 무순 일대를 쓸어버리도록 하고."

"무순을 포기하시는 겁니까?"

"어차피 천단으로 인해 상징적인 존재가 된 곳이다. 이미 천단에 흠집이 났으니, 더 이상 남겨둬서 뭘 하겠나? 이곳을 지도에서 지워 버린다."

"존명!"

부관이 얼른 군례를 취해 보인 후 밖으로 달려갔다. 천단으로 인해 번성했던 중급 도시가 천단으로 인해 그 맥을 다하게 되는 순간이었다.

톡톡!

손가락으로 머리를 두어 차례 두들겨 보인 황천기주가 비밀 호위들에게 시선을 던진 후 또 다른 명을 내렸다.

"무순과 천단이 박살난 건 곤왕 유대유의 짓이야. 다른 팔기주들에게 그리 전달하고, 병력을 증파하도록 요청하도록."

"존명!"

비밀 호위 중 몇이 복명과 함께 곧바로 집무실을 떠나갔다. 그들에게 내려진 명이야말로 황천기주의 본심이었음은 두말하면 잔소리일 터였다.

'곤왕 유대유, 한동안 날뛰어줘야겠어. 팔기주 중 내게 반기를 드는 몇 놈의 군세를 대폭 줄여서 내 권력 기반을 확고하게 만들어주려면 말야.'

병법의 묘는 임기응변!

황천기주의 흉중은 어느새 오로지 자신만 아는 방식으로 격렬한 움직임을 보이고 있었다.

*   *   *

새벽에 벌어진 성도에서의 천룡영웅대 출정식은 조촐하게 끝났다. 아직 무림맹 주요 요직의 인선이 마무리되지 않은데다 맹주 직이 공석이기 때문이었다.

그렇다 해도 무림맹 체제 최초의 무력 출정이었다.

천룡영웅대에 속한 자들은 어깨를 듬직하게 펴고서 성도를 떠나갔다. 아주 오래전부터 줄곧 꿈꿔왔던 위대한 무림 영웅행의 한 면을 화려하게 장식할 만한 역사적인 출정이라는 자위가 있었음은 물론이다.

아주 짧은 기간 동안의 일이다.

사천을 떠나 곧바로 강남으로 향하기 시작한 천룡영웅대의 고난은 그때부터 시작되었다. 엽자건이 수개월을 요하는 원정 기간을 결코 헛되이 낭비하지 않으려 했기 때문이다.

그는 연신 용호풍운 사 개 조의 조장과 호법인 이염을 닦달해서 계속 천룡영웅대를 굴려댔다. 최종 목적지인 절강성에 도착해 유군과 합류하기 전에 조금이라도 더 훈련을 시켜서 실전에 대비케 하기 위함이었다.

그렇게 삼 개월이 빠르게 지나갔다.

사천의 험난한 촉도를 너머 호북과 안휘를 가로지른 천룡영웅대는 절강성의 바로 옆인 강소성 소주를 앞에 두게 되었다. 슬슬 폭염이 시작될 무렵인 칠월 초순의 어느 날이었다.

소주성.

천룡영웅대는 삼 개월 동안 계속된 힘겨운 행군과 훈련으로 출정식을 할 때의 번쩍거리던 모습과는 사뭇 거리가 멀어져 있었다.

그들이 걸치고 있는 무복은 땀에 절고 때가 꼬질꼬질해졌고, 얼굴 역시 남녀를 가리지 않고 시커멓게 변해 있었다. 따가운 햇살에 그을리고 흙먼지로 범벅이 된 까닭이다.

그도 그럴 수밖에 없는 것이 중간중간 무림맹에 입맹하기로 한 중소문파에서 지원을 받기는 했으나 흡족할 만한 수준은 아니었다. 사백이나 되는 대인원이 먹고 마시며 자는 것만으로도 보통 큰일이 아니었다. 행군과 훈련 중에 때 빼고 광을 낼 만한 여유 따윈 전혀 존재하지 않았다.

얼마만의 귀향일까?

엽자건은 소주의 익숙한 성곽과 아름다운 운하를 바라보며 내심 감개가 무량한 표정을 지어 보였다.

칠마에게 납치를 당한 후 사부 보종을 만나 자의 반 타의 반 떠난 고향을 다시 찾게 되기까지 너무 많은 시간이 흘렀다. 자신도 많이 변했고, 과거 알던 이들 역시 그럴 것이라는 생각이 그를 상념에 젖어들게 만들었다.

'일단 양가신창보에 들러서 애새끼들을 적당히 풀어놓고 당장 곤산장으로 달려가야겠다. 그러자면 관 노사님께 엎드려서 용서를 구한 후 하루 정도 볼기찜질을 당할 각오는 해야 할 테지? 그러다 보면 마음 약한 척호 녀석이 적당히 기회를 보다가 달려들어서 말려줄 테고 말야.'

양가신창보와 곤산장.

엽자건의 어린 시절과 현재의 인생에 가장 큰 영향을 끼친 곳들이었다. 그중에서도 곤산장의 주인인 관흠과 친구 척호는 꽤나 마음속 깊숙한 곳에 머물러 있는 소중한 기억이었다. 무림인의 삶만큼이나 예인의 삶 역시 그에겐 중요했기 때문이다.

그때 소주의 멋진 모습을 홀린 듯 바라보고 있던 천룡영웅대의 무리 중 목진풍이 갑자기 비명을 내질렀다. 마치 못 볼 것을 본 것 같은 반응이다.

"크어헉!"

엽자건이 빠르게 상념에서 벗어났다. 그러자 목진풍이 얼른 그의 뒤로 몸을 숨겨온다. 표정 속에 사뭇 두려움이 가득한 것이 호쾌한 천룡영웅대 풍자조 조장으론 보이지 않는다.

"혀, 형님, 저 좀 숨겨주십시오!"

"왜 그러는데?"

"일단 숨겨주십시오! 절대로 저 여기 있다는 말은 하시면 안 됩니다!"

“……”

엽자건이 픽 하고 웃어 보인 후 재빨리 옆으로 신형을 이동시켰다. 적당히 부동무상을 사용했다. 목진풍이 그 순간적인 속도를 따를 수 없음은 물론이다.

“크헉!”

목진풍이 다시 비명을 터뜨렸다. 믿고 있던 엽자건에게 배신을 당하곤 심각한 내상을 당하고 말았다.

그때 소주성 저편에서 바람같이 옷자락을 팔락이며 한 명의 장신 미녀가 모습을 드러냈다. 엽자건과 소림사에서 인연을 맺은 바 있던 개방옥녀 이가흔이 느닷없이 등장한 것이다.

그녀의 모습은 여전했다.

기다란 생머리는 대충 틀어 올려 젓가락으로 고정시키고, 낡은 무복은 늘씬한 몸매를 그대로 드러내고 있으며, 잘록한 허리춤에는 호리병과 청죽봉이 자리잡고 있었다.

‘이 소저, 하나도 변하지 않았군.’

엽자건이 내심 고개를 끄덕일 때 이가흔이 순간적으로 그와의 거리를 단축해 왔다. 취팔선보의 속도가 과거보다 조금 더 빨라진 것 같다.

스스슥!

단숨에 지척까지 이른 이가흔을 보고 목진풍이 재빨리 양손으로 얼굴과 하체를 방어했다. 개봉에서 후개 경쟁을 벌이던 중 자연스레 터득한 그녀의 특기인 연쌍비에 대한 방어식이다.

　그러나 그가 우려했던 상황은 벌어지지 않았다. 이가흔은 목진풍에게 일별조차 던지지 않았다. 곧바로 엽자건에게 다가갈 뿐이었다.

　"어?"

　목진풍의 눈이 동그래졌다. 설마 엽자건과 이가흔이 아는 사이이리라곤 상상조차 해본 적이 없었기 때문이다.

　"여어!"

　엽자건이 인사 삼아 손을 들어 보이자 이가흔이 곧바로 주먹과 발을 날려왔다. 연쌍비다.

　파팍!

　엽자건은 태연스레 받아냈다. 소림사에서 수차례나 그녀와 손속을 나눴다. 이런 식의 기습은 둘 사이에 거의 인사 수준이라 할 수 있었다.

　그때 남궁수가 움직였다. 애검 청류하를 뽑아 들고 이가흔의 목덜미를 노렸다.

　쉬악!

　청류하의 검날은 정확히 이가흔의 목덜미 앞에서 멈췄다. 애초 이가흔의 권법에 살기가 담기지 않았음을 알고 있었기에 그쯤으로 봐준 것이다.

　"이게 뭐야……."

　이가흔이 사나운 눈빛을 한 채 청류하의 검인을 피하려다 흠칫 놀란 기색이 되었다. 피할 수 없었기 때문이다, 취팔선보의 묘수를 연달아 사용했음에도.

　'…게다가 뭐 이렇게 예쁘게 생겼어? 진짜 내가 사내라면 겁탈이라도 하고 싶어질 만한 얼굴이잖아!'

　내심 낯뜨거운 말을 내뱉은 이가흔이 엽자건에게 얼른 도와달라는 신호를 보냈다. 차신보다 남궁수의 무공이 뛰어나다는 걸 눈치챈 까닭이다.

　엽자건이 웃음 띤 얼굴로 말했다.

　"남궁 조장, 내가 아는 사람이야."

　"그런 것 같아서 목을 베지 않았습니다. 하지만……."

　잠시 말끝을 흐린 남궁수가 이가흔에게 무심한 눈빛을 던지며 말했다.

　"…천룡영웅대의 생살여탈권을 지니신 천룡위주이십니다. 아는 사이라 해도 최소한의 예의를 갖추도록 하세요!"

　"그, 그러도록 하지 뭐……."

　이가흔이 처음 등장할 때의 드센 기세를 죽인 채 얼른 고개를 주억거렸다. 남궁수에게 완전히 주눅이 들어버린 거다.

　슥!

　남궁수가 청류하를 거둬들였다. 여전히 엄격하고 절도있는 동작이다.

　그제야 안심한 기색이 된 이가흔에게 엽자건이 다시 웃어 보였다. 드새기로 치자면 무림 중에 첫손을 꼽을 만한 그녀가 단숨에 남궁수에게 제압당한 모습이 꽤나 재밌었다.

발끈!

이가흔이 그 모습을 보고 이마에 핏대를 세웠다.

"흥! 꼴이 개방 제자처럼 꾀죄죄한 걸 보니 그동안 고생들을 많이 한 것 같은데, 곧바로 양가신창보를 찾아가 쉬고 싶겠군?"

"맞아. 이 소저를 만나지 않았다면 지금쯤 소주성 안으로 들어섰을 거야."

"내 그럴 줄 알고 양가신창보에 대해서 죄다 알아놨지. 모두들 나만 믿고 따라오면……."

"내가 전에 말하지 않았던가?"

"뭘 말해?"

"나, 소주가 고향이야. 소주성의 지리는 손바닥 보듯 잘 알고 있고 말야."

"……"

이가흔의 표정이 딱딱하게 굳었다. 엽자건이 천룡위주가 되었다는 소식을 뒤늦게 전해 듣고 중간 기착지 중 하나인 소주로 달려온 보람이 없게 생긴 까닭이었다.

'어쩌지? 어쩌지? 어쩌지… 오옷! 저 구부정한 등에 자신감 없는 얼굴은…….'

그녀의 눈이 처음으로 사형 목진풍을 향했다. 그의 존재를 처음으로 인식한 순간이었다.

슥!

재빨리 목진풍 앞에 다가간 이가흔이 빙긋 웃어 보였다.

"목 사형, 개봉에서 아주 훌륭하게 일 처리를 해놓으셨더군요?"

"사, 사매, 그것이……."

"괜찮아요! 제가 사형이 망쳐 놓은 총단의 재정 상태를 확실하게 처리해 놨으니까요. 단!"

뒷말에 강한 강조를 집어넣은 이가흔이 웃음 띤 얼굴로 목진풍을 조용히 협박했다.

"앞으로 목 사형이 어찌할지를 지켜보도록 하겠어요. 제 말이 무슨 뜻인지 아실 테지요?"

"사매, 그저 내가 줄 수 있는 건 충성뿐이야! 그거 알지?"

"오호호홋!"

이가흔이 즐거운 표정으로 웃음 지었다. 참 휘어잡기 쉬운 사람이다.

잠시 후.

소주성에 들어선 엽자건과 천룡영웅대는 곧바로 양가신창보로 향했다. 그곳에 가서 최종적인 보급과 절강성 유군의 현 상황을 전해 듣는 게 목적이었다.

여태까지 절강성 유군에 가장 많은 인적, 물적 지원을 해왔던 곳이 바로 소주 최강의 문파라 불리는 양가신창보였다.

그곳의 주인인 신창군자 양문경은 엽자건과 천룡영웅대를 뜨겁게 반겼고, 곧 군정에 관해 얘기를 나누길 희망했다. 생각했던 것보다 절강성 유군의 현 상황이 매우 악화되어 있었기 때문이다.

덕분에 엽자건은 저녁이 다 될 때까지 양문경에게 붙잡혀 있어야만 했다. 이럴 때 책임을 지는 위치에 있는 자는 무척 괴로워진다.

*　　　*　　　*

슬슬 저녁을 알리는 황혼이 끝물에 이르렀을 때였다.

유곽과 홍루들이 집결해 있는 환락가로 유명한 소주의 서소문이 흥청거리기 시작했다. 슬슬 취객들이 모여들고 분단장한 야화들이 화려한 유혹을 할 시간이 된 거다.

그런 서소문의 한켠에서 왁자한 욕지거리와 비웃음이 터져 나왔다. 한 시진 전부터 공연을 시작한 잡극이 재미없다는 사람들의 아우성이었다.

"카악! 퉤! 치워라! 치워!"

"그게 무슨 잡극이냐! 쌈 잘하는 대장군도 없고, 예쁘고 간드러진 계집도 없잖아!"

"게다가 웃기는 새끼도 열라 못해! 저런 걸 공연이랍시고 하면서 돈을 달라고 하다니!"

"곤산장도 망했군, 망했어!"

사람들은 하나둘 소리를 질러대다 공연장을 떠나갔다. 개중에는 바닥에 침을 뱉고 공연장에 돌멩이를 집어던지는 자까지 있었다. 가끔 이렇게 재미없다는 표현을 아주 화끈하게 하지 않고선 직성이 풀리지 않는 자들이 있다.

근데 이게 어찌 된 일인가!

갑자기 공연장으로부터 얼마 떨어지지 않은 곳에서 간드러진 노랫소리가 들려왔다.

패왕별희(覇王別姬)!

잡극의 대종이라 불리는 공연이다. 그중에서도 사면초가(四面楚歌)에 빠진 패왕 항우를 앞에 두고 애첩인 우희가 눈물을 흘리며 작별을 고하는 부분은 압권 중의 압권!

간드러진 노래는 바로 이 부분에서 시작하고 있었다.

공연을 욕하던 자들의 눈이 휘둥그레지지 않을 수 없다. 패왕별희 같은 고급의 극은 귀족과 부자들의 전유물로 이런 환락가에서 쉽사리 구경할 수 없었기 때문이다.

"우와아! 노래 죽이는데, 이거 뭐야?"

"패왕별희다! 패왕별희! 내가 전날 금산장주 회갑연에 놀러 갔다가 구경한 적이 있었지!"

"패왕별희?"

사람들이 이구동성 떠들며 발길을 돌리기 시작했을 때였다. 사라락 소리와 함께 공연장 안으로 한 명의 절세가인이 떨어져 내렸다.

머리에는 화관을 쓰고, 겉에 걸친 건 금실과 은실로 수놓인

봉황이 곧 날아오를 듯 생동감이 넘치는 궁장이다.

게다가 황궁의 여인들이나 신는다고 알려진 구슬신을 신고 사뿐사뿐 걸음을 옮기니, 일시 선녀가 지상에 하강한 것이나 다름없다. 진짜로 구경꾼들은 일시 그 같은 환상 속에 빠져서 거의 정신을 놓아버릴 지경이었다.

그때 우희로 분한 여인이 가냘픈 노래와 함께 자신의 목에 칼날을 가져다 댔다. 패왕별희에서 가장 중요하고 사람들의 이목을 집중시키는 장면이 시작된 것이다.

"대왕! 대왕! 소녀, 여태까지 대왕의 은혜를 입었으니, 어찌 적의 손에 목숨을 맡기리잇까? 이대로 떠남으로써 대왕의 길을 열어드리겠나이다!"

순간 멍하니 우희를 바라보던 곤산장의 잡극패들이 재빨리 패왕별희에 맞췄다. 여태까지 소십일랑이란 활극을 벌이고 있었다는 걸 완전히 잊어버린 듯한 재빠른 변화였다.

이제 문제는 패왕이다.

누가 우희의 이 압도적인 노래와 연기에 맞출 것인가!

그때 호금을 연주하며 극을 조율하고 있던 추레한 외모의 사내가 벌떡 일어서더니, 늠름한 목소리로 노래를 불렀다. 어느새 손에는 창을 들었고 몸에는 갑주를 걸쳤다. 우희에 못지 않은 패왕이 모습을 드러낸 것이다.

"우와아아아!"

"이거야, 바로!"

"곤산장은 역시 최고로군! 최고야!"

공연장으로 사람들이 구름 떼처럼 몰려들었다. 느닷없이
펼쳐진 패왕별희이나 대성공을 거둔 것이다.

공연이 끝나고 얼마 지나지 않았을 때다.

묵묵히 공연 장비를 챙기고 인원을 인솔하던 관명이 화장
을 지우고 있는 엽자건에게 퉁명스레 말했다.

"자건, 어째서 돌아온 것이냐?"

"관명, 너야말로 어째서 호금 따윌 연주하고 있었던 거냐?
그 좋은 실력을 가지고?"

엽자건이 관명을 돌아봤다. 어느새 눈빛이 차갑게 가라앉
은 게 좀 전까지 간드러진 목소리로 노래하고 춤을 췄던 게
동일인인가 싶다.

관명의 볼살이 꿈틀거렸다.

헤어지고 벌써 오 년이 훌쩍 지나갔는데, 여전히 엽자건은
질릴 정도로 잘생겼다. 세월이 흘러도 곰보 자국이 없어지지
않은 자신과는 비교 자체가 되지 않는 얼굴이다.

울컥!

갑자기 분노가 치솟아오른 관명이 주먹을 쥔 채 엽자건에
게 달려들었다. 그를 흠씬 두들겨 패지 않고선 마음속의 분노
가 절대 풀리지 않을 것 같았다.

"어째서 돌아온 거냐고 물었잖아, 이 자식아!"

"……"

엽자건이 관명에게 맞을 리 없다. 그럴 생각도 없었고, 필요 역시 느끼지 않았다.

악에 받쳐 마구 휘둘러대는 관명의 주먹질을 힘들이지 않고 피하고 있던 엽자건이 슬쩍 발을 내밀었다. 주변에 다시 구경꾼들이 모여드는 걸 보고 빨리 상황을 끝내야겠다는 판단을 내린 거다.

토옥!

종아리를 얻어맞은 관명이 몸을 크게 휘청거리다 바닥에 나뒹굴었다. 곤산장 시절에도 엽자건에게 싸움으로 이길 수 없었다. 현재의 그에게 상대가 될 리 만무했다.

"제기랄! 제기라알!"

대 자로 누워 하늘을 향해 소리질러 댄 그가 기운 빠진 표정이 되었다. 엽자건을 때리지 못하고 오히려 나자빠졌지만 속의 울화는 오히려 조금쯤 풀린 것 같다.

엽자건이 다시 질문했다.

"관 노사님과 척호는 어찌 지내고 있나?"

"척호는 네가 사라진 후 얼마 지나지 않아서 떠났다. 그리고 조부님은… 아프시다."

"그렇구나."

엽자건이 더 이상 묻지 않고 손을 내밀어 관명을 일으켜 세웠다. 척호가 없고 관흠이 병든 지금 곤산장의 책임자는 다름

아닌 관명이었다. 그가 어째서 좋은 솜씨를 포기하고 호금을 손에 쥐었는지 이해할 수 있었다.

'관 노사님의 자리를 대신하기 위함이었겠지. 곤산장을 책임져야만 했을 테니까.'

내심 고개를 끄덕인 엽자건이 관명의 어깨를 툭 치며 이를 드러냈다. 미소였다.

"후후, 말썽쟁이가 사람 됐구나. 후배들과 곤산장도 챙길 줄 알고."

"친한 척 마라!"

"누가 친한 척을 했다고 그러냐? 본래 친한 거지!"

"우왁!"

엽자건이 강제로 어깨동무를 하자 관명이 숨넘어가는 소리를 냈다. 사람이 아니라 곰에게 덮침을 당한 것 같았기 때문이다.

"오호?"

양문경과 헤어진 후 양가신창보를 빠져나가는 엽자건의 뒤를 쫓아온 이가흔이 눈을 빛냈다.

아주 좋은 광경을 발견했다.

내심 소름이 끼칠 정도였다. 엽자건의 가장 큰 비밀을 발견했다는 판단이었다.

'그런데 어째 저 자식이 화장을 하고 여장을 하니까 나보다 더 예쁜 것 같은데? 서, 설마 착각이겠지! 나도 이렇게 선머슴처럼 하고 다니니까 그렇지 잘만 꾸미면…….'

이가흔이 내심 궁시렁거리다가 갑자기 암담한 표정이 되었다. 진짜로 엽자건처럼 곱게 차려입는다 해도 방금 본 그보다 여성스럽고 아리따울 순 없을 거란 생각이 든 까닭이다.

잘래잘래!

고개를 기운차게 흔들어 보인 이가흔이 숨을 크게 들이켰다가 내뱉었다. 이런 침울함은 그녀에게 어울리지 않는다. 밝고 기운차게 나아가야만 했다.

"어차피 덮쳐서 내 걸로 만들면 그만이야! 아무리 예쁜 년이 곁에 있어도 상관없어! 나보다 더 예쁘고 우아하다 해도 상관없고!"

힘차게 소리친 이가흔이 얼른 신형을 날렸다. 일단 지금은 엽자건을 쫓아서 곤산장에 가는 게 중요했다. 다시 좋은 건수를 발견할 수 있을지 모르니까.

목진풍은 내심 고개를 흔들었다.

그는 이가흔의 뒤를 몰래 따라왔다가 기겁할 만한 상황을 접했다. 개방 최고의 미녀이자 말괄량이인 자신의 사매가 엽자건을 점찍은 사실을 눈치챈 것이다.

'하아! 이거 정말 미치겠구만! 어쩐지 성 앞에서 날 보고도 처음에 본체만체 하는 걸 보고 이상하다 했더니만…….'

　목진풍은 철담협개가 천하를 주유하며 거둬들인 제자들 중에서도 가장 두각을 나타낸 기재였다. 타고난 근골도 좋았고 그 자신의 노력 또한 타 제자들을 월등히 능가한 때문이었다.

　그러다 보니 철담협개의 손녀인 이가흔과 어려서부터 꽤나 가깝게 자랐고, 내심 좋아하게 되었다. 그녀의 지독스런 술버릇과 웬만한 사내 정도는 가볍게 찜쪄먹을 호탕함이 본색을 드러내기까진 분명 그러했다.

　그럼 지금은 어떨까?

　목진풍은 성도를 떠나기 전 자신을 찾아와 사귀자는 제안을 했던 북궁예연의 제안을 거절하곤 내심 놀랐다. 그녀 정도 되는 미녀의 고백을 받고서야 사매 이가흔에 대한 본심을 눈치챌 수 있어서였다.

　더군다나 오늘 이가흔과 예상 밖의 만남을 가진 후 그 같은 생각은 더욱 굳어졌다. 평생 그녀에게 얻어맞고 술주정을 받아주는 것도 나쁘진 않겠다고 여겼을 정도였다.

　그런데 하필이면 그녀가 엽자건을 점찍었을 줄이야!

　그의 곁에 남궁수란 절세미녀가 찰싹 달라붙어 있음을 알기에 목진풍은 매우 심사가 불편했다. 후일 사매 이가흔이 상처받고 우는 모습만큼은 절대 보고 싶지 않았기 때문이다.

　찰싹! 찰싹!

　갑자기 손바닥으로 자신의 뺨을 때린 목진풍이 평소와 다른 진지한 눈빛이 되었다.

'그래, 결심했다! 나는 이제부터 사매의 마음을 얻기 위해 최선을 다할 것이다! 절대로 그녀를 울게 만들지 않을 거라구!'

내심 결의에 차 부르짖은 목진풍이 얼른 신형을 날렸다. 이 가흔이 움직이기 시작한 까닭이다.

第四十八章

소주지야(蘇州之夜)

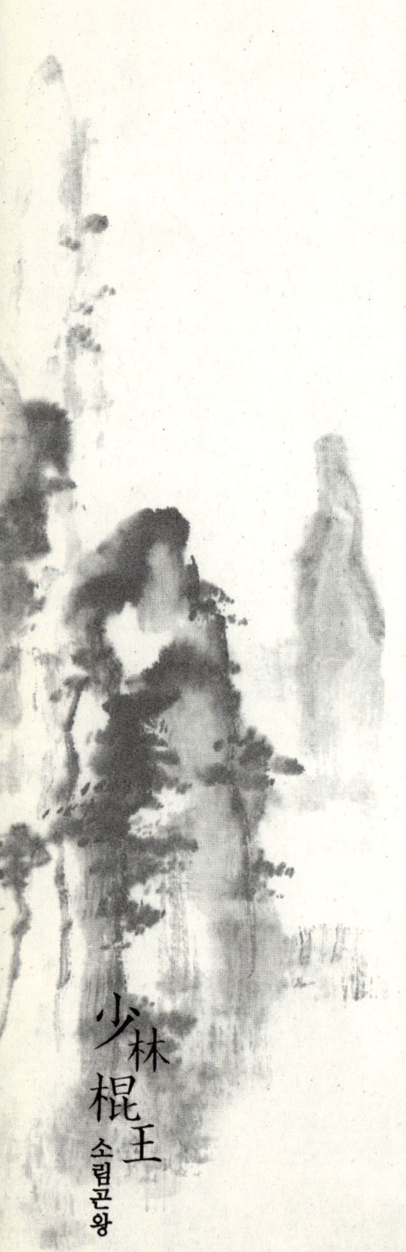
少林棍王
소림곤왕

곤산장.

수년 전만 해도 수십 명이 넘는 배우들과 배우 지망생들로
가득하던 이곳은 을씨년스럽게 변해 있었다.

밤이 깊어서일까?

그렇진 않았다. 진짜로 이곳 곤산장은 근래 크게 기운이 쇠
해 버렸다. 관흠이 전날 감요진의 난입 때 당한 부상에서 회
복되지 못하고 자리보전한 탓에 많은 제자들이 떠나간 까닭
이다.

더군다나 이 같은 때 곤산장에는 소주 최고의 잡극 배우로
공인받던 천금공자 엽자건과 무생 중 손꼽히는 인재던 척호

중 누구도 없었다. 오랫동안 소주에 자리잡아 온 곤산 일맥으로선 커다란 위기에 봉착한 상황이라 할 수 있었다.

어두운 방 안.

언제나와 다름없이 관흠은 홀로 침상 위에 몸을 눕히고 있었다.

살이 쑤욱 빠진 얼굴과 몸.

꼬장꼬장하던 성품을 지탱해 주던 육체의 강건함이 병치레를 거듭한 지난 수년간 남김없이 빠져나간 듯하다. 전혀 과거의 모습은 찾아볼 길이 없다.

그런데 갑자기 혼곤한 잠 속에 빠져 있던 관흠이 눈을 꿈질거렸다.

꿈이라도 꾼 것일까?

그렇진 않았다. 실제로 멀리서 경쾌한 목소리로 불러지는 노랫소리가 들려오고 있었다. 과거 곤산장의 전성기 시절엔 시도 때도 없이 듣곤 했던 타어살가의 노랫가락이다.

타닥! 탁! 탁!

관흠은 여전히 눈을 완전히 뜨지 못했다.

수년 동안 계속된 병은 어느새 그의 골수에까지 미쳐 있었다. 거동조차 제대로 못해서 매일같이 관명이 오물을 거두고 몸을 씻기는 마당에 노랫소리에 벌떡 몸을 일으킬 순 없었다.

대신 그의 손이 침상 바닥을 두들기고 있다. 박자를 맞추

고, 귓전으로 들려오고 있는 노랫가락에 궁상각치우 오음(五
音)의 화음을 보완하고 있었다.

일평생을 바쳐 왔던 예인의 길!

병마 따위에 결코 무너질 리 없다. 몸속의 골수보다 더욱
깊은 심혼 속에 깃든 채 불멸의 존재로 각인되어져 있었다.

그러던 중 관흠의 손바닥이 동작을 멈췄다. 인상 역시 찡그
려져 있다. 타어살가의 노랫가락에 미묘한 이상을 발견해 낸
까닭이었다.

관흠의 입술이 달싹였다. 일 년 만의 일이었다.

"틀… 렸어……."

털썩!

관명이 방문 밖에서 무릎을 꿇었다. 조부 관흠이 처음으로
자신이 부른 노랫가락에 반응을 보이고, 엽자건에겐 틀렸다
고 꾸짖음을 준 까닭이었다.

긁적!

엽자건이 뒤통수를 손가락으로 긁고는 웃었다. 변명 아닌
변명이 뒤를 따른다.

"하하, 오랜만이라 박자가 틀렸군. 뭐, 그래도 관 노사님은
결국 내 노래에 반응을 보이셨지만."

관명이 눈물 어린 표정으로 쏘아봤다.

"조부님께서는 네가 틀렸다고 하셨다! 네가 틀렸다고 하셨

다구!"

"누가 뭐라나."

어깨를 으쓱해 보인 엽자건이 관명에게 은자가 가득 든 전낭을 건네줬다. 천룡위주에 오르며 받은 백 냥이었다.

"이걸로 약값이나 해라. 관 노사님께 맛있는 것도 좀 드시게 하고."

관명이 얼른 전낭을 챙기곤 자리에서 일어섰다. 엽자건이 그냥 떠나려는 걸 눈치챈 까닭이다.

"그, 그냥 가려는 거냐? 조부님도 뵙지 않고?"

"얘기했다시피 나는 곧 전장으로 간다. 무인이 되었으니 당연한 일이지. 그런 나를 보면 관 노사님께서 얼마나 화를 내시겠냐?"

"그러니까 더더욱 뵙고 가야 하지 않겠냐? 이젠 다시 못 볼지도 모르는데……."

퍽!

엽자건이 관명의 다리를 발로 걸어차 쓰러뜨리곤 유쾌하게 웃어 보였다.

"이 새끼는 꼭 말을 해도 싸가지가 없게 한단 말야? 임마, 내가 왜 다시 못 돌아와! 나는 지옥에 간다 해도 돌아올 수 있는 놈이라구!"

"으윽, 그렇게 자신한다만, 척호 녀석도 돌아오지 않았다. 네가 척호보다 잘 싸운다는 거냐?"

“당연하지! 옛날에는 근석이 몸집 값을 했지만, 이젠 내 몸도 만만찮다구. 그리고 너 말야.”

“뭐?”

“옛날부터 생각한 거지만 네 녀석의 축역은 진짜 재밌었다. 아주 굉장한 재능이니까 아깝게 낭비하지 마라.”

“……”

말문이 막힌 듯 입을 다물고 있는 관명에게 씩 웃어 보인 엽자건이 천천히 발길을 돌렸다. 더 이상 관흠이 누워 있는 방을 바라보고 있다간 뜨거운 눈물을 왈칵 쏟을 것 같았기 때문이다.

'빌어먹을! 관 노사님, 어째서 몸이 그렇게 망가진 겁니까! 내가 이렇게 왔어도 아무것도 하지 못하잖아요! 겁쟁이처럼 이리 도망가는 것밖에는…….'

곤산장에 향할 때 엽자건은 자신있었다.

사부 보종의 지독스런 독상과 내상마저 치료한 이력이 있는 자신이 아니었던가!

관흠의 병 정도는 단숨에 낫게 할 수 있으리라 여겼다. 천하무쌍의 내공 공부인 역근경과 세수경을 믿고 있었다.

오만이었다.

방문 밖에서 내기를 움직여 투영해 본 관흠의 몸은 그가 손을 쓸 수 있는 여지를 주지 않았다. 기력이 쇠약해진 건 고사하고 몸속의 정혈이 대부분 말라서 죽을 날만을 기다리고 있었다. 백약이 무효인 상태인 것이다.

그래서 그는 관명에게 노래를 부르게 했고 그 역시 화음을 맞추며 몰래 내기를 관흠에게 쏟아 부었다. 조금이나마 그의 몸 상태를 좋게 만들고 명을 늘게 만들었다. 그게 지금 그가 할 수 있는 일의 전부였다.

그때 점차 멀어져 가는 엽자건을 향해 관명이 갑자기 소리쳤다.

"엽자건, 살아와라! 반드시 살아와서 나랑 다시 공연하자! 패왕별희 말야!"

"그러려면 조금 더 연습해야 할 거다."

"너야말로!"

관명이 내지르는 소리에 엽자건이 손을 들어 흔드는 것으로 대답을 대신했다.

삼 일 후면 절강성으로 떠난다. 과연 곤왕 유대유의 유군을 사 년 동안 괴롭혔던 해월왕의 해월낭인대와의 싸움을 속전속결로 끝낼 수 있을까?

엽자건은 쉽사리 기약할 수 없다고 여겼다.

곤산장을 뒤로하고 어둠 속을 걷고 있던 엽자건이 발걸음을 멈췄다.

이유가 없을 리 만무하다.

그의 앞에는 여태까지 몰래 뒤따르던 이가흔이 잘록한 허리에 양손을 댄 채 서 있었다.

"냉정한 놈!"

엽자건이 주변을 둘러봤다. 절대로 이가흔에게 그런 말을 듣는 걸 인정할 수 없다는 표정이고 행동이다. 딴청이었다.

이가흔이 더욱 목소리를 높였다.

"냉정한 놈! 냉정한 놈! 냉정한 놈! 냉정한……."

"그쯤 하지?"

"…놈아! 어째서 병든 노사부를 치료할 생각도 하지 않고 그냥 돌아가는 거냐? 설마 이제 무림인이 되었으니, 과거의 삶 따위는 몽땅 지워 버리고 싶었던 거냐? 그런 거야!"

"확!"

엽자건이 주먹을 들어 올렸다. 이가흔이 여자만 아니었다면 한 대 때리기라도 했을 기세다.

움찔!

이가흔이 놀라서 저도 모르게 뒤로 물러섰다. 일시 엽자건에게서 튀어나온 천살지기에 몸이 멋대로 반응을 보인 거다.

잘끈!

이가흔이 아랫입술을 깨물었다. 기세에 눌려서 뒤로 물러선 것이 못내 분했다. 또한 평생 처음으로 가슴에 둔 엽자건에 대한 실망감 역시 컸다.

재빨리 자세를 갖춘 그녀가 목소리를 더욱 높였다. 표정 역시 더욱 분기탱천(憤氣撑天)해져 있다.

"그래, 한번 붙어보자! 네 안방이던 소림사에서와는 사정
이 완전히 다를 거다!"

"변함이 없구만."

"뭐얏!"

"변함없이 앞뒤 가리지 않는 말괄량이인데다 고집 센 바보
라구. 하지만 성격은 좋아. 철담협개 선배님의 피를 확실히
이어받았어."

"이게… 그게 무슨 소리냐?"

"그러니까 바보라는 거다. 내가 관 노사님을 어째서 뵙지
않고 나왔겠냐? 오늘밤 한번 깊이 생각해 보도록 해라."

"오늘밤 뭐 하라는… 엉?"

이가흔의 눈이 동그래졌다. 어느새 엽자건의 신형이 눈앞
에서 자취를 감춰 버렸기 때문이다.

부동무상.

그녀 역시 소림사에서 몇 차례 경험한 바 있던 절기다. 하
지만 그때와 엽자건의 무공 자체가 완전히 달라져 있었다. 그
동안 개봉의 개방 총단에서 후개가 되기 위해 고련을 거듭했
던 그녀를 단숨에 바보로 만들어 버릴 만큼.

일시 망연자실한 표정이 되어버린 이가흔의 주변에서 거
친 바람이 휘몰아치고 있었다.

그녀를 여전히 몰래 훔쳐보고 있던 목진풍이 절레절레 고

개를 흔들어 보였다.

엽자건과 함께하는 동안 그의 괴물 같은 능력을 몇 차례나 목도한 그였다.

이가흔을 순식간에 바보로 만들어 버린 것을 보고 내심 혀를 찰 수밖에 없었다. 혹시 자존심 강한 그녀가 마음의 상처라도 입었을까 봐 걱정이 된 까닭이다.

그러나 그거야말로 그의 기우였다.

잠시 아미를 찡그리고 있던 이가흔이 얼른 양가신창보 쪽으로 신형을 날렸다. 어차피 엽자건이 돌아갈 곳은 거기밖엔 없다는 합리적인 판단을 내린 것이다.

"에휴우우!"

목진풍이 참고 있던 한숨을 길게 내뱉었다. 이가흔이 상처를 받았을까 염려하던 이면에는 엽자건을 포기하기를 바라는 마음 또한 숨어 있었다.

그런데 아직은 절대 그럴 것 같지가 않다. 앞으로도 어찌 될지 모르겠고. 그 답답한 상황이 그를 한숨짓게 만들었다. 본래 사람 간의 관계란 더욱 마음을 준 쪽이 약자라고 하지 않던가.

스슥!

목진풍이 역시 신형을 날렸다. 이 밤, 예상했던 것보다 훨씬 길어질지도 모르겠다.

‘응?

양가신창보 부근에 이르러 금강부동보의 속도를 늦춘 엽자건의 눈에 이채가 어렸다.

굳게 닫혀 있는 양가신창보의 대문 앞.

하얀 그림자가 달빛 아래 서성거리고 있다. 언제나와 마찬가지로 청류하를 빼들고 연무에 열중하고 있는 남궁수였다. 하지만 어째서 굳이 양가신창보 밖까지 나와서 연무를 하고 있는 것일까?

스스슥!

엽자건이 얼른 그녀에게 다가들었다. 연무에 몰입하고 있는 그녀의 모습을 보고 일순 장난기가 발동했다. 그동안 얼마나 무공이 늘었는지 확인해 보고 싶어지기도 했고.

티앙!

엽자건의 손가락이 번개같이 청류하의 검신을 때려갔다. 탄지신통이다.

그러자 남궁수의 신형이 일순 반대편으로 회전을 보였다.

회륜망망?

엽자건이 알던 창룡육격참과는 다르다. 완전히 다른 방향으로 회전이 이뤄졌기 때문이다.

덕분에 허공으로 흩어진 탄지공!

풀쩍!

엽자건의 신형이 공중으로 도약했다. 그냥 뛴 게 아니다.

발끝으로 다시 변화를 보이려던 청류하를 노린다. 여전히 공수탈검을 성공시킬 마음을 포기한 게 아니다.

항마연환신퇴!

그 우직하면서도 날카로운 각영이 청류하의 검신을 연속적으로 걷어찼다. 내력이 담기지 않은 공격. 그러나 연속된 타격은 강력한 물리력을 발휘한다. 어떨 때는 내력의 집중, 그 이상이다.

휘청!

남궁수의 섬세한 신형이 미세한 흔들림을 보였다. 자신의 창룡육격참을 꽤나 자세히 간파한 엽자건의 공격으로부터 애검을 보호하기가 그리 쉬운 건 아니다.

그러나 엽자건 이상으로 그녀 역시 절세적인 기재였다. 그리고 그동안 연무를 게을리한 적도 없었다. 진보가 없었을 리 만무하다.

팟!

갑자기 남궁수가 수중의 청류하를 다른 손으로 옮겼다. 교수(交手)가 이뤄지고 있는 순간임을 감안하면 거의 미친 짓에 가까운 행동!

엽자건의 판단은 달랐다.

'훌륭한 임기응변!'

과연 그가 내심 터뜨린 찬사처럼 남궁수는 곡예에 버금갈 만한 솜씨로 청류하를 왼손으로 낚아챘다. 더불어 역순이 된 창룡육격참이 다시 화려한 변화를 보였음은 물론이다.

사사쟁천! 토룡광망!

네 마리 뱀이 하늘을 놓고 싸우니, 땅속에서 한 마리 용이 눈빛을 번뜩이며 달려든다!

연속적으로 변한 두 개의 검초가 여전히 공중에 뜬 상태인 엽자건의 전신을 휘감았다. 역시 내력이 담기진 않았다. 다만 검초 속에 담겨진 날카로움은 충분히 사람을 즉사시킬 만하다.

창!

결국 엽자건이 패왕검을 절반쯤 빼들어 마지막 변초를 막아냈다. 공중에 몸이 뜬 상태라 어쩔 수 없었다. 처음부터 내력을 사용하지 않고 교수를 나눈 상태에서 금강부동보를 펼쳐서 피해내는 건 치사한 짓이란 판단이었다.

더불어 다시 변화를 보인 발의 움직임.

이번엔 여영수형퇴이다, 남궁수가 상대해 본 적이 없는.

타탁! 탁!

순간적으로 변화한 발끝의 변화 중 하나가 청류하의 검신을 때려 진동을 준 후 검병을 다시 찍었다. 연속적인 타격을 가하는 것에서 조금 변화한 방법으로 다시 공수탈검을 시도한 거다.

이번에는 효과가 있었다.

“아!”

남궁수의 입에서 나직한 신음이 터져 나온 것과 동시였다. 어느새 그녀의 청류하는 엽자건의 손에 낚아채져 있었다. 십 수살 당준조차 실패한 공수탈검을 성공한 것이다.

순간 남궁수의 신형이 그림처럼 앞으로 튀어나왔다. 자신의 애검을 되찾기 위해 역으로 공수탈검에 들어간 거다. 이같은 대담함은 그녀의 또 다른 모습 중 하나였다.

파파팟!

그녀의 손에서 파옥수가 변화를 보였고, 발끝은 난풍회류각을 준비한다. 어떻게 해서라도 엽자건을 압박해서 청류하를 되찾을 심산이었다.

그러나 어느새 엽자건은 뒤로 물러서 있었다. 공수탈검으로 얻은 청류하는 이미 남궁수에게 돌려준 뒤다. 더 이상의 비무는 의미가 없다는 판단을 내렸음이다.

"오늘은 이쯤 하기로 하지."

"하지만… 알겠습니다."

남궁수가 뭐라 반박하려다 복명한 후 수중의 청류하를 검갑 속으로 돌려놨다. 이미 자신은 패배했다. 더 이상 승부를 계속하자 우기는 건 그녀의 곧은 성품상 있을 수 없는 일이었다.

엽자건이 문득 어깨를 슬쩍 추어 보였다. 입가에는 근래 거의 보이지 않게 된 부드러운 미소가 담겨져 있다.

"그런데 어째서 이런 곳에서 연무를 하고 있었던 거지? 설마 누군가 기다리고 있었던 건가?"

"천룡위주를 기다리고 있었습니다."

"날?"

"예."

남궁수의 곧은 대답에 엽자건이 잠시 움찔한 표정이 되었다. 잠시 발동했던 유쾌한 천성이 급격하게 꼬리를 말아버리고 있었다. 겁이 난 거다.

"어째서 날 기다린 거지?"

"저녁쯤에 천룡위주의 처소를 찾아갔는데, 이미 출타를 하셨더군요. 이곳 소주가 고향이시라고 하나 해월왕의 해월낭인대와의 싸움이 목전에 이른 만큼 만약의 사태가 있을 수 있다고 여겼습니다."

"살수를 걱정한 거군?"

"그렇습니다. 천룡위주는 천룡영웅대 전체의 목숨보다 소중한 존재시니까요."

"……"

엽자건은 문득 말문이 막혔다.

가슴 한켠이 울컥하는 게 뜨거운 무언가가 치솟아오르고 있었다. 하지만 지금은 참아야만 했다. 남궁수의 말마따나 전장이 얼마 남지 않았기 때문이다.

"내일부터 양가신창보의 무사들과 함께 몇 가지 합벽진과 병진 연마에 들어갈 거야. 사흘 후 출발까지 그들과 손발을 맞추려면 일찍 자두는 편이 좋아."

"예, 오늘 야간 수련은 이미 충분합니다, 천룡위주 덕분에."

"좋아."

엽자건이 미미하게 고개를 끄덕여 보이곤 양가신창보로 향했다. 곤산장을 다녀온 후 마음이 크게 격동한 상태였다. 평상시와 같은 평정심을 유지하기 힘들었다.

그리고 눈앞의 남궁수는 또 얼마나 아름다운가!

역시 아름답기로 이름 높은 소주의 야경과 함께 어우러지니 가히 예술이나 다름없었다. 가슴 깊숙이 자리잡은 감요진의 영상이 일시 흐릿하게 빛을 바랠 정도로 말이다.

남궁수가 그런 엽자건을 아쉬움 가득한 시선을 좇다 얼른 그의 뒤를 따랐다. 여전히 연애에는 둔감한 그녀였다. 오늘 밤 진짜 좋은 기회를 놓쳤다는 것조차 모를 만큼.

"쯔쯧, 병신 새끼!"

막 자신의 처소로 들어가려던 엽자건이 강렬한 조소가 섞인 혀 차는 소리에 걸음을 멈췄다. 대충 짐작이 간다, 목소리의 주인이.

"오랜만에 모습을 보이셨군요? 이번에는 한 칠 일 만인가요?"

"열흘 만이다. 네놈이 이끄는 애새끼들이 워낙 발이 느려야 말이지."

여전한 이죽거림과 함께 천살마도 이염이 정원수 위에서 휙 하고 뛰어내렸다. 평상시보다 훨씬 행색이 남루한 게 꽤나 먼 곳을 다녀온 것 같다.

"근데 어째서 보자마자 욕이십니까?"

"네가 고자가 아닌가 의심이 들어서 그런다!"

"고자?"

"고자가 아니면?"

어느새 엽자건의 바로 지척까지 다가선 이염이 흉측한 표정을 얼굴 가득 만들어 보였다.

"어째서 절세미녀가 품 안으로 풀쩍 뛰어들었는데도 외면하는 것이냐? 네가 군자냐?"

"그런 건 아닌 것 같군요."

"그럼 진짜로 고자구만!"

"그런 식으로 확정 짓지는 마시고⋯⋯."

"그럼 설마 취향이 변태냐? 어째서 남궁수 고 계집애를 밀쳐 내는 거냐?"

"⋯⋯."

엽자건이 입을 다물었다.

첫 대면을 가진 후 비무를 거듭하며 이상할 정도로 죽이 잘 맞게 된 이염이다. 하지만 감요진에 대한 속내까지 드러내고 싶진 않았다. 그만큼 그녀에 대한 기억은 그에게 소중했기 때문이다.

이염이 그걸 보고 가슴을 주먹으로 쾅쾅 때렸다. 답답해서 죽겠다는 표정이다.

하긴 그 역시 아직 가정을 꾸리지 않은 몸이기에 남궁수를 처음 보고 잠시 멍청해진 과거가 있었다. 노골적으로 엽자건 에게 일편단심(一片丹心)인 그녀임을 알기에 복장이 터지지 않을 수 없었다.

결국 엽자건이 재빨리 화제를 바꿨다.

"그래서 가셨던 일은 어찌 되셨습니까? 절강성의 유군은 잘 버티고 있는 겁니까?"

'쯧! 이놈이 말 바꾸기는……'

내심 다시 혀를 찬 이염이 퉁명스런 표정으로 고개를 저어 보였다.

"아주 죽을 맛인 것 같더라. 몰래 부근까지 숨어들어 가봤 는데, 병참선이 끊긴 지 대충 석 달이 넘어가니 점차 탈영병 들이 늘어가는 추세였다."

"병참선이 끊겼으면 부근에서 조달을 해야지요. 설마 병사 들을 굶겼다는 겁니까?"

"그랬으면 벌써 유군 자체가 붕괴되었겠지, 여태까지 군세 를 유지할 수 있었겠느냐? 주변 마을에서 조금씩 자발적으로 군량미를 징발하고 있는 것 같더라만 그리 쉽지 않은 모양이 더라."

“자발적인 징발? 하아!”

엽자건이 나직이 탄성을 터뜨렸다. 어처구니없다는 표정이 얼굴에 가득했다.

그가 용병으로 참전한 전장은 항상 아수라장 그 자체였다. 군량이 부족하면 적아를 떠나서 무조건 주변 마을을 약탈했다. 굶주린 병사로는 절대 전쟁에서 이길 수 없었기 때문이다.

그러니 자발적으로 군량을 조달한다는 말은 들어본 적도 없었다. 어느 미친 농부가 수 해에 걸친 가뭄과 홍수로 흉년이 계속되고 있는 이때에 자신들이 먹을 곡식을 병사들에게 내주겠는가.

이염의 판단은 조금 달랐다.

그가 지켜본 유군과 주변 마을의 관계는 상당히 좋았다. 진짜로 자발적인 군량미 징발이 어느 정도 원활하게 이어지고 있었던 것이다.

“유군은 절강성 일대에서 꽤나 평판이 좋더구나. 특히 척가군은 본래 부근의 농부들을 훈련시킨 부대인데, 전적도 화려하고 인기도 이상할 정도로 좋았다.”

“그런가요?”

“그래.”

이염이 꽤나 직설적인 사람임을 아는 엽자건의 눈에 이채가 어렸다. 여태까지 전장을 돌면서 단 한 번도 만난 적이 없던 명장의 그림자를 어렴풋이 감지한 까닭이다.

'곤왕 사조께서 부재시라고 하셔서 좀 걱정했는데, 생각보다 쉬운 싸움이 될지도 모르겠구나!'

내심 염두를 굴린 엽자건이 다시 이염을 재촉했다. 그가 먼저 이염을 절강성으로 척후를 보낸 건 유군의 동향만을 파악하기 위함은 아니었기 때문이다.

"해월낭인대의 포진이나 군세는 수준이 어떻습니까? 역시 해적들답게 바다에서나 힘을 쓰는 잡배들인가요?"

"강한 놈들이다, 곤왕이 어째서 그리 오랫동안 토벌에 애를 먹었는지 충분히 납득이 갈 만큼. 유군에 침투하다가 두 번이나 암습에 걸려서 서른 놈을 베어야만 했다."

"상처도 좀 입으신 것 같습니다?"

"생채기 정도다. 하지만 부상국 도의 예리함은 과연 명불허전이더구나. 하나같이 강도와 예리함이 백련정강의 보검 수준이었다. 소주를 떠나기 전에 그에 대한 대비책은 확실하게 세워야만 할 것이다."

"그렇지 않아도 충분할 정도로 대비하고 있습니다. 이곳으로 오는 동안 해월왕이 첫 번째로 절강성에 상륙해서 관군 이만을 도륙한 전투에 대한 기록을 꼼꼼히 살펴봤으니까요."

"관군 이만을 도륙했다고?"

"뭐, 별거 아닙니다. 어차피 최전방에서 싸우는 정예병과 지방 관청에 속해 치안이나 책임지던 자들을 끌어 모은 오합

지졸은 함께 취급할 수 없으니까요."

"그래도 아이들한테 그런 건 말하지 말아라. 괜스레 겁을
집어먹으면 안 되니까."

"그러도록 하겠습니다. 그럼 이제 그만 넘겨주십시오."

"뭘?"

의뭉스런 표정을 짓는 이염에게 엽자건이 이를 슬쩍 드러
내 보였다. 여태까지완 달리 특유의 살기를 일으킨 거다.

"제가 이 호법이라 불러야 할까요?"

"알겠다, 알겠어!"

이염이 얼른 품속에서 한 장의 양피지를 꺼내 엽자건에게
건넸다. 유군과 부근을 몇 겹으로 포위한 채 압박하고 있는
해월낭인대의 전반적인 포진도였다.

"수고하셨습니다."

"말로만?"

"소주에는 운하가 유명한데, 왜 유명한지 아십니까?"

"왜 유명한데?"

"밤이 되면 아리따운 기녀들이 연꽃으로 장식된 배를 띄워
놓고 호객을 하거든요."

"호오?"

이염이 눈을 번뜩였다. 아주 땡기는 표정이다. 그 역시 냄
새나는 중년의 아저씨인 것이다.

"내일이나 모레쯤 한번 확실하게 모시겠습니다. 고생하셨

으니, 회포라도 한번 푸셔야 하지 않겠습니까?"

"크핫!"

자신도 모르게 대소를 터뜨린 이염이 재빨리 주변을 살폈다. 괜스레 멋쩍어져서였다.

툭툭!

엽자건이 얼른 그의 어깨를 두들겨서 먼지를 털어준 후 속삭이듯 말했다.

"그런데 은자는 좀 가지고 계시겠지요?"

"은자?"

"제가 가진 은자를 방금 전에 몽땅 썼거든요. 무림맹에서 참전 시에 받은 생명 수당 아직 많이 남으셨을 테니, 제게 좀 빌려주십시오."

"빌려주는 건가?"

"예, 나중에 확실하게 이자까지 쳐서 갚겠습니다."

"흠……."

이염이 잠시 고심하는 척하더니, 얼른 품에서 전낭을 꺼내 통째로 엽자건에게 내주었다. 어차피 그에게 접대를 받을 터였다. 그냥 내주는 게 아닌 한 돈을 아낄 이유는 없었다.

"역시 호탕하십니다!"

엽자건이 엄지손가락을 내보인 후 내심 쾌심의 미소를 지어 보였다. 소주를 떠나기 전에 치를 천룡영웅대 회식비가 굳었다는 판단이었다.

빌린 돈?

전장으로 떠나는 자들이 아주 좋아하는 거였다. 생사를 넘나드는 싸움 중 갚을 필요가 없어지는 일이 다반사로 벌어졌기 때문이다.

순식간에 이틀이 지나갔다.

그동안 양가신창보에서 유군에 보내는 무사들과 천룡영웅대는 합동 훈련으로 손발을 어느 정도 맞추게 되었다. 어차피 실제 전투에 돌입하면 각자 진을 짜서 대응하기로 약속하고 위치를 나눴기에 빨리 훈련을 끝마칠 수 있었다.

말처럼 쉬운 일은 아니다.

그동안 엽자건이 휘하의 천룡영웅대를 아주 심하게 훈련시켰기에 가능한 일이었다. 어떤 상황, 어떤 아군과 함께하더라도 즉시 대처할 수 있게끔 만들어놓았다는 뜻이다.

그렇게 소주에서의 마지막 밤이 찾아왔다.

조금 일찍 훈련을 끝마친 엽자건의 주변으로 천룡영웅대가 우르르 몰려들었다.

하나같이 기대감에 잔뜩 들뜬 눈빛들!

소주로 향하는 동안 종종 엽자건에게 들었던 강남 미녀들과 유흥 문화에 대한 환상이 젊은 영혼을 완전히 타락시켰다.

체면상 조장 급들은 뒤로 빠졌지만, 몇몇은 간절한 표정을 계속 엽자건에게 던져 왔다. 결코 자신을 당직으로 빼놓아선 안 된다는 절실한 갈구였다.

'쯔쯧, 그냥 양가신창보에 남으라고 하면 평생 날 원수처럼 대할 모양새구만.'

내심 혀를 찬 엽자건이 호자조 조장인 유백온에게 품속의 전낭을 집어던졌다. 그리고 말한다.

"오늘 당직은 내가 서도록 하지. 유 조장이 선임으로서 이번 회식을 책임지도록 해!"

"에이!"

"에휴우!"

여기저기서 실망에 찬 탄성이 터져 나왔다. 네 명의 조장 중 여자인 남궁수를 제외하면 가장 재미없고 융통성이 없는 유백온이 회식의 총무를 맡게 된 것에 실망한 것이다.

그때 불현듯 이염이 모습을 드러냈다. 전날 엽자건에게 확실한 접대를 받은 그의 얼굴은 반들반들 윤이 나고 있었다. 여태까지의 더러운 중년 아저씨의 모습이 아니었다.

"이번 회식은 이 몸이 책임지겠노라!"

'완전히 맛을 들였군.'

엽자건이 내심 고개를 가로저었다.

그러나 주변의 분위기는 가히 열광적이었다. 순식간에 유백온보다 이염이 같이 놀기엔 좋다는 얄팍한 판단을 내린 거다. 거기에는 목진풍과 팽도진도 포함되어 있었다.

그렇게 삽시간에 하나가 된 천룡영웅대가 완전히 신이 난

표정으로 양가신창보를 우르르 몰려 나갔다. 오늘밤 소주의 밤거리가 이들에 의해 어떤 통제 불가능한 상황이 될지는 대충 짐작이 가는 상황이었다.

'곧 혈전이야. 나중에 후회하지 않을 정도로 충분히들 즐기라구.'

내심 수하들의 건승을 빈 엽자건이 홀로 남아 있는 남궁수에게 픽 하고 웃어 보였다. 그녀에겐 조금 미안하다.

"남궁 조장, 나랑 산책이나 할까?"

"예."

남궁수가 얼른 엽자건에게 다가왔다. 그녀에겐 회식보다 이게 훨씬 좋았다. 뜻밖의 행운을 잡은 것이나 다름없었다.

그런데 갑자기 두 사람 앞에 한 명의 여인이 모습을 드러냈다.

청초한 미모에 현숙한 옷차림.

이곳 양가신창보의 장중보옥(掌中寶玉)인 양운정으로 엽자건과는 구면이었다.

"저기… 엽 소협, 잠시만 시간을 내주실 수 있겠는지요?"

"양 소저!"

엽자건이 얼른 그녀에게 포권해 보이며 눈에 이채를 담았다. 문득 그녀와 얽혔던 지난날의 기억이 뇌리를 스쳐 갔기 때문이다.

'그 울보 꼬맹이가 벌써 이렇게 자랐구나. 하긴 그동안 벌

써 오 년이란 시간이 흘러갔으니······.'

내심 고개를 가로저은 엽자건이 남궁수에게 미안한 표정을 지어 보였다. 양운정은 양가신창보의 주인인 양문경의 딸이니, 요청을 가볍게 거절할 순 없었다.

"산책은 잠시 뒤로 미뤄야겠군."

"기다리겠습니다."

남궁수가 대답과 함께 고개를 숙여 보였다.

그런 후 드물게도 양운정에게 언짢은 마음이 든 걸 느끼고 해연히 놀랐다. 여태까지 이런 기분의 존재 자체를 모르고 있었기 때문이다.

'내가 갈수록 이상해지는구나. 천룡위주 때문인 것일까? 그와 함께하면 할수록 나 자신을 자꾸만 잃어가는 것 같아 겁이 나······.'

사춘기.

남궁수에게 꽤나 늦게 찾아왔다. 첫사랑의 달콤쌉쓸함과 함께 말이다.

남궁수와 헤어진 엽자건이 양운정과 도착한 곳은 꽤나 운치있는 정자였다. 어려서부터 양운정이 매우 좋아해서 하루 중 대부분을 보내곤 했던 장소다.

먼저 정자에 올라 엽자건을 기다리던 양운정이 갑자기 그를 향해 대례를 올렸다. 보옥처럼 귀하게 자란 그녀의 신분을 생각하면 상상조차 할 수 없는 일이 벌어진 셈이다.

이유가 없을 리 없다.

일시 당황감으로 안색을 굳힌 엽자건을 향해 고개를 들어 보인 양운정의 고운 두 눈에 물기가 촉촉하게 머물러 있었다. 과거 엽자건이 목숨을 걸게끔 만들었던 울보는 여전히 그녀 안에 남아 있었던 것이다.

"소녀, 운정이 목숨을 구해주신 은인인 엽 소협을 다시 뵈오니 이 기쁨을 어찌해야 할지 모르겠습니다."

"알… 아봤던 건가?"

"예."

"그렇군."

엽자건이 미미하게 고개를 끄덕인 후 양운정 앞에 털썩 주저앉았다. 과거의 치기로 겪은 고난은 상상을 초월할 정도였다. 하지만 이제 와서 그때의 일을 후회하고 싶진 않았다. 다시 당시로 돌아간다 해도 똑같은 결정을 내릴 테니까.

양운정이 소매로 눈물을 닦고서 말했다.

"소녀는 여전히 바보같이 눈물이나 흘리는 계집애네요. 은 인께 인사를 드리는 일조차 며칠간이나 망설일 정도로 말예요."

"마음이 고운 거지."

"아닙니다. 그런 것이 아니에요."

고개를 연달아 흔들어 보인 양운정이 다시 두 눈에 물기를 담았다. 또 한 가지 고백할 게 있었기 때문이다.

"그때 이후 본래 소녀는 은인께 반드시 한평생을 의탁해야만 한다고 생각했어요. 만약 은인께서 잘못되셨다면 수절할 생각도 했고요. 그런데 일 년 전에 그만 정절을 지키지 못하고 정혼을 하고 말았습니다. 부디 용서해 주세요."

"양 소저, 오히려 잘된 일이오. 어찌 어린 시절 한차례 얽힘으로 평생이 결정될 수 있겠소? 여태까지 그때의 작은 일을 잊지 않고 있었던 것만도 내 고맙게 생각하겠소."

"그럼 용서해 주시는 건가요?"

"용서해 주고 말고 할 것도 없는 일이오. 하지만 양 소저가 그리 마음에 걸린다면 내 용서해 주겠소. 됐소?"

"감사합니다."

다시 양운정이 일어서서 대례를 올렸다.

이에 얼른 반례를 보인 엽자건이 문득 눈에 이채를 담았다. 문득 자신이 당했다는 생각이 든 까닭이다.

'일 년 전에 정혼자가 생겼다고? 어째서 갑자기 등골이 살짝 싸해져 오는지 모르겠군.'

그의 예감은 틀리지 않았다. 불행히도 확실하게 적중했다.

"그럼 은인께서는 소녀를 용서해 주셨으니, 부디 이번 원정을 함께하는 걸 허락해 주셨으면 합니다."

"그건……."

"소녀의 지아비 될 분이 유군에 계십니다. 지난 수개월간

서신조차 왕래를 할 수 없게 되었으니, 어찌 소녀가 찾아가지 않을 수 있겠습니까? 전날 은인을 홀로 보낸 후 다시는 그런 바보 같은 짓을 하지 않겠다고 마음먹었습니다!"

"……."

엽자건이 침묵에 빠져들었다. 골이 지끈거리며 아파오기 시작했기 때문이다.

第四十九章

이심전심(以心傳心)

少林
棍王
소림곤왕

절강성.

주변이 한눈에 내려다보이는 전형적인 평야 위의 구릉.

언제부터인가 수십 개가 넘는 막사들이 잔뜩 위세를 드러내고 있다. 근래 절강성을 다시 공포로 몰아넣고 있는 해월낭인대의 본진이 수일 전에 형성된 것이다.

꾸깃!

해월왕 야규 세이쥬로는 인상을 쓴 채 서신을 구겼다. 종종 그에게 전달되던 황천기주의 것으로 추정되는 밀지가 새로운 소식을 전해왔기 때문이다.

“어처구니없군. 고작 해야 어린놈 수백 명이 몰려오는 것 정도로 경계하라고 하다니!”

밀지 속에는 무림맹에서 차출된 천룡영웅대에 대한 몇 가지 사항이 빽빽하게 적혀져 있었다.

현재 점차 체계가 잡혀가고 있는 현 무림맹의 고위직에 있는 자가 아니라면 절대 알 수 없는 극비의 사항들이다. 거의 무림맹 회의록에서 그대로 옮겨진 것도 있을 정도였다.

어떻게 이런 일이 있을 수 있는 것일까?

해월왕은 굳이 신경 쓰지 않았다. 그럴 필요성을 느끼지 못했다. 어차피 자신에게 특별히 원하는 바가 없이 전해진 정보였기 때문이다.

어찌 됐든 저번에 받은 정보는 아주 유용하게 사용했다.

곤왕 유대유의 부재를 곧바로 알아낸 탓에 주산군도에서 빨리 절강성에 상륙했고, 질풍노도처럼 약탈과 공격을 동시에 감행할 수 있었다.

결과는 내심 뿌듯할 정도다.

절강성에서 곤왕 유대유의 유군을 압박한 후 그동안 참아왔던 노략질로 배를 채웠다. 근래엔 아예 세력을 근방의 복건성(福建省)까지 뻗쳐서 성도인 복주(福州)를 초토화시키기도 했다. 아주 짭짤한 원정이었다.

그러나 해월왕이 현재 가장 관심을 기울이고 있는 건 어디까지나 절강성 평정이었다. 곤왕 유대유가 돌아오기 전에 아예 끝장을 내놓고 싶었다. 그가 더 이상 지킬 만한 것이 남아 있지 않게끔.

그런데 그게 쉽지 않았다.

애초에 조금쯤 우습게 여기고 유군을 덮친 해월낭인대는 강력한 역습에 당황해야만 했다. 척가군을 중심으로 한 삼각의 진형이 해월낭인대의 첨봉을 죽기 살기로 막아내는 동안 유군의 별동대가 후방을 타격해 들어왔다. 제대로 양동 작전에 걸려들고 만 거다.

만약 당시에 해월왕 본인이 직접 본대를 이끌고 구원에 나서지 않았다면 현재 전황은 완전히 정반대가 되었을 터였다.

그만큼 유군의 저항은 만만찮았다. 무려 일 년이 훌쩍 넘어갈 동안 해월낭인대의 파상적인 공격을 묵묵히 막아내었고, 간간이 역습까지 보이고 있었다.

물론 해월왕도 그냥 있지는 않았다.

그는 첫 번째 기습전 직후 놀리기라도 하려는 것처럼 유군의 신경을 건드렸다. 부근의 마을과 도시를 차례차례 약탈하며 점차 포위망을 좁혀 들어갔다. 병참선을 끊어버리고 절강성 사람들로 하여금 유군을 포기하게끔 수작을 부린 거다.

그 결과 현재 전황은 슬슬 끝을 보이기 시작하고 있었다. 병참선이 완전히 끊겨 버린 유군을 두 겹, 세 겹으로 포위한 채 최후의 일격만을 남겨놓고 있는 상태였다.

'흥, 그런 상황에서 고작 수백 명이 더해지는 것으로 무얼

하겠다고. 내게는 유성검문의 십대도객과 최고의 인자 가문인 귀살인도의 십팔인자가 있다. 거친 부상국의 전국시대(戰國時代)를 헤쳐 나온 일만의 정병과 함께 말이다.'

그렇다.

현재 해월왕 휘하의 해월낭인대는 과거와 위용 자체가 완전히 달라져 있었다. 현 막부의 지배에 반기를 든 수많은 영지에 속해 있던 군소 무벌들 중 상당수가 그에게 흡수되었다.

그 숫자는 근거지인 주산군도에 오천 명, 절강성 본대에 일만 명 등 총 일만 오천이나 되었다. 절강성뿐 아니라 복건성까지 약탈의 영역을 넓혀갈 수 있는 원동력이라 할 수 있었다.

반면 계속된 병참선 공격으로 근래 크게 사기가 꺾인 유군의 총병력은 날이 갈수록 줄어들고 있었다.

줄기찬 염탐으로 알아낸 바에 의하면 정예병인 척가군 일천에 기마병 일천을 제외한 오천 명은 잡병에 가까웠다. 언제든 대패의 기미가 보이면 뒤도 돌아보지 않고 도주할 자들이 전체 병력의 절반이 넘는다는 뜻이었다.

화륵!

일순 해월왕의 손에 구겨진 채 쥐어져 있던 서신에 불이 붙었다. 일반적인 삼매진화가 아니다. 그의 양손에 채워져 있는 아대 속에 숨겨져 있던 인(燐)에 의한 발화였다.

"군회를 연다! 각 대의 대주들과 조장들은 모조리 집결하도록!"

"하이!"
해월왕의 일갈에 땅속에서 나직한 복명이 있었다.

*   *   *

소주를 떠난 지 한 달이 훌쩍 지나갔다.

그사이 강소성을 떠나 최종 목적지인 절강성에 들어서게 된 천룡영웅대의 행군은 예상보다 조금 늦어지고 있었다. 양가신창보에서 흡수한 신창부대 삼백 명과 군량미 오천 석을 함께 운반해야만 했기 때문이다.

게다가 예상 밖의 짐이 하나 더 생겼다. 양가신창보의 장중보옥인 양운정이 탄 마차의 호위였다. 어렸을 때와 마찬가지로 무공을 거의 익히지 못한 그녀로 인해 행군의 속도는 항상 일정하게 늦어질 수밖에 없었다.

정작 총책임자인 엽자건의 골치를 가장 아프게 하는 건 소주에서 기어코 따라붙은 이가흔이었다.

그녀는 사형인 목진풍의 풍자조에 끼어들더니, 툭하면 엽자건을 찾아와 시비를 걸곤 했다. 마치 그러기 위해 따라온 것처럼 말이다.

아무튼 엽자건이 어렵게 확립한 기강은 이 두 여인의 합류로 상당히 어지럽혀지고 말았다. 여신 같은 절세미모를 지녔으나 어느 누구보다 강한 무력과 무심함 역시 겸비한 남궁수

외에 감상할 꽃이 두 송이 더 생긴 까닭이었다.

그렇게 유군의 본진을 이백 리가량 남겨뒀을 때였다.

갑자기 행군을 멈춘 엽자건이 휘하의 네 조장과 신창부대의 부장을 불러모았다. 전장이 코앞, 이젠 슬슬 각자의 역할을 정해놓고 실질적인 움직임을 보일 때가 되었다는 판단이다.

탁!

엽자건이 자신의 무릎을 때리는 것으로 군회의 시작을 알리자 다섯 개의 시선이 일제히 그를 향했다.

"그리들 바라보니 멋쩍구만. 하지만 이런 부담스런 시선을 받는 것이야말로 대장의 책무 중 하나니까 곧바로 본론에 들어가도록 하지. 용자조장!"

"예."

"지금 이 순간부터 후미를 맡아줘. 적과의 교전 시 후미로 공격해 들어올 정병의 타격에 대비하는 게 첫 번째 임무. 두 번째는 도주자의 즉결 처단이야. 뭐, 용자조장이 뒤에 있는데 도주할 머저리는 우리 부대에 없겠지만 말야."

"존명!"

남궁수가 조금 더 목청을 높였다. 그녀에게 맡긴 명의 엄중함을 잘 알고 있었기 때문이다.

그녀에게 한차례 고개를 끄덕여 보인 엽자건이 이번엔 시선을 유백온에게 던졌다.

"호자조장!"

"예."

"호자조장은 중군을 맡는다. 내가 자리를 비울 때마다 군 전체의 중심을 잡는 역할이야. 적의 도발에도 절대 경거망동하지 않아야만 할 거야."

"존명!"

유백온 역시 군말없이 복명했다. 엽자건과 함께 천룡영웅대를 조련하면서 가장 많은 대화를 나눴고, 중군의 역할을 매우 깊게 공부해 왔다. 그러니 그가 아니면 누가 있어 군 전체의 통솔권을 엽자건 대신 활용할 수 있겠는가.

다음으로 엽자건이 목진풍과 팽도진을 바라봤다. 그냥 보고만 있어도 그들의 불만스런 감정이 전달되어져 온다. 특히 팽도진은 당장 군회를 박차고 뛰어나가고 싶은 표정이다.

"풍자조장은 좌군의 임무를 수행하다 별동대 역할을 맡는다."

"별동대요?"

"나와 함께 움직일 때가 많을 거야. 적의 심장을 직접적으로 타격하러 가는 역할이니, 가장 날랜 녀석들을 주변에 항상 대기시켜 놓도록."

"조, 존명!"

목진풍이 떨떠름한 표정으로 복명했다. 엽자건과 함께한다면 목숨을 날릴 걱정은 덜겠지만, 이가흔이 신경 쓰였다. 그녀와 엽자건의 사이를 어떻게든 떼어놓고 싶은 게 본심이었기 때문이다.

그때 갑자기 팽도진이 버럭 목청을 높였다.

"이럴 줄 알았다! 또 내가 마지막이군, 마지막이야!"

엽자건이 그를 차갑게 바라봤다. 군회 중에 하위자가 이런 행동을 하는 건 하극상이다. 당장 칼로 목을 날려 버려도 할 말이 없을 터였다.

과연 남궁수와 유백온이 거의 동시에 검을 빼들었다.

그들의 검날이 순간적으로 팽도진의 목젖과 가슴을 겨누고 있었다. 엽자건의 명만 떨어지면 단숨에 참살할 듯 표정들이 살벌하다.

"이, 이익……."

팽도진이 인상을 와락 일그러뜨린 채 앓는 소리를 냈다. 끝까지 엽자건에게 용서를 빌진 않는다. 그게 그의 마지막 자존심이었던 것이다.

슥!

손을 올려서 남궁수와 유백온의 검을 물리게 만든 엽자건이 여전히 차가운 시선을 팽도진에게 던졌다. 뒤이어 흘러나오는 목소리는 조금 더 차갑다.

"여태까지는 훈련 상황이었다. 네 한심한 도발이나 어리광도 그래서 대충 넘어가 줬던 거다. 하지만 이후부터는 실전이다. 명령 불복종은 즉참으로 다스릴 것이다. 알겠나?"

"……."

"운자조장, 대답하라!"

"…예."

팽도진이 분기를 삼킨 채 기어들어 가는 목소리로 대답했다. 엽자건이 뿜어낸 천살지기에 드센 그조차 꼬리를 내리고 만 것이다.

엽자건이 여전한 표정으로 말했다.

"운자조장은 중군의 앞에서 선봉의 역할을 맡는다. 알다시피 가장 중요한 임무다. 어떠한 급박한 상황 속에서도 절대 뒤로 물러나서는 안 되기 때문이다. 가장 담이 크고 독종들로 첫 번째 열에 세워놓도록."

"존명……."

팽도진의 안색이 조금 누그러졌다.

선봉의 역할!

위험도가 높은 만큼 무장이라면 누구라도 하고 싶어하는 역할이다. 전장에서 가장 빛나고 큰 공을 세울 수 있는 자리가 바로 거기에 있었기 때문이다.

마지막으로 엽자건이 신창부대의 부장인 강상인을 바라봤다. 급조된 부대의 부장답게 아직 무림에는 무명이다. 별호가 없다는 뜻이다.

"강 부장!"

"예."

"강 부장은 휘하의 신창부대와 함께 우군을 맡도록 하시오.

연습했던 대로 평상시 중군을 호위하며 명을 받다가 난전이 되면 따로 떨어져 독자적인 작전을 수행해야 하는 역할이오.”

“존명!”

강상인이 얼른 복명하곤 자신의 임무를 열심히 되뇌었다. 혹시 잊어버리기라도 하면 곤란하단 생각이었다.

그 같은 모습에 내심 고소를 지어 보인 엽자건이 다시 허벅지를 손바닥으로 때린 후 목청을 높였다.

“이번 군회에서 내려진 명은 향후 모든 군명의 기본이 될 것이오! 그러니 절대 밖으로 이 같은 사실을 누설하지 말고 오로지 각자의 가슴속에만 품고 있도록 하시오!”

“존명!”

다섯 개의 대답이 지체없이 터져 나왔다. 엽자건의 권위에 결코 도전하지 않겠다는 뜻을 분명히 한 거다.

밤.

임시 막사군의 중간에 피워진 모닥불이 한가로운 불빛을 간간이 뿌려대고 있었다. 저녁밥을 해먹느라 피운 불들 중 상당수가 소화되지 않은 까닭이었다.

그중 한구석에 엽자건이 누워 있었다. 개인 막사가 있음에도 밖으로 나와서 밤바람에 몸을 맡기고 있다. 곧 전장을 앞에 둔 사람으로는 전혀 보이질 않는 여유다.

이가흔이 멀리서 그 모습을 발견하곤 얄밉다는 얼굴이 되

었다. 오늘은 행군과 군회가 연속적으로 이어진 탓에 시비를
걸 만한 시간이 없었다.

'천룡위주라고? 사천 무림대회에서 제법 날뛴 모양이다만,
소림사에서는 그리 대단한 것도 없었잖아! 그동안 얼마나 지
났다고 날 업신여기다니!'

그런 적 없다.

하지만 이가흔은 엽자건의 곁에 남궁수가 항상 달라붙어
있는 것만으로도 마음이 크게 분했다. 잠시 개봉에서 후개 수
업을 받고 있는 동안 저런 절세미녀와 친해질 줄은 상상조차
하지 못했다.

그녀가 일부러 발소리를 내며 엽자건에게 다가갔다. 입술
이 불쑥 튀어나와 있는 게 언제든 시비를 걸어주마 하는 심술
이 가득 담겨져 있다.

뒹굴!

엽자건은 갑자기 모로 누워버렸다. 팔베개까지 하고 본격
적으로 잠을 자려는 것 같다. 이가흔의 거친 발소리에도 전혀
반응을 보이지 않는다.

'이 자식이……'

이가흔의 눈꼬리가 치켜 올라갔다. 이렇게 되면 어떻게든
그의 시선을 잡아끌어야겠다, 강짜를 부려서라도.

슥!

이가흔이 모로 누운 엽자건을 향해 신형을 날렸다. 그의 몸

을 늘씬한 다리를 뻗어 확 밟아버리려 했다. 내력까지 담았다. 절대로 그냥 누워 있지는 못하리라.

쉬악!

그녀는 뜻을 이룰 수 없었다.

막 엽자건의 곁으로 다가들어 발을 뻗는 순간 소름끼칠 정도로 빠른 검기가 날아들었다. 당장 그녀의 다리를 댕강 잘라 버리려 했다.

움찔!

이가흔이 얼른 발을 움츠러뜨렸다. 더불어 몸의 균형을 일부러 무너뜨리며 바닥을 손바닥으로 쳤다. 그렇게 함으로써 앞으로 튀어나가던 여력을 줄이고 급격히 방향을 바꾸려 한 것이었다.

쉭쉭! 쉭!

검기 역시 변화했다. 마치 그녀의 의도를 처음부터 짐작했던 것처럼 바닥에 십자의 금을 그어버렸다.

데구루루!

결국 이가흔의 몸이 완전히 무너져 버렸다. 바닥을 짚고서 비튼 신형으로 바닥을 심할 정도로 굴러 버렸다. 마치 나려타곤을 펼친 것이나 다름없는 모습이다.

슥!

그렇게 엽자건과 삽시간에 삼 장 이상이나 멀어진 이가흔이 흙투성이가 되어 신형을 일으켜 세웠다. 얼굴에는 골난 기색이 가득하다.

"남궁수우!"

어느새 엽자건의 부근에 다가든 남궁수가 수중의 청류하를 밑으로 내려뜨린 채 무감정한 목소리로 말했다.

"조장님이라 부르도록. 이제 너는 풍자조에 속한 자이니까."

"퉤!"

바닥에 흙 섞인 침을 한 모금 내뱉은 이가흔이 허리춤에 끼워놨던 청죽봉을 빼든 채 격하게 외쳤다.

"차라리 이 자리에서 한판 붙자! 예전부터 궁금했었지. 강북제일로 상판이 반반하다는 네년의 검이 얼마나 쓸만한지 말야!"

"무리다."

"뭐얏?"

"네 무(武)의 깨달음으로는 무리란 거다."

"그거야 진짜로 붙어보면 알 일이고!"

이가흔이 차가운 일갈과 함께 취팔선보를 펼쳐 보였다. 더불어 화려한 변화를 보이기 시작한 청죽봉의 움직임!

꿈틀!

여전히 모로 누워 있던 엽자건의 귀가 한차례 움직임을 보이더니, 곧 신형을 일으켜 세우고 있다.

촌각 만에 그리 했다.

슥!

더불어 한 발을 내밀어 바닥을 박차니, 어느새 막 맞붙기 직전이던 두 여인의 중간에 도달해 있다. 두 눈으로 보고도 믿기 힘든 완전무결한 부동무상을 펼친 것이다.

팍!

엽자건의 발끝이 이가흔의 청죽봉을 걸어찼다. 막 극심한 변화를 보이기 직전이던 타구봉의 발동을 사전에 단단히 틀어막아 버린 셈이다.

"이 자식이……."

이가흔이 분노로 몸을 떨며 엽자건을 노려봤다. 그가 남궁수의 편을 들었다 여긴 까닭이다.

그러거나 말거나 천천히 발을 내린 엽자건이 한차례 고개를 가로저어 보였다. 뒤이은 목소리는 차갑기 이를 데 없다.

"언제부터 개방 비전의 타구봉법을 일개 제자가 함부로 사용할 수 있게 된 거지?"

"그, 그건……."

"그동안 후개 수업을 받았다고 들었는데… 실망스럽다. 더 이상 설치면 당장 천룡영웅대에서 쫓아내 철담협개 선배님께 보내 버릴 테니, 그만 물러가 보도록!"

"…나쁜 새끼!"

결국 이가흔이 두 눈에 눈물까지 담은 채 신형을 돌려세웠다. 그동안 묵묵히 시비를 받아주던 엽자건의 차가운 반응에 충격을 먹었음이다.

후다닥!

이가흔이 급하게 신형을 날리다가 막사 줄에 걸려서 넘어
졌다. 그녀 정도 되는 고수가 결코 보일 수 없는 실수다. 그만
큼 마음의 상처가 컸던 것이리라.

"풍자조장!"

"…예!"

"뭐 해! 얼른 뒤따라가지 않고!"

"알겠슴다!"

몰래 숨어서 여태까지 벌어진 사태의 전말을 훔쳐보던 목
진풍이 대답과 동시에 역시 신형을 날렸다. 이가흔이 혹시 사
고라도 칠까 봐 황급히 따라나선 것이다.

스릉.

남궁수가 그제야 수중의 청류하를 거둬들였다. 표정은 여
전하나 눈 속에 일말의 아쉬움이 깃들어 있다. 내심 이가흔과
대결하며 개방의 비전인 타구봉법을 상대해 보고 싶었기 때
문이다.

엽자건이 고개를 저어 보였다.

"남궁 조장, 곧 전투다. 소중한 전력을 스스로 깎아내서 어
쩌려는 거지?"

"이 소저는 감정 기복이 무척 심합니다. 전투 시에 자칫 잘
못하면 아군 전체를 위기에 빠뜨릴 수도 있습니다. 특히……"

"풍자조가 문제지. 하지만 풍자조는 어차피 나중에 나와

함께 움직이게 되니, 그리 큰 걱정은 하지 않아도 될 거야."

"그래서 일부러 풍자조를 별동대로 빼낸 건가요?"

"특혜를 줬다고 생각하진 마. 나와 함께 행동한다는 건 전투 중 가장 힘든 일을 떠맡게 된다는 뜻이니까."

"천룡위주를 어찌 의심하겠습니까? 다만 천룡위주가 이 소저를 꽤나 아끼고 있다는 것도 알 것 같습니다."

"아끼지. 귀엽잖아?"

"귀… 여운 것인가요?"

"그래. 나는 귀여운 여자를 좋아하거든."

"……."

"농담이고. 그녀는 철담협개 선배님의 하나밖에 없는 손녀야. 거의 유일한 혈육이라고 할 수 있지. 그러니 위험에 빠뜨려선 곤란하다구."

"그렇군요."

남궁수가 언제나와 마찬가지로 순순히 수긍해 보였다. 엽자건이 한 말을 전적으로 믿는다는 신뢰의 표정 역시 잊지 않는다.

'부담스럽다구! 그런 눈빛은……'

내심 고개를 흔들어 보인 엽자건이 다시 모닥불 부근에 털썩 주저앉았다. 왠지 지쳐 보인다. 그동안 천룡영웅대를 절강성까지 이끌면서 꽤나 많은 심력과 체력을 소모했기 때문이다.

슥!

남궁수가 드물게 그의 곁에 다가와 무릎을 모은 채 앉았다.

누가 보면 다정한 연인 사이라 오해라도 할 법한 모습을 연출한 것이다.

"전장이 그리 멀지 않습니다. 이렇게 잔뜩 불을 피워놓는 건 위험하지 않겠습니까?"

엽자건이 오히려 모닥불에 장작을 집어 던지며 피식 웃어 보였다. 어째서 남궁수가 자신에게 바짝 다가왔으며 목소리를 한껏 낮췄는지 대충 짐작이 갔다.

'세심하긴. 예전엔 툭하면 무(武)만 외쳐 대더니, 천룡영웅대에 소속된 후엔 병법 공부를 제법 열심히 했구만.'

내심 눈을 빛낸 엽자건이 자신이 집어넣은 장작에 불이 옮겨붙는 모습을 주시한 채 말했다. 설명을 해줘야 할 필요성을 느낀 거다.

"절강성과 복건성을 수년 동안 유린한 놈들이야. 강하고, 병력도 많고, 아주 교활한 놈들이지. 그런 녀석들이 아직까지 원군의 존재를 파악하지 않고 있을 리 없잖아?"

"그럼……."

"도발하는 거지. 우리가 이미 이렇게 가까이 왔으니 한번 공격해 보라고 말야."

"……."

침묵하는 남궁수를 향해 엽자건이 다시 웃어 보였다. 푸석하면서도 날카로운 눈빛과 함께다.

"전장에서 싸운다는 건 본래 이런 거야. 그리고 말야……."

“그리고?”

“…내가 오늘 이렇게 잔뜩 모닥불을 피운 건 해월낭인대에게만 보여주기 위함은 아니야. 과연 현재 유군을 실질적으로 이끌고 있다는 척계광이란 친구가 내 의중을 이해할 수 있을지 기대 중이기도 하다는 뜻이지.”

“천룡위주의 의중을 척계광 장군이 이해한다면 어찌 되는 거지요?”

“이 싸움, 앞으로 아주 재미있어지겠지.”

“……”

남궁수가 다시 침묵했다.

이번에는 엽자건의 종잡을 수 없는 속셈이 이해 가지 않아서가 아니었다. 그가 문득 일으킨 전장의 기운에 동화된 몸에서 오싹 소름이 돋았기 때문이다.

그렇게 밤이 지나가고 있었다, 전장으로 향하기 전 마지막으로 평온할지도 모를 밤이.

*　　　*　　　*

유군 진영.

산더미처럼 쌓인 보고서 더미에 머리를 박고서 끙끙거리고 있던 척호의 눈에 이채가 스쳐 갔다.

그의 시야 속으로 날아든 보고서의 내용.

얼마 전 강소성 소주의 양가신창보를 떠난 보급 부대의 이동 경로가 적혀져 있었다. 워낙 근래 유군이 고립되어 있는 상황이라 수십 개나 되는 척후를 운용하고도 얻어낸 건 얼마 되지 않는다.

그나마 이 보고서의 내용은 보급 부대에 관한 것이었다.

다른 척후들의 보고서보다는 나름 내용이 알찼다. 몇십 명이나 되는 병사들이 목숨을 던진 끝에 얻은 소중한 정보라는 뜻이었다.

'해월낭인대가 포진한 장소로부터 고작 이백 리밖에 떨어지지 않은 장소에서 엄청난 숫자의 모닥불을 피웠다고? 후훗, 이거 이번 보급 부대의 대장은 바보 멍충이가 아니면 병법에 대단한 자부심을 가진 자겠군.'

척호는 전자보다 후자 쪽이라 여겼다.

벌써 올해에만 양가신창보를 비롯한 강남 일대의 여러 문파나 유력 단체에서 보내오던 보급 부대가 깨진 게 십여 차례나 됐다. 그중에는 아예 몰살을 당한 부대도 존재했다.

그런 상황에서 다시 양가신창보에서 보급 부대를 보냈다. 미래의 장인인 신창군자 양문경이 사위를 죽이지 않으려고 아주 작심을 한 듯했다.

당연히 바보를 대장으로 뽑았을 리 없다. 십여 차례나 실패한 보급 부대에는 양가신창보의 무사들이 주축이 된 것도 포함되어 있었기 때문이다.

'게다가 슬슬 사부님께서 말씀하셨던 진짜 원군이 도착할 때가 되었거든. 무력만 믿고 나대는 무림인들이 진짜 전장에서 얼마만큼 큰 전력이 될지는 미지수지만 말야.'

곤왕 유대유가 유군을 떠나며 남긴 서신은 총 세 통이었다.

모두 제자이자 부장인 척호에게 남겨놓은 것들인데, 위기가 닥칠 때마다 하나씩 펼쳐 보라 했다. 잘도 제갈량 흉내를 낸 것이다.

하지만 특별히 도움이 된 건 없었다. 사부 유대유가 남겨놓은 서신에 적힌 내용을 척호가 항상 한걸음 먼저 시행하곤 했기 때문이다.

다만 마지막 한 통의 서신은 달랐다.

봄이 지나면서부터 해월낭인대의 압박이 점차 심해지더니, 초여름 무렵엔 완전히 병참선이 끊겨 버렸다.

척호로선 어쩔 수 없이 세 번째 서신을 펼쳐 들 수밖에 없었다. 이번만은 사부 유대유의 의중을 먼저 넘겨짚는 데 실패했다는 판단이었다.

무림맹의 지원!

마지막 서신에 쓰여 있는 내용의 요약이었다.

놀랍게도 사부 유대유는 관군이 아니라 무림인에게 기대여서 해월낭인대를 상대하려 한 것이었다. 병참선과 함께 절강성 밖의 소식 역시 완전히 차단되어 버린 이때, 그게 언제가 될지는 아직도 미지수였지만 말이다.

"흠!"

순간적으로 마지막 세 번째 서신의 내용까지를 떠올린 척호가 굵직한 수염이 나기 시작한 턱을 손가락으로 매만졌다. 고민이 있을 때의 버릇이 튀어나온 거다. 그리고 이럴 때의 결정은 항상 빠르다.

"밖에 누구 있나?"

"장군, 부르셨습니까!"

막사 밖에서 당번병 노릇을 하는 소년병이 얼른 뛰어들어 왔다. 척호가 밖에서 단숨에 죽어버릴까 봐 자신의 곁에 둔 금년 십오 세의 소년이었다.

"지금 당장 부장들하고 백부장 급 이상은 몽땅 막사로 집결하라고 해!"

"옙!"

"일반적인 군무회의가 아니니까 모두 전갑을 입고 오라고 하고."

"옙!"

두 차례 절도있고 짤막한 대답과 함께 소년병이 얼른 막사 밖으로 뛰어나갔다. 그에게 있어 척호는 신이나 다름없었다. 그의 명을 받았으니, 오로지 신명을 다 바칠 따름이었다.

긁적!

소년병을 내보낸 후 다시 남은 보고서 더미에 시선을 던지던 척호가 목덜미를 긁었다. 문득 밀릴 대로 밀린 이번 싸움이 슬슬 재밌는 양상으로 변해갈 것 같다는 예감이 들었다.

'그런데 어떤 녀석이 이런 귀여운 짓을 한 거람? 나중에 제대로 작전이 성공하면 하루종일이라도 등에 업고 다닐 의사가 있는데 말야. 물론 여자라면 곤란하겠지만.'

문득 척호의 뇌리로 첫사랑이자 정혼녀인 양운정의 아리따운 얼굴이 스쳐 갔다.

그녀가 첫 만남에서 이름이 평범하단 말을 한 탓에 작명학자를 찾아가기까지 했다. 어떻게든 그녀의 마음을 얻고 싶었기 때문이다.

척계광!

후일 명사(明史)에 길이 남을 명장의 탄생이었다. 하지만 그건 아직 조금 먼 미래의 일이었다. 사부 유대유가 남긴 유군을 힘겹게 이끌고 있는 현재의 그는 척호란 이름이 익숙한 스무 살 청년에 불과했다.

그때 멀리서 거친 발걸음 소리가 들려왔다.

척호가 가장 믿고 있는 척가군이 분명했다. 언제나와 마찬가지로 가장 빨리 주군에게 달려왔다. 사면초가의 사지(死地)에서 늘상 그래 왔듯이.

좌르륵!

척호가 언제 양운정을 떠올리며 어울리지 않게 부드러운

미소를 지었냐는 듯 호쾌하게 탁자를 정리했다. 방금 전까지 그의 골을 지끈거리게 만들었던 보고서 더미를 한켠으로 밀어버린 것이다.

"자! 다음 싸움은 어떻게 전개될지 말들 해봐!"

"……."

막 막사에 들어선 척가군의 부장들과 백인장들은 대답이 없다. 그냥 주군인 척호를 묵묵히 바라볼 뿐이었다.

씨익!

그들을 향해 굵직한 웃음을 보인 척호가 손을 내밀어서 착석하게 했다. 이제부터 그들과 나눌 주제는 이미 말했다. 이젠 천천히 대답을 들을 차례였다.

〈제5권 끝〉

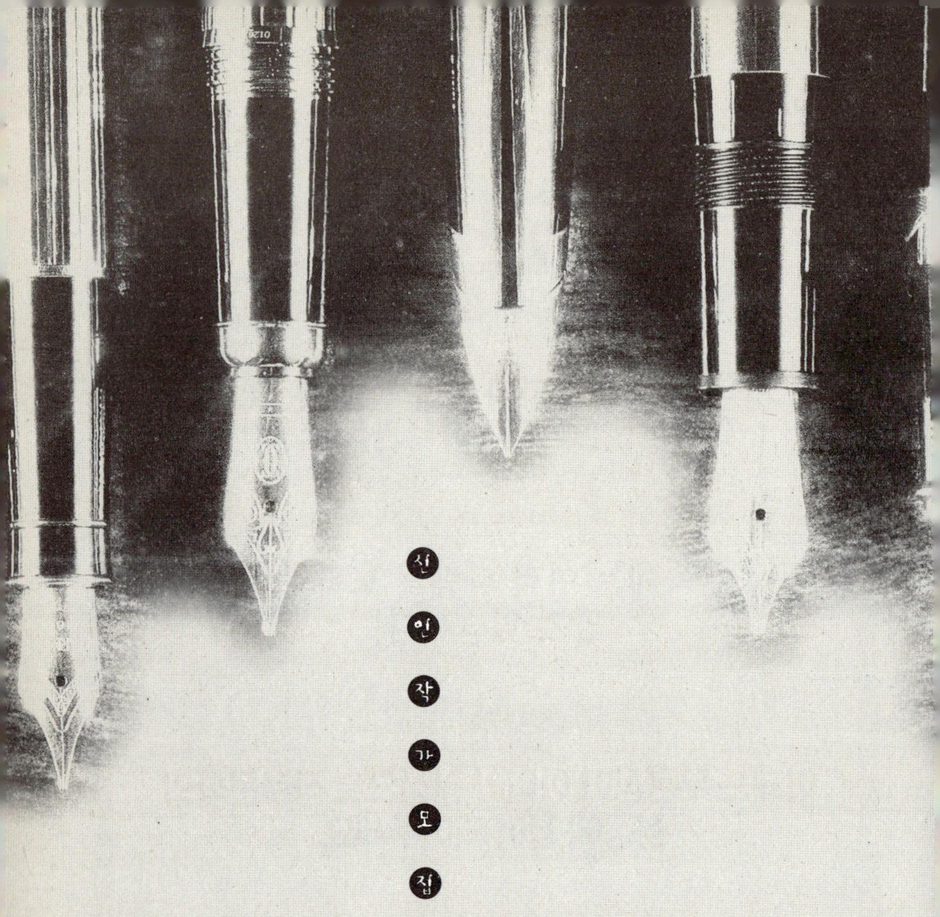
신
인
작
가
모
집

시작이 반이라고 했습니다.
작가의 길에 대한 보이지 않는 벽을 과감히 깨뜨리십시오!
청어람은 작가 지망생 여러분들의
멋진 방향타가 되어드리겠습니다.

저희 도서출판 청어람에서는
소설 신인 작가분들을 모집합니다.
판타지와 무협을 사랑하시는 분들의 많은 참여를 바랍니다.
소정의 원고(A4용지 150매)를 메일이나 우편으로 보내주시면
검토 후 출판 여부를 알려드리겠습니다.

주소:경기도 부천시 원미구 심곡1동 350-1 남성B/D 3F 우편번호420-011
TEL:032-656-4452 · FAX:032-656-4453
http://www.chungeoram.com
e-mail:chungeoram@chungeoram.com

워메이지

김재한 퓨전 판타지 소설

사람들이 인식하는 상식의 세계 이면,
짙은 어둠이 드리워진 그곳에 사는 괴물들이 있다.

문명이 드리운 그림자 속에서, 전투기계들과
인간의 사념으로부터 태어난 마물들이 격돌한다.
마법과 주술이 난무하는 초현실적인 전장,
소년은 그곳에 서는 대가로 인생을 잃었다.
운명의 노예가 되어 가족과 인성을 잃어버린 소년, 진유현.

총염(銃炎)과 검광(劍光)이 뒤얽히는
어둠의 거리에서, 운명의 족쇄를 끊고 나온
소년의 눈이 살의를 발한다.

유행이 아닌 자유추구 ─
WWW. chungeoram.com
Book Publishing CHUNGEORAM

참마도 작가!! 그가 『무사 곽우』에 이어
다섯 번째 강호 이야기를 새롭게 풀어내다!!

"길의 중앙에서 멋지게 서서 당당히 걸어가래.
사람으로 태어난 이상 그 누구도 당당하게 살아갈 권리는 있다고 말이야."

단야의 오른손이 꽉 쥐어졌다. 별것도 아닌 말이다.
하나 이토록 마음에 남는 소리는 없었다.
사람으로 태어나서……

요물, 괴물.
나이를 먹지 않는 월홍과 얼굴이 징그럽게 망가진 단야.
그들 앞에 펼쳐진 강호란……!

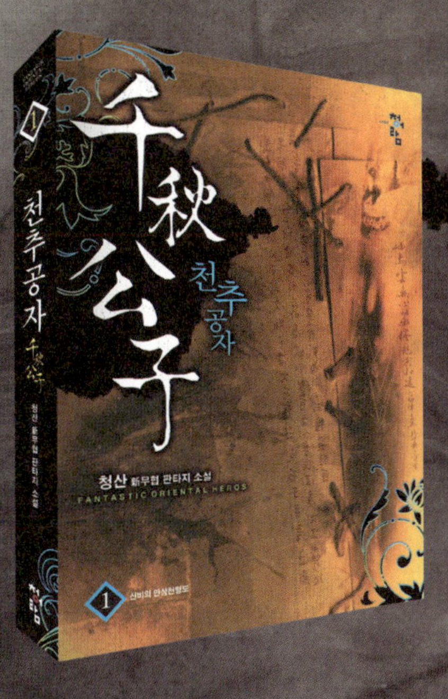

少林棍王

소림 곤왕

한성수 新무협 판타지 소설

감동의 행진을 멈추지 않는 작가 한성수!

구대문파 시리즈의 두 번째 이야기 『소림곤왕』!!
그 화려한 무림행이 펼쳐진다

"너는 지금부터 날 사부님이라 불러야만 하느니라.
소림사의 파문제자인 나, 보종의 제자가 되어서 앞으로 군소리없이 수발을 들고 모진
고통을 이겨내며 무공 수련을 해야만 한다."

잡극계의 천금공자 엽자건!
소림의 파문제자 보종의 제자가 되다!!

역사와 가상.
실존의 천하제일인과 가상의 천하제일인에 도전하는 주인공!
이제부터 들어갑니다. 부디 마음껏 즐겨주시기 바랍니다.
– 작가 서문 中에서.